L'Inconnue du portrait

Du même auteur

Thornytorinx, Belfond, 2005
Nous sommes cruels, Stock, 2006
Nous vieillirons ensemble, Stock, 2008
La Casati, Stock, 2011
Petits arrangements avec nos cœurs, Stock, 2014
Blonde à forte poitrine, Kero, 2016
Le Sang des Mirabelles, Calmann-Lévy, 2019
Les Rêveurs définitifs, Calmann-Lévy, 2021

Camille
de Peretti

L'Inconnue du portrait

roman

CALMANN LEVY

Publié sous la direction
de Delphine Mozin Santucci

CALMANN LÉVY
ÉDITEUR DEPUIS 1836

COUVERTURE
Maquette : Olo éditions
Peinture : Gustav Klimt, *Portrait d'une dame*

ISBN 978-2-7021-8517-9

À Rosalind Franklin

Les faits

En 1910, Gustav Klimt peignit le portrait d'une très jeune femme, de trois quarts, cheveux lâchés, affublée d'un grand chapeau marron, une étole de fourrure autour du cou, les épaules dénudées.

Ce tableau, intitulé *Backfisch*[1], fut exposé à la Galerie Miethke, à Vienne, en 1916, et acheté par un inconnu dont les registres de l'époque n'ont pas gardé la trace.

En 1917, un an avant la mort de Klimt, et pour une raison qu'on ignore, le tableau a été remanié par le maître : le chapeau et l'étole ont été supprimés, les épaules recouvertes d'un châle blanc avec un motif de fleurs et les cheveux attachés en un chignon sage.

En 1925, la Galleria Ricci Oddi, à Piacenza (Plaisance), en Italie, fit l'acquisition d'un tableau de Klimt intitulé *Portrait d'une dame*, sans savoir qu'il était un repeint de *Jouvencelle*.

Il fallut attendre l'année 1996 pour qu'une étudiante en histoire de l'art de l'université de Plaisance, Claudia Maga, prouve qu'il ne s'agissait pas de deux tableaux différents dont le premier aurait été perdu mais d'une seule et même peinture, certes fortement remaniée.

1. *Jouvencelle* en allemand.

Étrangement, peu de temps après cette découverte, le 22 février 1997, le tableau fut volé, disparaissant ainsi une seconde fois.

L'enquête piétina jusqu'à l'été 2016, quand un cambrioleur avoua à la police italienne être l'auteur du vol. Le tableau n'était plus en sa possession, néanmoins il annonça que son commanditaire avait promis que l'œuvre serait restituée vingt ans après la date de sa disparition.

En 2019, le jardinier du musée d'Art moderne Ricci Oddi trouva, derrière un buisson de lierre qu'il s'apprêtait à tailler, un sac-poubelle qui renfermait la toile, parfaitement conservée.

Aucun expert en art, aucun conservateur de musée, aucun commissaire d'exposition, aucun enquêteur de police ne sait qui était la jeune femme représentée sur le tableau, ni quels secrets animent l'histoire mouvementée de son portrait.

Première partie

Se dilater au jour et de nouveau se perdre,
L'éternelle et toujours semblable tragédie
Que nous jouons sans jamais la comprendre
Et dont le tourment nocturne et dément
S'auréole, comme un univers de ronces souriant
De la douce gloire de la beauté.

Georg Trakl, *Trois Rêves*

1

— Pour que ça brille, faut cracher !

Le môme ouvrait de grands yeux ahuris. Il devait avoir dans les douze ans, le teint livide sous la crasse qui maculait son visage.

— Cracher sur leurs chaussures, tu te fous de moi ?

Isidore ne se démonta pas.

— Faut cracher, je te dis, ils adorent ça.

Isidore avait une manière bien à lui, pas un long jet de salive mais des mouvements de bouche, pffft, pffft, pffft. Il expulsait ses crachats comme autant de petites billes qui s'en allaient crever baveuses sur le cuir, quelque chose de tonique, de pas dégoûtant. Deux ans qu'il était cireur et qu'il campait sa chaise, sa boîte et son bidon contre les grilles du parc de Bowling Green, des grilles en fer forgé bien serrées, hérissées de piques. Ce n'était pas le pire des petits boulots, 10 cents pour un cirage en bonne et due forme. La plupart de ses clients étaient généreux, certains lui donnaient même le double, ce qui faisait peut-être de lui l'un des cireurs de chaussures les mieux payés de la ville.

— C'est quoi ton vrai prénom ?

— Gabriel.

— Et pourquoi tout le monde t'appelle Boba ?

— Je sais pas.

Isidore se demanda si le môme serait à la hauteur.

Pour fabriquer son cirage, il mélangeait de la cire d'abeille avec des paillettes de savon, de l'essence de térébenthine et de l'eau bouillante. Et un peu de jus de betterave pour que ça brille. Il n'avait donné son truc à personne. Son pote Ben, lui, faisait ça avec des peaux de banane. C'était M. Schmidt qui leur refilait les vieux chiffons.

Mais pour lustrer, pffft, pffft, il fallait cracher.

Rien à dire, cinq minutes par paire, aux heures de pointe, avant l'ouverture et après la fermeture de la Bourse, il pouvait se faire jusqu'à dix paires de l'heure. Quand on savait qu'un bon ouvrier était payé 20 dollars la semaine.

— Fais le calcul… Je tourne à trente paires par jour, c'est-à-dire 3, parfois 4 dollars la journée avec les seigneurs, ça fait 18 dollars par semaine, mec !

Isidore se faisait un peu mousser, mais pour un gamin comme Boba, même 16 dollars par semaine auraient représenté une somme énorme.

— Ouais, enfin, c'est l'emplacement qui veut ça.

Le secret d'Isidore, c'était d'afficher un air toujours content et enjoué. Et de leur parler. Quand il souriait, ses yeux bleus brillaient d'intelligence.

« Comment ça va aujourd'hui, monsieur, comment ça va les affaires ? »

Il avait une bonne frimousse, heureusement, parce qu'à dix-neuf ans, il était vraiment trop vieux pour ce métier.

Isidore n'était pas du genre à élaborer des plans ; il inventait sa vie à mesure qu'il avançait et cette spontanéité lui avait sauvé la mise plus d'une fois. La débrouillardise, quoi. Et puis il savait encaisser les coups et repartir sans moufter. C'était pas de bol. Ses clients, les messieurs en chapeau haut de forme et pantalons à pinces pensaient la même chose : quel gâchis qu'un gamin comme ça ne fasse pas mieux que cireur de chaussures.

C'était pour l'emplacement qu'Isidore avait eu de la chance. Il s'était installé pile au moment où celui qui cirait les chaussures de Bowling Park était parti, et personne ne lui avait demandé comment il avait eu la place et s'il y avait eu un arrangement. Tous les mômes qui se lançaient dans ce métier le savaient, les trottoirs étaient la propriété de ceux qui les gardaient. Isidore avait été élevé à la dure, il n'avait eu droit ni aux caresses ni aux caprices. Il n'était pas de ceux qui poussaient un petit voilier sur le lac de Central Park avec des nounous enrubannées pour les surveiller.

— Comment ça va aujourd'hui, monsieur, comment ça va les affaires ?

L'homme tendit son pied à Isidore. Il n'était pas un régulier mais portait le col blanc et la cravate à larges rayures de ceux qui travaillaient dans le secteur. Isidore se mit immédiatement à l'ouvrage, du nerf, de l'énergie, les banquiers de Wall Street aimaient ça.

— Les affaires, c'est le beau fixe, mon garçon ! Ça monte, ça monte, ça monte !

— Vous avez du RCA[1] ?

— Mais oui, mon garçon, mais oui. Tu t'intéresses aux innovations technologiques ?

— Je m'intéresse à tout, monsieur.

Boba regarda Isidore avec des yeux de merlan frit. Il n'avait aucune idée de ce que c'était le RCA, alors que

1. Radio Corporation of America.

c'était la crème de la crème. Certains disaient qu'un jour on pourrait mettre des postes de radio dans des voitures! Et tous les clients d'Isidore en avaient acheté. Du RCA, et du Coca-Cola, parce qu'avec la prohibition de l'alcool, l'action Coca avait pris 25 % en un mois. Est-ce que Boba pourrait le remplacer ? Il faudrait bien. De toute façon, Isidore ne voulait plus être cireur, c'était décidé.

À cause de Lotte.

Pffft, pffft, pffft. Isidore serra les mâchoires et accéléra le mouvement de son chiffon. Il souriait à son client, mais avec les autres enfants des rues, les petits rats comme lui, il ne faisait pas de quartier. Si Boba reprenait son bidon, sa boîte de brosses, sa chaise, et la poule aux œufs d'or que représentait Bowling Green, il faudrait qu'il lui reste dévoué.

Isidore aurait pu lui refiler son emplacement et la recette de son cirage magique, et le gamin lui aurait reversé un petit quelque chose ; mais ce qu'Isidore ne voulait pas perdre, c'étaient les bons tuyaux. Depuis qu'il s'était décidé, depuis qu'il avait tout misé sur la Bourse, il ne devait pas se planter. Tout le monde spéculait, pourquoi pas lui ? Chaque jour les gros titres étalaient l'argent facile d'inconnus qui avaient osé se lancer. Des fortunes faites en un rien de temps, des histoires incroyables. Isidore n'était pas plus bête qu'un autre.

— Comment ça va aujourd'hui, monsieur, comment ça va les affaires ?

Dix-huit dollars par semaine lui payaient à l'aise le loyer de la chambre qu'il partageait avec Ben, un café pas mauvais, du salami, des cornichons, des pommes de terre, et une bière de contrebande de temps en temps. Il n'était pas porté sur la bibine et il ne voulait pas d'ennuis avec la police. Et puis 35 cents le verre de gin-tonic dans un speakeasy, merci bien, surtout qu'on risquait d'y laisser ses yeux. On racontait en ville des histoires horribles d'alcool frelaté et allongé avec de l'alcool à brûler qui rendait aveugle.

Dix-huit dollars par semaine, et le dimanche Isidore et son pote Ben allaient au bal du Loew's Theatre sur Coney Island. Isidore n'était pas bon danseur mais on pouvait dire que les filles lui tournaient autour et qu'il obtenait généralement leurs faveurs.

Les dimanches à Coney Island, il y avait une de ces foules ! Ça se mélangeait entre ouvriers, étudiants, marins, trafiquants et joueurs de base-ball. On y venait en famille, les enfants se baignaient en poussant des hurlements de joie, les plages étaient bondées, on se payait une glace, et puis il y avait le Cyclone, le plus grand manège de montagnes russes du monde ! Le Cyclone qui vous foutait une sacrée frousse. Isidore s'était toujours dit que s'il emmenait une fille là-dedans et qu'elle ne criait pas, alors il l'épouserait. La première fois qu'il était monté dans le wagon et qu'il s'était retrouvé à la perpendiculaire, à retenir sa tête pour ne pas qu'elle tombe en arrière, il avait pensé que son cœur allait décrocher. Vingt-cinq cents le ticket, quand même.

— Merci, monsieur, bonne journée !

Boba attrapa un chiffon.

— Le prochain, je peux le faire ?

Isidore hocha la tête et enfonça ses poings dans ses poches.

— OK, mais t'oublies pas de lui demander comment vont les affaires, hein !

S'il voulait quitter le métier, c'était pour Lotte. Une jeune fille avec une épaisse natte blonde, une robe blanche et des petites bottines très bien cirées. Elle aurait pu crier dans les montagnes russes, ça n'aurait rien changé ; elle incarnait la perfection, teint de porcelaine et joues roses de poupée. La première fois qu'Isidore l'avait vue, elle était entourée d'une nuée d'amies riantes. Une femme d'un certain âge semblait chaperonner le groupe. Il avait imaginé une tante ou une cousine, et la vieille en question avait eu tôt fait de zieuter le jeune homme et de se méfier de lui. Mais c'était la fête à Coney Island et, dans le brouhaha et les rires, il avait réussi à s'approcher de la jeune fille pour lui demander son nom.

— Lotte.

La consonance germanique avait sonné aux oreilles d'Isidore comme un sucre d'orge.

— Lotte ? Ravi de faire ta connaissance, moi c'est Werther.

Il lui avait répondu cela du tac au tac, et la bouche de Lotte avait fait un O, aucun garçon de son âge n'ayant lu Goethe, du moins pas à sa connaissance.

Depuis la Grande Guerre, les immigrés allemands faisaient profil bas sur le continent américain, la propagande antiallemande faisait rage et, dans les lycées, il aurait été impensable d'enseigner *Les Souffrances du jeune Werther* plutôt que *Les Aventures de Tom Sawyer*. Bien sûr, Lotte ne pouvait pas imaginer que ce livre était un des seuls qu'Isidore ait jamais lus. Pour le cireur de chaussures, c'était bien plus que de la chance, c'était le destin.

La vieille avait vite mis le holà à leur enthousiasme. Quand un garçon se piquait de parler littérature à une jeune fille, la coucherie n'était pas loin. Pareille à la fermière qui a vu rôder le renard, elle avait voulu éloigner ses oies blanches. Mais heureusement pour Isidore, ces demoiselles avaient insisté pour prendre un granité. Sentant que le temps lui était compté, il avait demandé à Lotte dans quel lycée elle étudiait (Spence, Upper East Side), si elle avait fait les montagnes russes (Une fois seulement, ses amies avaient eu très peur, mais pas elle), si elle venait souvent à Coney Island le dimanche (Oui, souvent, surtout quand il faisait beau), alors ils se verraient peut-être dimanche prochain (Peut-être).

Il avait posé les questions dans le bon ordre, pour ne pas paraître trop insistant, et il lui avait souri son meilleur sourire, son sourire spécial, celui qui faisait que ses clients lâchaient un nickel de plus. Puis il avait attendu le dimanche suivant comme aucun autre jour de toute sa vie auparavant.

Il avait immédiatement été obsédé par elle. Besoin de savoir où elle était, ce qu'elle faisait et où elle irait, si elle pensait à lui comme lui pensait à elle.

Son pote Ben avait rigolé, « Dans cette foule, je ne vois pas comment tu vas la retrouver ! » Mais Isidore n'avait pas mis longtemps à la repérer avec ses amies virevoltantes. À peine avait-il entraperçu la natte blonde, qu'il avait senti tout son être entrer en combustion. Elle était là, et elle aussi l'avait vu. Il avait marché droit dans sa direction, sans aucune timidité, sans aucune retenue. Leur conversation avait repris sans préambule, sans silence gêné. Il avait tellement de questions à lui poser, il voulait tout connaître d'elle, il voulait l'absorber. Il ne devait pas trop la regarder, parce que la bouche de Lotte, les épaules de Lotte, les petits seins de Lotte qu'il devinait sous le fin tissu de coton blanc lui faisaient perdre les pédales. Quand elle avait dû partir, il lui avait pris la main et elle avait eu un mouvement de recul. Isidore en avait été mortifié.

Pourtant, le dimanche suivant, elle était revenue. Le dimanche suivant et tous les autres. Et maintenant, quand Isidore apparaissait, les amies de Lotte se mettaient à glousser.

Le monsieur encravaté a glissé 10 cents dans la main de Boba. Le môme avait craché tout ce qu'il avait pu, on n'aurait pas pu l'accuser de manquer de bonne volonté.

— Écoute-moi, Boba, moi je veux bien te refiler l'emplacement, mais il va falloir que tu les fasses parler.

— Que je les fasse parler de quoi ?

— Bah de leur métier, des bons plans quoi. Comme ça le soir tu me raconteras, tu vois ?

Clairement, Boba ne voyait pas.

Lotte avait raconté à Isidore l'histoire de sa famille. Elle était la fille d'un ingénieur allemand débarqué à New York à vingt-deux ans et aujourd'hui magnat de l'hygiène bucco-dentaire, la tuile. D'autant qu'au départ, Isidore avait mal compris. Lorsque Lotte disait « l'usine de papa », il avait cru que le père travaillait dans une usine de dentifrice. Il avait mis un certain nombre de dimanches à saisir que l'usine appartenait au papa en question. Depuis, il s'était acheté un tube de Chlorodon goût frais qu'il recrachait religieusement dans sa cuvette tous les matins d'un air songeur. Il n'avait pas avoué à Lotte qu'il était cireur, mais par souci de cohérence il avait dit qu'il était vendeur de chaussures dans un magasin. Et comme tous les gens qui croient à leur bonne fortune sans en avoir les codes,

Isidore était très loin du compte : vendeur de chaussures ou cireur de chaussures, pour Lotte, c'était irrecevable. À la déception affichée sur le visage de la jeune fille, il avait eu un haut-le-cœur. Pourtant, à dix-neuf ans, les épreuves sont à l'amour ce que le vent est au feu, elles éteignent le petit et allument le grand.

— La plupart des gars dont tu vas cirer les pompes travaillent à Wall Street. Toi tu leur demandes comment vont les affaires, comme tu m'as vu faire, puis tu leur dis comme ça « Alors, dans quoi il faut investir en ce moment, monsieur ? » Tu notes bien leur réponse dans ta petite tête, et le soir tu me répètes ce que tu as entendu, c'est pas compliqué ça, non ?

— Non.

Isidore avait choisi Boba parce que c'était le gamin avec la plus innocente bouille du quartier irlandais.

Depuis quelque temps, il imaginait Lotte passant par hasard devant les grilles de Bowling Green et qu'il se retrouvait nez à nez avec elle, la brosse et le chiffon à la main. Il en cauchemardait. C'était décidé, Boba ferait l'affaire. Isidore resterait encore deux ou trois jours avec lui pour voir comment il se débrouillait, et puis il laisserait le môme cracher à sa place.

2

Des ténèbres épaisses noyaient la chambre du deuxième étage, elles écrasaient de leur poids la mère et l'enfant bouche ouverte. Martha entendit sonner l'angélus, il était 6 heures. Elle tendit le bras jusqu'au berceau de fortune que le gentil voisin du premier étage lui avait fabriqué dans une caisse et attrapa son bébé. Elle souleva sa chemise et posa le petit encore endormi contre son sein de chaleur vivante.

Les mains potelées s'agrippèrent au mamelon et une larme de lait s'écoula. L'enfant se mit à téter en silence. C'était un bébé qui ne pleurait pas, qui n'avait jamais pleuré. Même le jour de sa naissance, Martha l'avait cru mort-né car il n'avait pas émis un son. Cela aurait peut-être été mieux pour eux deux. Elle remonta le drap, il faisait froid. Le bébé la pinçait fort maintenant, la sensation était à la fois douloureuse et suave. Elle regarda par l'unique fenêtre de la pièce, le jour n'était pas levé. La succion ralentit, l'enfant serait bientôt repu. Elle attendit encore quelques minutes, retardant le moment où il lui faudrait poser les pieds sur le plancher froid qui accrochait la poussière. Enfin, encore assommée de sommeil, elle tâtonna jusqu'à la chandelle et l'alluma en frottant une allumette.

La chambre s'éclaira, les contours de la table dans le coin et l'armoire dans laquelle Martha rangeait le linge et le manger se dessinèrent. Elle se baissa pour remuer les braises dans le poêle. Elle couvrait le feu chaque soir et ajoutait un petit morceau de charbon le matin, cela suffisait, le bébé avait huit mois et il était costaud. Elle posa la bouilloire sur la grille pour faire du café. De l'autre côté du mur, elle entendit le voisin pousser un grognement. L'homme était une brute qui battait sa femme et la besognait indifféremment. Elle changea le bébé et l'habilla.

Les mains lui grattaient. Elle avait beau les enduire d'un peu de beurre le soir, surtout sur l'articulation à la base des pouces, l'eczéma desquamait sa peau. À l'usine, les dernières arrivées étaient envoyées aux cuves et les produits qu'ils mettaient dans l'eau vous laissaient des plaques rouges, les irritations étaient insupportables. Martha savait que si elle se grattait ce serait pire que tout. Elle se coupait les ongles ras mais la nuit, ça la démangeait dans ses rêves. Au matin, ses mains avaient saigné et les draps étaient tachés.

Elle fit une toilette sommaire, sa chevelure lui tombait jusqu'aux hanches, elle l'enroula en un chignon bien serré sur le haut de sa tête puis s'aspergea le visage d'eau froide, ce qui acheva de la réveiller tout à fait. Une fois prête, elle coupa une tranche de pain, remit la miche dans le torchon et avala son bol de café debout, le bébé sur la hanche. Elle enfila à l'enfant un gros tricot et jeta un châle sur ses épaules, il fallait se hâter.

La maison de la nourrice faisait face à la manufacture, ce qui était bien pratique. Cette femme, maigre comme une chatte qu'on aurait sauvée de la noyade, avait la garde de sept enfants, tous fils et filles de plumassières.

Elle n'était pas mauvaise nourrice, mais elle avait ses têtes. Tantôt d'humeur joyeuse et pleine d'entrain, tantôt excédée, elle portait un long tablier bleu couvert de traces de morve et de larmes car les petits y pleuraient et s'y mouchaient tour à tour.

— Bonjour, madame Prato.

— Bonjour, Martha.

— Je vous le laisse ?

Le bébé tendit les bras à la nourrice qui le prit en souriant. Si seulement tous les bébés pouvaient être aussi faciles que celui-là.

— Oui, c'est ça, laissez-le-moi, allez. À tout à l'heure !

Le prix de la garde comprenait un bol de soupe à midi pour les mères qui allaitaient encore. Elles sortaient de l'usine en courant, les seins gonflés, buvaient leur soupe d'un trait, nourrissaient leur enfant puis repartaient aussi sec, c'était un bon arrangement.

Martha alla se placer dans la file qui s'allongeait devant les portes de la manufacture. Elles étaient une bonne centaine, le chignon tiré dans l'air frais du petit matin. Le travail démarrait à 7 heures et se terminait douze heures plus tard. Martha était aux cuves, avec deux autres filles robustes comme elle. Anna et Zita. La première avait des taches de rousseur et un heureux caractère, la seconde portait son gros ventre en avant pour faire contrepoids lorsqu'elle activait les perches.

Les cuves étaient installées un peu à l'écart du bâtiment principal, à cause des odeurs qu'elles dégageaient. Des odeurs si fortes que les premiers jours, Martha en avait eu mal à la tête, et puis elle s'était habituée. La manufacture était spécialisée dans la confection des panaches des militaires. Lorsque les plumes arrivaient, elles étaient déjà humides et lourdes du mélange d'alcool et d'eau salée qui servait à les désinfecter.

Martha, Anna et Zita étaient au dégraissage. Elles jetaient les sacs de plumes dans les cuves et tournaient l'eau beige rendue laiteuse par le détergent. Des milliers de plumes de grue, grises, qui se collaient et s'entremêlaient les barbes. Peu à peu, le tourbillon de leurs tiges pointues et de leurs minuscules lames fendant la surface prenait un caractère hypnotique, alors il fallait inverser le mouvement, jusqu'à ce qu'enfin les fragiles poisseuses se détachent les unes des autres. C'était un travail répétitif, qui demandait beaucoup de force physique mais, à dix-sept ans, Martha était dure au mal. Elle n'était pas bavarde, moins que ses deux camarades, pourtant Anna et Zita avaient eu tôt fait de prendre la dernière arrivée sous leur protection. Peut-être leur inspirait-elle de la pitié ? Une douceur triste émanait du regard de la jeune femme, comme si son cœur était lesté d'une pierre de silence.

« Sœur d'orageuse mélancolie, / Vois couler la barque éperdue / Sous les étoiles / Au visage muet de la nuit[1]. »

Martha avait écouté des poètes réciter des vers un soir, c'était si merveilleux. Les belles choses, elle les avait touchées du doigt, pas longtemps, juste assez pour savoir que la poésie existait et qu'elle n'était pas pour elle.

Elle avait attendu la fin de l'hiver, le bébé avait six mois, il était grand temps. Elle avait bourré le landau du peu de choses qui leur appartenait, cousu ses maigres économies dans l'ourlet de sa jupe, attaché son chignon, et elle était partie de bon matin, remontant le Danube

---

1. Georg Trakl, *Plainte.*

sans autre perspective que celle de quitter la grande et impériale ville de Vienne, écrasante de magnificence avec ses façades immaculées, ses calèches et ses voitures vrombissantes. Vienne et ses trottoirs où les dames élégantes en chapeau à plumes croisaient celles qu'on appelait « les filles de la ligne » parce que la police limitait par une ligne invisible le pavé qui leur était concédé pour le racolage. Et Vienne fourmillait de maisons closes, boîtes de nuit et autres cabarets. La marchandise féminine s'offrait publiquement à chaque heure et à tous les prix. Pour les messieurs en haut-de-forme et noire redingote se procurer une femme pour un quart d'heure ou une nuit coûtait aussi peu de peine que d'acheter un paquet de cigarettes. Deux cents couronnes pour une danseuse de l'Opéra, deux couronnes pour une fille des rues mal fardée. Martha n'était pas dupe, dans sa situation, elle aurait rejoint tôt ou tard la cohorte fatiguée des femmes affamées et tristes qui vendaient du plaisir sans plaisir et finissaient toutes à l'hôpital. Elle était jolie, elle avait même posé pour un peintre. Mais elle avait son honneur.

Aujourd'hui, elle menait la vie d'une petite vieille, propre et soignée. Elle ne dépensait rien, à part pour la nourriture, le logement et la garde du bébé. Pas de bal, pas de divertissement, pas de sortie, pas de boisson. Le dimanche, elle allait au lavoir pour le linge de l'enfant puis à la messe pour laver son âme et chérir ses souvenirs d'amour dans le calme froid d'une église. Sa seule fierté coupable, à défaut de s'imaginer libre, était de ne devoir rien à personne.

Elle avait poussé le landau jusqu'à 30 kilomètres de Vienne et s'était arrêtée à Leobendorf devant l'enseigne rouge d'un café. Elle avait passé la porte et demandé au comptoir s'ils avaient du travail. La tenancière l'avait détaillée de la tête aux pieds.

— Allez donc voir à la plumasserie, c'est à la sortie de la ville, au bout de la grand-rue. Ils en embauchent des comme vous.

Elle avait conscience de marcher sur une poutre au-dessus du vide avec un bébé accroché dans le dos. Mais elle savait que les manufactures étaient moins regardantes sur les filles-mères et que, dans les villages, le nombre de bâtards dépassait de beaucoup celui des enfants légitimes.

— Vous devriez quand même me laisser votre mioche le temps d'aller voir.

— C'est vrai ? Je peux vous le laisser ? Vous verrez, il est très sage, il ne pleure jamais.

La femme avait hoché la tête.

— Pour ça, des mioches, moi j'en ai eu sept, alors… les pleurs… j'y suis habituée. Mais ne tardez pas, hein !

Le contremaître lui avait demandé si elle avait de l'expérience.

— Non, mais je suis une bonne travailleuse.

Des références.

— Non, mais je suis une honnête fille.

Cela avait suffi.

Depuis, le dos courbé, elle regardait les journées défiler en faisant tournoyer des plumes à la surface de l'eau. Quand elle se couchait harassée, l'enfant au sein, la chaleur du bébé l'endormait et souvent elle n'avait même pas le courage de le remettre dans le berceau que M. Gruber avait fabriqué.

M. Gruber aimait beaucoup Martha. Il était bien trop vieux pour être son prétendant, mais elle aurait pu lui demander à peu près ce qu'elle voulait, il se serait exécuté, « comme ça, pour rendre service, entre voisins ». Il faisait des risettes au bébé et puis il avait une gentille façon de soulever sa casquette quand ils se croisaient dans l'escalier, comme si Martha était une dame alors qu'elle n'était rien du tout. Plusieurs fois, il lui avait proposé un petit verre de schnaps, « en bonne amitié », mais elle avait refusé.

Ce soir encore, il était venu frapper à sa porte.

— Madame Martha, pardon, je ne voudrais pas déranger, mais je vous ai apporté une part de tarte aux pommes.

Elle était restée sur le seuil.

— Merci beaucoup, monsieur Gruber, c'est très gentil à vous, il ne fallait pas.

L'homme lui souriait.

— Le bébé va bien ?

— Oui, merci, il est sage.

— Il dort ?

— Oui.

— Il ne faudra pas lui donner de la tarte, hein, parce qu'y a du rhum dedans.

M. Gruber se mit à rire, mais Martha eut l'impression que c'était un rire forcé. Elle était si fatiguée, elle aurait dû proposer au voisin d'entrer chez elle et ils auraient pu manger la tarte ensemble, mais quelque chose, elle ne savait pas bien le formuler, quelque chose d'envahissant dans l'insistance de cet homme lui disait de se méfier. Bien sûr, il était prévenant et affable, et elle était si seule, pourquoi aurait-elle refusé l'amitié bienveillante d'un voisin ?

Elle ne voulait surtout pas paraître impolie. Elle avait encore la main posée sur la clenche. À la façon dont M. Gruber se tenait, à la limite de l'entrebâillure, le corps penché, très près d'elle, elle se sentit troublée. C'était une chose subtile, un pressentiment peut-être, une gêne sourde. Il continuait à lui sourire en silence. D'aucuns auraient dit un sourire simiesque, même si Martha n'avait jamais vu de singe de sa vie. Elle sentit qu'il s'imposait à elle, qu'il lui intimait l'ordre tacite de respecter son statut d'homme. Lui refuser cela serait un affront terrible. Elle devait lui rendre les choses faciles.

Elle essaya de se rassurer, de combattre la sensation étrange qui lui nouait la gorge. Elle se faisait des idées. M. Gruber était un ami qui voulait lui venir en aide parce qu'il avait pitié d'elle, elle savait qu'elle inspirait de la pitié à un grand nombre de gens. Si elle avait été courageuse, elle aurait tenté de lire cela dans les yeux de M. Gruber, car elle avait la naïveté de penser que les yeux des gens ne mentaient pas. Mais justement parce qu'elle craignait de rencontrer autre chose qu'un regard d'affabilité, elle gardait les yeux rivés sur le plancher. Cela ne la rendait que plus mignonne, ou plus fragile, qui sait ce que le voisin du premier étage pensait à cet instant d'une jeune fille de dix-sept ans qui s'était fait engrosser et avait fui Vienne avec son bébé pour se réfugier dans une miteuse pension de famille comme celle qu'ils habitaient ?

— Vous allez bien, Martha ?

Il avait posé sa main sur son bras et elle resta immobile.

— Je me fais du souci pour vous, vous savez, ce n'est pas facile d'être une jeune maman…

Il avait pris un accent sincère ; un instant elle se sentit rassurée, peut-être que c'était seulement elle qui avait de mauvaises pensées. M. Gruber était si vieux, il aurait eu l'âge d'être son grand-père !

— Ne vous faites pas de souci pour moi, monsieur Gruber, c'est gentil. C'est juste que les journées sont longues, comme vous savez, je suis fatiguée, je crois que j'ai besoin de dormir.

— Bien sûr, je comprends, dans ce cas…

Cette fois, il la regarda fixement, les pupilles dilatées par le désir. Martha fut parcourue d'un frisson.

— Dans ce cas… Bonne nuit… Martha.

Son cœur se mit à cogner si fort qu'elle eut l'impression que M. Gruber pouvait entendre sa peur. Elle trouva encore la force d'articuler :

— Bonne nuit, monsieur Gruber, merci beaucoup pour la tarte.

Elle referma la porte avec toute la lenteur dont elle était capable, pour ne pas montrer qu'elle avait compris. Elle le craindrait désormais chaque fois qu'ils se croiseraient dans la maison. Elle colla son oreille à la mince porte en bois et entendit le pas posé de l'homme qui redescendait l'escalier, comme s'il appuyait exprès sur chaque marche, comme si ses pas disaient « nous reviendrons ».

3

La quarantaine bien tapée, le cheveu peroxydé, les seins raides et gonflés de silicone qui bombaient sous le pull col roulé qu'elle avait voulu *classe*, Michelle avait mis son collier de fausses perles et ses grosses boucles d'oreilles dorées à clip pour ressembler à Angelica Nero, la redoutable femme d'affaires qui faisait plier JR dans *Dallas*. Mais elle dut poser ses mains à plat sur ses genoux parce qu'elle tremblait. Elle observa ses ongles manucurés, corail nacré, parfaitement limés en amande. Elle ne devait pas se laisser impressionner, après tout, c'était elle la cliente.

Quand elle était avec sa fille ou ses copines, Michelle était plutôt du genre grande gueule qui ne se fait pas marcher sur les pieds. Elle en avait tellement vu dans sa vie. Mais ici, dans ce bureau moquetté, en haut d'une tour de verre qui surplombait les larges artères désertes de Houston, elle avait la gorge sèche.

Michelle avait une formule bien à elle pour parler de la naissance de sa fille. Pearl était « un accident de capote », un accident de capote qui avait glissé. Pourquoi ce jour-là ? Pourquoi ce client-là ? Elle levait les yeux au ciel et se répondait à elle-même « de toute façon, maintenant, c'est fait, c'est fait ! »

— Quatre ans plus tard, dites-vous, vous ne connaissez pas la date exacte ?

— Je peux vérifier. On a gardé le magazine.

— Mais quand vous avez appris que vous étiez enceinte, vous n'avez pas cherché à vérifier... Je ne sais pas moi... les registres ?

Les registres de quoi ? L'avocat ne savait clairement pas de quoi il parlait. Les hommes qui passaient chez Gigi payaient en cash et ne laissaient pas de trace, même les habitués ne donnaient jamais leur nom de famille.

L'avocat semblait dubitatif. Les gens l'étaient quand elle racontait son histoire, et pourtant, elle était formelle, sûre à cent pour cent car elle était physionomiste et elle n'avait jamais oublié un visage.

Quand la petite Pearl avait eu quatre ou presque cinq ans, Michelle était passée devant un kiosque et elle avait vu la tête du gars encravaté faire la une d'un magazine de finance. Elle avait acheté le journal et l'avait rapporté à sa fille en lui disant « C'est lui ton père, voilà ! » Elles avaient découpé la photo et l'avaient encadrée pour rendre la chose officielle. L'homme était P-DG d'un grand groupe industriel, et ça aurait fait mauvais genre que ce type soit sali par une bâtarde.

Milliardaire. Elle en avait un peu joué pendant l'enfance de Pearl. Elle lui disait « Si t'es pas contente, t'as qu'à te plaindre à ton père ! » Mais bon, les choses n'allaient pas plus loin que ça. Pearl s'était élevée toute seule, c'était une enfant facile.

Michelle n'avait jamais rien demandé à personne, mais là, ce n'était pas pour elle, c'était pour sa fille.

— Columbia ? C'est incroyable, ça ! Félicitations !

Le ton enthousiaste de l'avocat ne trompait pas Michelle. L'aigu de cet *incroyable* la transperçait comme une lame qu'on lui aurait enfoncée dans l'oreille.

Elle a été prise à Columbia ? Pour étudier le droit ? Avec la mère qu'elle a, c'est in-croy-able !

Incroyable avec une mère prostituée de faire des études aussi prestigieuses ? Qu'ils aillent tous se faire foutre ! Si elle avait été parfaitement honnête, Michelle aurait avoué qu'elle non plus n'y avait pas cru. Pas cru que sa fille fût douée à ce point. Elle ne s'était jamais intéressée à la scolarité de Pearl. On n'était pas obligé d'aller à l'université pour réussir sa vie. Seuls ceux qui avaient fait des études pensaient que c'était important ; les autres savaient qu'on peut très bien se démerder sans.

Son histoire était simple, elle l'avait racontée des tonnes de fois.

— Quand je suis passée devant le kiosque, j'ai cru que j'hallucinais. Mais c'était bien lui, et millionnaire par-dessus le marché !

— Millionnaire ou milliardaire ?

Elle détestait le ton condescendant de l'homme assis derrière le grand bureau laqué.

— Vous voyez ce que je veux dire… très riche, assez riche pour payer des études à sa fille.

Parce que Columbia ou pas, même avec une bourse, il fallait que la petite prenne un crédit et Michelle refusait que sa gamine démarre dans la vie en s'endettant sur trente ans.

— Est-ce que vous avez la date exacte de conception ?

— Non. Enfin, ma fille est née en décembre 1969, donc on sait que c'était en mars de la même année.

— Ma chère madame Alvez, avec ce genre d'imprécision, votre histoire ne tiendra pas la route devant un juge.

— Et si on fait un test ADN ?

L'homme de loi resta silencieux. À 100 dollars les trente minutes, Michelle pensa que son silence était d'or.

C'était le meilleur avocat de Houston, brun et ténébreux. *Un homme de pouvoir.* Le cœur de Michelle se serra à l'idée que Pearl aussi ferait un jour partie de ces gens-là, si elles parvenaient à jouer cette carte. Elle était venue seule car la dernière chose qu'elle souhaitait, c'était infliger à sa fille les « votre histoire ne tiendra pas la route ». La première fois qu'elle avait entendu parler des tests ADN, elle avait immédiatement pensé au père de Pearl. Aucune envie de se faire traiter de menteuse, mais avec ces nouveaux tests, les doutes n'étaient plus permis, les gars étaient forcés d'avouer.

— C'est pour ça que ma question c'est : est-ce qu'on a le droit de forcer quelqu'un à faire ces tests ?

L'avocat marqua un nouveau temps, il ne s'attendait pas à ce que cette femme vulgaire soit au courant des dernières avancées scientifiques. Jusqu'ici, les tests ADN avaient été utilisés pour confondre des meurtriers, pas des hommes en déni de paternité.

Michelle vit un éclair passer dans le regard de son interlocuteur et elle sut que son instinct ne l'avait pas trompée : un test ADN, c'était une bonne idée.

Elle passait son temps à écouter la radio ou la télévision. Était-ce par peur de se retrouver seule avec ses mauvaises pensées ? Il lui fallait en permanence entendre une autre voix que la sienne. Elle se gavait d'émissions, de reportages, de talk-shows, d'interviews, de feuilletons, et ne pouvait dormir qu'avec la télé allumée.

Sa fille ne lui ressemblait en rien et surtout pas physiquement. Michelle avait les yeux noirs et la peau mate, presque ambrée. Quand Pearl était née, elle était si pâle, si rosée ! C'était son amie Cynthia qui lui avait dit à la maternité « Tu devrais l'appeler Pearl, c'est une perle celle-là ! », et puis très vite la petite avait eu deux billes bleues à la place des yeux, ça pour une surprise ! Pearl avait pourtant hérité des cheveux bruns de sa mère mais ils viraient à l'auburn au moindre rayon de soleil. Aujourd'hui, c'était une jolie jeune fille de dix-neuf ans avec des joues roses, un grain de beauté en haut de la pommette et un regard un peu triste.

— Attention, je n'ai pas dit que je ne vous croyais pas, je pense que vous êtes sincère, mais imaginez ce que dira la cour !

— Mais si je vous demande pour les tests ADN, c'est parce que je suis sûre et certaine !

— Calmez-vous, madame, calmez-vous.

C'était son ancien patron de Chez Gigi, le vieux Max, qui lui avait recommandé cet avocat. Lui-même ayant dû batailler sévère lors de son divorce d'avec sa troisième femme. « Fais-moi confiance, en droit de la famille, lui, c'est le top du top, ma chérie. »

Longtemps, Michelle avait joué les strip-teaseuses dans un bar de la banlieue de Houston, mais les horaires de nuit l'épuisaient et puis, petit à petit, elle avait eu ses réguliers. Alors elle avait fait les comptes, et avec la bénédiction de Max, elle était partie. Aujourd'hui, elle tournait à six ou sept clients par semaine. Cela lui suffisait. Elle n'était pas toujours sérieuse avec l'argent, aimait bien se faire une petite virée entre filles de temps en temps, un peu de cocaïne et du champagne. Du champagne surtout, c'était *classe*. Dans ces cas-là, elle prenait une passe de plus, elle gérait son budget au jour le jour.

Moins elle travaillait, mieux elle se portait, mais elle n'était pas une fainéante, quand il fallait y aller, elle y allait.

— Une simple précision, l'enfant a-t-elle été conçue au Texas ?

— Oui.

— Et elle est née au Texas ?

— Oui.

— Bon. Et votre enfant n'a pas de père présumé ?

Michelle ne comprenait pas la question.

— Votre fille porte votre nom ? Elle n'a pas été reconnue par un homme qui n'aurait pas été son père biologique ?

— Non, euh... Oui, elle porte mon nom, et non, je veux dire elle n'a été reconnue par personne.

— Très bien, alors cela pourrait peut-être faire jurisprudence.

Jurisprudence, c'était un mot que Michelle avait souvent entendu à la télévision. L'avocat pensa qu'il était important de préciser.

— Je vais faire des recherches, si vous m'y autorisez, mais je crois bien que nous serions les premiers à assigner un homme à faire un test ADN dans une action en reconnaissance de paternité. Non... je ne crois pas qu'il y ait de précédent, c'est pour cela bien évidemment qu'il faudra que le juge soit de notre côté mais... mais cela pourrait être très intéressant.

Pour moi, intéressant pour moi, pensa l'avocat. Oui, il était surprenant que cette femme ait eu une pareille idée. Et si le père était bien le patron de l'empire qu'elle lui avait nommé, ce serait grandiose ! Cet homme-là serait protégé par une armée d'avocats et cela aussi allait dans le bon sens. Le vieux milliardaire libidineux, la strip-teaseuse qui passerait pour une mère courage et la fille surdouée admise en droit à Columbia, toutes les cases du feuilleton à l'américaine étaient cochées ! Ils feraient les gros titres à coup sûr.

— Et combien ça va me coûter ?

— Rien du tout.

Michelle n'en croyait pas ses oreilles, l'avocat lui adressa un large sourire.

— Rien du tout ?

— Je me paierai sur ce que je vous ferai gagner… Et croyez-moi, je vais vous faire gagner beaucoup… Si, bien évidemment, vous êtes sûre et certaine.

Il observa la cliente et son œil se fit celui du loup qui évalue la résistance de la chèvre. Il avait pris un ton mielleux, car il ne voulait plus que cette affaire lui échappe, mais il souhaitait voir si ce genre de sous-entendus la déstabilisaient, si elle était du style à chialer ou sortir de ses gonds. *Tu es sûre ? Toi la prostituée qui couche avec tous les hommes ? Tu es sûre ? Comment fais-tu pour savoir lequel d'entre eux est le père de ton enfant ?*

Dans son cabinet avaient défilé menteurs, baratineurs, bluffeurs, imposteurs et mystificateurs de toutes sortes. Avec le temps, il avait appris à trier. À première vue, cette femme ne lui faisait pas l'effet d'une mythomane et le fait qu'elle demande un test ADN était garant de sa bonne foi. Mais savait-on jamais ?

— Votre fille sait-elle que vous êtes venue me voir ?

— Non.

— Pourquoi ?

— Je voulais d'abord savoir si c'était possible.

— Votre fille est-elle solide ?

Michelle aurait aimé que l'affaire se règle à l'amiable, encaisser un chèque en fermant sa bouche lui aurait très bien été. Comme elle ne répondait pas, l'avocat fut pris d'un doute.

— Je veux dire, sera-t-elle assez forte pour affronter une tempête médiatique ? Parce que ce que vous vous apprêtez à vivre, ça va être quelque chose d'*énorme* !

Il s'était levé d'un bond et Michelle se sentit rapetisser dans le profond fauteuil en cuir.

— Vous m'entendez bien ? Je dis *vous* pour parler de vous et de votre fille, de *vous deux*, mais pas seulement. Après ce procès, *toutes* les mères voudront faire comme *vous* ! Vous serez leur modèle ! La première à leur montrer le chemin ! Et pour tous ceux qui avancent dans l'inconnu, hein, le chemin n'est pas balisé. Il va falloir y aller à la serpe. Il va falloir y aller à la violence, ne pas avoir peur et ne pas reculer.

Aux yeux effarés de sa cliente, il se calma soudain, fit à pas lents le tour du bureau, se posta devant elle et lui prit la main avec une grande douceur.

— Ma chère Michelle… vous acceptez que je vous appelle Michelle ? Vous n'êtes pas sans savoir que notre affaire va faire le régal de la presse à scandale…

4

Une année avait passé et dans le fond du tiroir de la commode de Lotte, pliés et cachés entre deux mouchoirs, se tenaient les mots d'amour d'Isidore. L'écriture était serrée, appliquée, enfantine. C'était le tiroir du bas, il fallait s'agenouiller et avancer les bras, les enfoncer jusqu'aux coudes pour avoir une chance d'attraper les mouchoirs empesés et qu'ils révèlent leurs secrets.

La première fois, ce n'était pas une lettre mais juste un billet, un morceau de papier plié en quatre, pas plus grand qu'un ticket de manège, qu'il lui avait glissé dans le creux de la main et sur lequel il avait écrit « *Ich traume nicht, ich wähne nicht*[1] ». Pour échapper au risque de commettre des fautes d'orthographe en anglais, Isidore avait choisi de recopier dans sa langue natale des passages des *Souffrances du jeune Werther*. Au cœur de la jeune fille, l'allemand avait sonné comme la promesse d'un amour à elle seule destiné. Le dimanche suivant, elle avait préparé une réponse qu'elle lui avait donnée juste avant qu'ils ne se disent au revoir, et Isidore avait cru que le sol se dérobait sous ses pieds.

1. Je ne rêve pas, je n'imagine pas.

Une correspondance secrète avait ainsi débuté. Ces échanges de petites enveloppes, aussitôt données aussitôt dissimulées dans les plis des jupes et dans les poches de pantalons avaient immédiatement forcé la hardiesse des jeunes gens. Certes, la chaperonne de Lotte se méfiait d'Isidore mais elle avait fini par le trouver somme toute assez inoffensif puisqu'il n'avait jamais tenté aucun rapprochement physique, du moins pas qu'elle ait remarqué, et semblait un jeune homme très respectueux des convenances. Ils se séparaient d'un simple geste de la main en se disant « À la semaine prochaine ! », comme de bons camarades. Ce que la chaperonne ignorait, c'est que chacun repartait avec son trophée, un morceau de l'autre qu'il pouvait tenir, palper et contempler comme si l'encre avait pris corps. Isidore, lui, conservait précieusement ces lettres sous son oreiller et ses rêves n'en étaient que plus agités.

La fin de l'été arrivant, il était évident que Lotte n'irait plus à Coney Island les dimanches après-midi. Elle avait alors proposé à Isidore de lui écrire chez elle (elle était assez libre pour recevoir le courrier à son adresse sans craindre qu'il soit intercepté). Ses parents étaient des pragmatiques et, n'ayant jamais subi cette emprise, se méfiaient peu des pouvoirs d'une relation épistolaire.

Isidore était fou d'elle. Amoureux à en être malade, d'un amour viscéral, et la seule pensée de Lotte lui tordait les boyaux. La jeune fille était à la fois le mal et le remède. Dès qu'il l'entrapercevait, une chaleur diffuse (D'où partait-elle ? De la poitrine, de l'estomac, de la gorge ?) venait battre dans ses veines, et ses organes n'étaient plus qu'un informe magma. Cela pesait sur sa respiration et lui coupait l'appétit. Si seulement il avait pu la prendre dans ses bras et la serrer, la serrer de toutes ses forces, alors il aurait pu recommencer à vivre normalement.

Au fil des mois, il avait fini par se convaincre que Lotte était la solution à ses souffrances ; il suffirait qu'elle dise seulement une parole et toutes ses blessures d'enfance seraient guéries. Jamais Isidore n'avait osé l'embrasser ; rien qu'à la pensée de l'effleurer, les yeux lui brûlaient et il voyait trente-six chandelles.

Lorsqu'il était avec elle, il n'avait plus aucune conscience du temps qui passait. De retour chez lui, il se souvenait de manière floue de ce qu'ils s'étaient dit. Malgré leur différence sociale, et bien que Lotte soit une fille (car les garçons et les filles se comprenaient si peu), ils étaient des flammes jumelles.

Isidore habitait Mulberry Street. Une mauvaise rue d'un des quartiers les plus mal famés de la ville. Il avait hésité à donner à Lotte une adresse un peu plus prestigieuse où il se serait débrouillé pour récupérer son courrier mais le risque qu'une lettre d'elle soit perdue était bien plus insoutenable que celui qu'elle ne découvre son immeuble miteux. Et la jeune fille n'ayant fait aucun commentaire, il avait compris que les vilaines allées du Five Points lui étaient totalement étrangères. Il était sain et sauf de ce côté-là.

L'hiver venu, c'était Lotte qui avait eu l'idée qu'ils se retrouvent pour patiner. Il était temps car leur correspondance avait pris une tournure passionnée et après tous ces poèmes sur l'automne et leurs cœurs emportés par le vent, se voir en chair et en os les arrimerait au réel et calmerait leurs fantasmes d'amours éthérées.

Craignant de se retrouver sur les fesses, ce qui eût été pire que la mort, Isidore s'était entraîné avec acharnement. D'un naturel agile et athlétique, il avait très vite su imiter les autres patineurs et, au bout de trois jours seulement, s'élançait en traçant des circonvolutions avec une certaine élégance. Il s'était acheté une veste de grosse laine, un bonnet et une écharpe à larges rayures pour se donner des airs d'étudiant, car les pauvres font toujours plus pauvres en hiver. Puis il l'avait attendue, s'imaginant comme ils glisseraient côte à côte, leurs mains se serrant à travers leurs gants, des halos de froid sortant de leur bouche et la violence de son désir l'avait effrayé.

Lotte était arrivée au rendez-vous, elle portait un manteau rose avec de la fourrure d'hermine au col, une toque et un manchon assorti. Elle était une poupée de porcelaine qui s'avançait sur la glace. La plus belle fille de New York et peut-être même du monde ! Et c'était à Isidore qu'elle souriait. De ce jour, la panique de la raison du jeune homme n'avait plus connu de limites.

Dans les yeux de Lotte, il lisait tout ce qu'elle s'était interdit de lui écrire. « Elle m'aime, elle m'aime comme moi je l'aime » se répétait-il pour se donner du courage. Et chaque battement de paupières, chaque haussement de sourcil venait confirmer leur ravage.

Du réveil au coucher, Isidore était hanté par le secret de cet amour, il y pensait sans cesse. Et paradoxalement, plus le sentiment s'enracinait en lui, plus sa pudeur en présence de la jeune fille augmentait, elle le paralysait presque.

Si la vérité de ce premier amour s'exprimait pour Isidore par la timidité, Lotte, elle, se découvrait des audaces qu'elle n'aurait pas soupçonnées. Elle avait dix-huit ans et était le trésor de ses parents, de son père surtout, qui voyait en elle un ange de beauté et d'innocence. Non pas que Lotte fût délurée, mais à tant avoir été gâtée par son papa qui cédait à ses caprices, elle n'avait pas l'habitude d'être contrariée dans ses désirs.

Quand ce fut à nouveau le printemps, le sang de la jeune femme se fit bouillonnant. Les gants qu'ils portaient pour patiner ayant été remisés au fond des armoires, leurs peaux s'effleurèrent et le contact du bout de leurs doigts lui causait de tels frissons que c'en était à peine supportable. Et un jour, Lotte embrassa Isidore.

Un dimanche d'avril, de retour à la fête foraine de Coney Island, les deux amoureux faisaient la queue devant le stand des granités. Les habituelles amies de Lotte s'étaient éloignées pour acheter des barbes à papa. Dans les rires, la musique des manèges et les cris des petits qui tiraient sur les jupes de leur mère pour obtenir un sucre d'orge géant ou un cornet de beignets, Isidore parlait au cou de Lotte, le plus bas possible, comme s'il voulait que ses mots se déposent sur son âme. Il observait sa nuque, les fins cheveux blonds qui s'étaient détachés de son chignon. Il y avait beaucoup de monde autour d'eux, un brouhaha de rires et d'exclamations, mais il n'y avait plus que la voix d'Isidore qui murmurait à l'oreille de Lotte et doucement, tout doucement, la jeune fille avait tourné la tête. Lui était resté comme suspendu, le dos penché. La pointe du nez de Lotte avait frôlé la joue d'Isidore et ils en avaient été électrisés. Au ralenti, les lèvres de Lotte s'étaient arrêtées à la commissure des lèvres d'Isidore, et sans savoir s'ils étaient vus ou observés, comme les enfants qui se croient cachés quand ils mettent les mains devant leur visage, ils avaient fermé les yeux et échangé leur premier baiser.

Le retour à Mulberry Street avait été tout simplement atroce. S'il avait pu, Isidore se serait frappé le cœur. Il fallait que Lotte soit sa femme, il fallait qu'il fasse fortune.

Quand il avait laissé son emplacement et son bidon de cirage à Boba, il était allé trouver un de ses clients, un Irlandais qu'il avait toujours bien aimé et qui portait de beaux costumes en tweed. Isidore lui avait demandé très simplement « Pouvez-vous me dire comment je dois faire pour investir 1 000 dollars en Bourse ? » L'homme n'avait pas sourcillé, 1 000 dollars étaient une très grosse somme pour un cireur de chaussures, mais chacun avait ses secrets. Il lui avait présenté un broker et conseillé de ne pas mettre tous ses œufs dans le même panier. Isidore ne l'avait pas écouté. Il s'était déjà promis de parvenir, parvenir absolument. Comme un joueur qui entre pour la première fois dans un casino, il avait misé toutes ses économies d'un coup. Il avait eu de la chance, la chance des débutants.

Boba continuait à demander pour lui aux banquiers de Wall Street comment marchaient les affaires et dans quelles sociétés il fallait investir. Le broker et Isidore étaient devenus amis, il avait du flair, le petit, et il était doué. Mais l'époque surtout était porteuse de folles espérances. En huit ans, l'indice Dow Jones avait grimpé de 468 %. Même les stars de cinéma, Charlie Chaplin, Groucho Marx, spéculaient ! Ils étaient des centaines de milliers comme Isidore, des gros, des petits, ils y *croyaient* et le marché leur donnait raison. Rien qu'en ce début d'année 1929, soixante nouvelles entreprises étaient entrées à la Bourse de New York !

Au commencement, il pensait qu'il ne pourrait pas se passer des conseils de ceux dont il cirait les chaussures, mais il avait tort. Les bons tuyaux étaient partout, il suffisait de s'y intéresser sérieusement, fini le petit bonheur la chance, Isidore était devenu très sérieux. Toute la journée, il lisait les journaux et parlait avec des brokers, principalement des Irlandais. Ils discutaient General Electric, General Motors, Philip Morris, Honeywell et Texaco. Il aimait les innovations technologiques, il se passionna pour AT & T[1], et surtout pour la géniale Telegraphic Ticketing Machine qui envoyait presque en temps réel les cotations à travers l'Amérique entière. Il avait appris comment acheter à la marge et ses profits s'étaient envolés, car désormais pour un dollar investi on lui en prêtait dix. Et il n'y avait presque aucun risque ! Il s'était fixé un but. Posséder 6 000 dollars.

Depuis septembre, ça montait, ça montait, c'était fou ce que ça montait. Voulant rester fidèle à son premier mensonge de vendeur de chaussures, il estimait que 6 000 dollars lui permettraient d'acheter un fonds de commerce et de s'établir comme un honnête marchand de souliers (cuir de la meilleure qualité – élégance et raffinement de l'homme moderne – ou quelque chose du genre), le projet n'étant en vérité pas très abouti dans sa tête. Avec 6 000 dollars de côté, il pourrait prétendre assurer un avenir à Lotte.

En attendant, les deux amoureux avaient les plus grandes difficultés à se voir. Il aurait été impensable qu'ils aillent ensemble au cinéma. Quant à la rumeur, s'il l'avait attendue à la sortie de ses cours, au vu et au su des

1. American Telephone and Telegraph.

gloussantes amies de la jeune fille, c'eût été pire que tout. Aussi, ils avaient très peu d'occasions d'être ensemble.

Lotte et sa famille fréquentaient l'église presbytérienne de la 5e Avenue. La tentation de la voir, entourée de son père et de sa mère, de l'observer la tête penchée murmurer une prière d'un air habité puis s'imaginer devant le pasteur célébrant leurs noces, elle un voile de dentelle blanche sur ses cheveux blonds, lui en jaquette et pantalon à fines rayures sous le regard bienveillant du père de Lotte qui aurait adopté Isidore comme son propre fils, l'image de ce bonheur parfait était si forte qu'il ne résista pas au plaisir de s'en approcher.

Il passa le porche un peu avant 9 heures. L'office commençant à 9 h 30, il voulait trouver une place d'où il pourrait voir sans être vu. Il portait ses meilleurs habits, on n'aurait pas vraiment su dire s'il appartenait ou non à la petite bourgeoisie commerçante, il avait l'apparence d'un beau garçon modeste mais soigné, et ses chaussures étaient parfaitement cirées. La nef était divisée par trois allées, il décida de se poster à l'étage, au balcon.

Il se dirigeait vers l'escalier quand elle lui apparut. Elle portait un manteau bleu et un de ces chapeaux cloche à la mode. Ourlé d'un large ruban bordeaux, il se découpait sur l'or de la chevelure ondulée de la jeune femme. Isidore baissa les yeux et remarqua les escarpins bicolores, en cuir de chevreau peut-être, il ne s'y connaissait guère en souliers féminins. Il se sentit perdu et regretta immédiatement d'être venu. Il aurait voulu disparaître mais il était trop tard. Il vit le père de Lotte, brun, la moustache sévère, une raie sur le côté, l'iris gris acier. Le petit col blanc remonté, impeccable, la veste cintrée en cachemire abondaient dans le sens de l'homme cher et dur en affaires. La mère de Lotte était plus ronde, plus négligée, son beau manteau de fourrure n'était pas complètement boutonné et bâillait. Isidore fut surpris, il ne se l'était pas figurée ainsi, grisonnante, les cheveux courts et bouclés, le bibi posé de travers.

Des grappes d'hommes et de femmes endimanchés, des petits enfants à qui l'on avait dit de se tenir bien sage remplissaient peu à peu les bancs de leur murmure respectueux. Isidore se vit face au dilemme inexorable de sa perte ou de son salut. Lotte se tenait encore de trois quarts, alors sans réfléchir, sans se retourner, il s'enfuit.

Le soleil qui inondait le parvis au-dehors lui fit mal, il eut envie de vomir, vomir la dureté d'une vie qui ne lui avait jamais rien permis d'espérer, vomir cet amour impossible et ses rêves de fortune ridicules.

Il redescendit la 5e Avenue tête baissée, *Lotte, Lotte, Lotte*, les deux syllabes scandaient ses pas. Il possédait désormais 5786 dollars, il touchait au but, mais cela suffirait-il ? Combien coûtait un manteau de fourrure comme celui de la mère ? Il eut envie de prier, ne dit-on pas que la prière est la sœur tremblante de l'amour ? À peine avait-il tourné les yeux vers le ciel qu'il se sentit complètement désemparé. *5786 dollars, tu es complètement à côté de la plaque, mon pauvre. Une fille comme Lotte mérite tellement plus que cela. Jamais ça ne marchera.* Il l'imagina derrière le comptoir de leur magasin de chaussures, radieuse, « Bonjour, monsieur. Bienvenue aux Chaussures de l'homme moderne ! Quel modèle souhaiteriez-vous essayer ? » *Les Chaussures de l'homme moderne, n'importe quoi !* Et puis la vérité c'était qu'il n'avait aucune intention de devenir un petit commerçant. Il aimait trop la Bourse pour cela. Non, il fallait qu'il continue comme il avait commencé, qu'il fasse enfler son portefeuille et qu'il atteigne les 10 000 dollars, et là, là... Dernièrement, un broker lui avait vanté avec insistance les mérites d'un laboratoire de chimie qui travaillait à un brevet d'antiseptique grand public. Mais c'était risqué. Et Isidore avait les docteurs en horreur.

— Hey ! Salut, Isidore !

La voix nasillarde du môme le sauva de la tempête qui enflait sous son crâne.

— Hey !

Isidore aperçut Boba qui agitait les bras sur le trottoir d'en face. Il traversa la rue à toute vitesse et se campa devant Isidore avec un air fiérot.

— Salut !

— Salut ! Ça va ?

— Figure-toi que je voulais te voir.

— Ah ouais ? Pourquoi ?

Boba laissa traîner un silence, les poings enfoncés dans ses poches. Isidore le trouva comique à faire son intéressant comme ça.

— Parce que j'ai des nouvelles des affaires comme qui dirait.

— Ah ouais ? Vas-y, balance !

— Et bah... et bah...

— Et bah quoi ?

Il commençait à l'énerver à se faire prier comme ça.

— Bah tu ferais mieux de retirer tes billes, parce qu'il paraît que les affaires, ça risque de tourner vinaigre.

— Qui t'a dit ces conneries ?

— Eh ! C'est pas des conneries ! C'est toi qui m'as dit de te répéter tout ce qu'on me racontait, non ? Eh bah pas plus tard qu'hier, je discutais affaires comme tu m'as demandé et y a un des réguliers qui m'a dit comme ça, en riant « Si les cireurs de chaussures en savent autant que moi, c'est qu'il est temps de me retirer[1] ! » Je lui ai demandé ce que ça voulait dire et il m'a répondu qu'il y avait trop de monde qui s'intéressait à la Bourse et qu'il ne fallait pas croire aux miracles, que plus ça montait plus la chute serait vertigineuse, je me souviens très bien qu'il a dit ce mot *vertigineuse*…

Isidore eut un haut-le-cœur.

— … et que les gens en général ne comprenaient rien aux affaires mais que s'il y avait trop de monde dans la barque, la barque finirait par couler, et moi j'ai pensé faut que je dise ça à Isidore si je le croise.

Isidore demeurait muet. Il possédait 5 786 dollars. Ce n'était pas suffisant. Il repensa à cette histoire d'antiseptique miracle. Il devait encore au moins faire un gros coup. Et puis, de toute façon, il n'avait pas le choix, il ne savait pas nager.

---

1. « When the shoeshine boys have tips, the stock market is too popular for its own good. » Joe Kennedy.

5

Le fiacre avait enfin tourné sur Hietzinger Hauptstraße puis sur Feldmühlgasse. Ce n'était déjà plus la ville mais presque la campagne. Le Maître avait accepté de recevoir Franz à 16 heures, et Franz était d'une extrême ponctualité. Il longea l'allée de graviers bordée de pommiers que la pluie avait rendus luisants. La petite maison donnait sur un verger qui s'étendait à perte de vue. Ce n'était pas du tout l'idée que Franz s'était faite de l'atelier du Maître.

Une légère bruine humectait l'air, il vérifia que le tableau était bien protégé. Il avait pris soin de l'emballer dans plusieurs couches de tissu. Il le tenait fermement sous son bras, ce n'était pas un grand tableau, il devait mesurer environ 70 par 50 centimètres mais il était tout de même encombrant. Comme il avait très peur de l'abîmer, Franz marchait prudemment.

La porte en lambris était entrouverte. Il frappa pour s'annoncer et entra directement dans ce qui devait faire office de bureau ou de salle à manger. Une table, deux chaises, une bibliothèque en bois laqué noir avec des vitrines où étaient exposées de petites statuettes et, sur le mur à sa droite, une dizaine d'estampes japonaises de taille identique alignées à la verticale.

Une jeune femme drapée dans une sorte de kimono qui laissait deviner qu'en dessous elle était parfaitement nue surgit.

— J'ai rendez-vous avec M. Klimt, dit Franz en présentant sa carte.

Elle la prit négligemment et lui dit d'attendre puis, faisant flotter les pans de son kimono, elle disparut.

Franz resta un peu ébahi par cette atmosphère de silence calfeutrée, il eut l'impression que dehors la pluie s'était remise à tomber. Il avait gardé le tableau dans ses bras, hésita à le poser puis se ravisa en pensant que ce ne serait pas respectueux.

Il n'eut pas longtemps à patienter. La jeune femme revint, le kimono entrebâillé et Franz en fut troublé car il appartenait à un monde où, surtout en plein après-midi, les femmes ne laissaient pas le moindre triangle de peau se dévoiler. Les cheveux attachés mais pour le moins ébouriffés, de cela non plus il n'avait pas l'habitude, elle lui dit de le suivre. Les pans de son peignoir s'enroulaient et se déroulaient de telle manière qu'ils lui donnaient l'apparence d'un papillon.

Elle mena Franz dans une pièce qui devait être une chambre puisqu'il y trônait un grand lit, mais à l'odeur forte de térébenthine qui se dégageait et à l'enchevêtrement de chevalets et de toiles, il conclut qu'il se trouvait dans l'atelier.

Gustav Klimt s'avança. Nous étions en 1917. Klimt avait cinquante-cinq ans et Franz vingt-neuf. Mais à vingt-neuf ans, Franz était encore un enfant.

— Monsieur Brombeere ?

Franz s'inclina.

— Merci d'avoir accepté de me recevoir, monsieur, c'est un grand honneur pour moi de vous rencontrer.

Franz admirait tous les artistes, qu'ils soient poètes, musiciens ou peintres, mais à ses yeux, Gustav Klimt était le plus grand artiste viennois de son temps, peut-être même de tous les temps ! Si les hautes sphères dans lesquelles il évoluait depuis sa naissance avaient souvent été choquées par les envolées du Maître qui, au mépris du scandale, peignait sans vergogne des femmes lascives et callipyges offrant leurs fessiers sur les fresques des bâtiments officiels, Franz mesurait la chance inouïe qu'il avait d'être admis dans son atelier, le saint des saints. Et il restait là avec son tableau emballé sous le bras, un peu penaud, ne sachant par où commencer.

— Asseyez-vous, asseyons-nous !

Klimt avait une bonne voix rocailleuse. Il désigna à Franz le lit recouvert d'un drap à larges rayures noires et blanches.

— Laissez-moi vous débarrasser.

Klimt prit le tableau et le posa sur le matelas.

— Vous permettez ?

— Oui, oui, je vous en prie.

Sans trop de précaution, Klimt commença à déballer le tableau de ses diverses couches de tissu. Quand enfin le visage de la jeune femme se dévoila, Franz fut pris d'un léger vertige.

— Ah !

Klimt enleva une toile inachevée d'un des chevalets et y plaça le portrait.

C'était une très jeune femme de trois quarts, sur fond vert. Une fille aux yeux bleus rêveurs, avec des mèches brun-auburn encadrant son visage qui lui donnaient un air plutôt négligé. Elle portait un grand chapeau de feutre marron, trop grand, et une étole de mauvaise fourrure autour du cou. Une veste en velours bleu lui tombait des épaules qu'elle avait à peine couvertes par une chemise transparente, elle ressemblait à ces filles de la ligne qui vendent leurs charmes à tout prendre.

Klimt resta un instant devant le tableau qu'il avait peint quelques années auparavant et plissa les yeux comme pour se souvenir de celle qui avait posé pour lui dans cet atelier même. Franz restait silencieux, respectueusement, n'ayant pas encore osé s'asseoir. On ne s'asseyait pas sur les lits des gens que l'on rencontrait pour la première fois.

— Alors dites-moi, jeune homme, que puis-je faire pour vous ? Notre ami commun a laissé planer un grand mystère sur la raison de cet entretien.

— Oh, il ne faut pas lui en vouloir, monsieur, j'ai moi-même été très évasif, car je... je tenais à rester discret.

— Bon bon, je vous écoute.

— J'ai fait l'acquisition de ce tableau de vous, je veux dire que c'est un honneur pour moi... j'admire, j'ai toujours énormément admiré votre travail... et le fait est que, les hasards de la vie, le fait est que je connais cette jeune fille, ou plutôt je la connaissais et je ne m'attendais pas à ce que...

Franz soupira, il avait eu beau répéter plusieurs fois la façon dont il formulerait sa demande, il se dit qu'il avait mal démarré.

— Je ne voudrais pas vous faire perdre votre temps...

Peut-être fallait-il aller droit au but et parler d'argent ? Non, c'eût été une grossière erreur.

Le peintre sentit que le malaise du jeune homme n'était pas feint.

— Asseyez-vous, donnez-moi votre chapeau.

Franz s'assit sur le rebord du lit.

— Voulez-vous boire quelque chose ?

— Non, merci.

Le cœur vint lui battre dans la gorge, il ne se serait pas cru si émotif.

— Ne vous inquiétez pas, vous ne me faites perdre aucun temps, racontez-moi.

— Merci, vous êtes trop aimable.

À cet instant, Franz comprit combien cette histoire lui avait pesé et lui pesait encore, et combien il avait besoin de se confier à quelqu'un. Alors, il se décida à commencer par le commencement.

— Martha, la jeune femme du tableau, elle est arrivée chez nous au mois de février 1908. Elle avait quinze ans et j'en avais vingt. Je n'étais pas un garçon très... déluré, si vous voyez ce que je veux dire... mais le fait est que mes parents, ma mère surtout, se faisaient du souci pour moi.

Klimt tira une chaise et s'assit face à Franz, il croisa ses bras sur sa poitrine dans la pose d'un auditeur attentif. Franz poursuivit :

— Deux mois plus tôt, le soir de Noël, le fils d'un de leurs amis s'était suicidé. Il avait contracté la syphilis... Il a préféré mourir que se retrouver paralysé ou débile, vous voyez ? C'était terrible. Il paraît que certains finissent entièrement édentés, parce qu'ils vous frottent avec du mercure... enfin... passons. C'est certainement cette tragédie qui a décidé ma mère.

Il marqua un temps.

— Je n'en ai jamais parlé avec elle, bien entendu, mais c'est une femme pragmatique. Elle m'aime, enfin… je suis son fils unique. Ma famille est riche, très riche, elle l'a toujours été. Je ne sais même pas véritablement d'où leur vient cette fortune. Nous habitons un hôtel particulier, en bordure du Stadtpark. Je m'entends bien avec mes parents, je ne sais pas pourquoi je vous raconte cela, enfin si, pour vous dire que nous sommes pourtant différents, mes parents et moi. Mon père ne s'intéresse absolument pas à l'art. Ma mère fait semblant, du moins je la soupçonne de faire semblant, d'être émue par la musique, mais à part les valses de Strauss, il n'y a pas grand-chose qui la touche. Moi j'ai toujours eu une sensibilité artistique. Vous allez me trouver prétentieux de dire cela, surtout à un grand artiste comme vous.

Klimt lui sourit.

— Allons, jeune homme, ne vous excusez pas, un peintre ne dirait jamais de mal d'un amateur qui achète ses tableaux !

Les deux hommes regardèrent le portrait en silence. Franz se sentit plus en confiance.

— Quand Martha est arrivée chez nous, nous avions déjà une petite armée de domestiques. Je ne sais pas qui s'est occupé de la recruter, notre majordome très certainement, en accord avec ma mère. On ne m'a rien dit explicitement, mais j'ai tout de suite compris ce que Martha faisait là. Un de mes amis m'avait raconté comment ses parents l'avaient éloigné d'une maison close où il avait ses habitudes avec une jeune fille arrivée de la campagne officiellement pour épousseter les meubles, et qui venait le rejoindre tous les soirs dans son lit. Ce n'est pas une chose fréquente, mais dans mon milieu, cela se fait. J'espère que je ne vous choque pas.

Il interrogea le Maître du regard mais celui-ci ne semblait pas choqué outre mesure.

— C'est Martha qui m'a clairement signifié qu'elle était à mon service. Ce sont les mots qu'elle a employés. « Si vous avez besoin de quoi que ce soit, je suis à votre service. » Je ne voudrais surtout pas que vous pensiez que je l'ai forcée. Elle savait ce pour quoi elle était entrée dans notre maison. Je la croyais vierge mais j'ignorais qu'elle avait quinze ans. Elle ne faisait pas si jeune, elle venait de la campagne. Elle était jolie, je la trouvais très jolie. Cela paraît ridicule aujourd'hui, mais j'étais un peu tombé amoureux d'elle. Un jeune homme de vingt ans mélange facilement amour charnel et amour tout court. Au début, j'allais la rejoindre dans sa chambre. Nos domestiques logent au dernier étage. Je pensais être discret, mais bien sûr les autres domestiques savaient. Elle avait un corps incroyable !

Il avait dit cela fièrement au peintre qui connaissait si bien le corps des femmes. Un corps dans lequel Franz se noyait. Et une peau d'une douceur laiteuse. Il se souvint comme elle se laissait faire, elle était à lui, elle était sa petite Martha.

— Dans la journée, elle aidait notre cuisinière. Je mettais rarement les pieds dans la cuisine et puis je ne voulais pas m'approcher d'elle en plein jour. Mais la nuit, la maison s'éteignait, tout disparaissait et nous nous retrouvions.

Il marqua un temps pour chasser les images qui surgissaient des brumes de sa mémoire.

— Elle m'avait raconté son enfance, elle était orpheline et avait grandi chez une tante revêche et un oncle qu'elle détestait et qui empestait le vin. Elle n'avait pas eu d'éducation. Par idéalisme ou par égoïsme, ou pour me vanter de ma grandeur d'âme, je m'étais mis en tête de lui apprendre à aimer les belles choses. Je lui lisais des poèmes le soir sur mon lit. Elle me rejoignait dans ma chambre, à cause des autres domestiques.

Il se souvint comme elle aimait qu'il lui lise des poèmes dans une langue étrangère… *Les Chants de Maldoror* en français, elle écoutait l'oreille collée à sa poitrine, cela devait résonner plus fort. Un livre dans une main, l'autre plongée dans les longs cheveux châtains de Martha, il était un jeune homme gâté. Leurs nuits avaient quelque chose de doux et de puissamment érotique. Le parfum de sa chevelure le rendait fou de désir, il aurait bien pu se confier, il y avait prescription, mais il se retint.

— Je ne dirai pas que nous étions sur un pied d'égalité, je ne dirai pas cela car… car Martha savait rester à sa place… mais nous partagions une complicité, nous sommes devenus plus qu'un maître et sa domestique. Elle était très tendre avec moi et moi avec elle. C'était quelque chose que nous avions en commun, ce besoin de tendresse. Je l'avais même présentée à des amis. Vous imaginez cette folie ? Un soir, je l'ai emmenée écouter des camarades poètes qui récitaient des vers au Café Central, il faut dire que chacun avait amené sa grisette, je ne prenais pas un grand risque, mais Martha n'était pas comme les autres, avec Martha nous étions… C'était une soirée magnifique. Oui, sans être épris, j'étais très attaché à elle. À l'époque je ne me le serais pas avoué mais je n'imaginais plus vraiment ma vie sans elle. Et les mois ont passé… et puis un jour, elle a disparu.

Il marqua un silence. Le peintre était captivé par son histoire, Franz le sentait, il se dit que c'était bon signe, cet homme-là n'était pas insensible.

— Sans prévenir personne, ni ses maîtres ni les autres domestiques, elle était partie. J'ai tout de suite voulu ignorer mon chagrin. C'était impensable que moi, Franz Brombeere, je sois peiné qu'une petite bonne m'ait quitté. J'ai tenté d'être en colère, de lui en vouloir. Les premiers jours, à la vérité, j'étais surtout inquiet, je ne pouvais pas me résoudre à l'idée qu'elle m'avait abandonné sans qu'un malheur l'y ait poussée. J'étais abasourdi, je tournais en rond. Les premières nuits, son corps me manquait tellement que j'ai cru que je la haïssais. J'étais plein de dépit, je crachais sur les petites gens à qui on ne peut jamais faire confiance, j'ai même fouillé dans mes tiroirs, j'ai honte en me remémorant cela, pour savoir si elle ne m'avait pas volé de l'argent ou un objet d'une quelconque valeur, mais rien. Quand je me suis décidé à partir à sa recherche, il était trop tard, je n'avais aucun moyen de retrouver sa trace. J'étais trop fier pour demander des renseignements aux autres domestiques. Et qu'auraient-ils pensé de moi ? J'ai fait envoyer un coursier discret dans le village d'où elle venait pour interroger sa tante et son oncle. Ils n'avaient pas eu de ses nouvelles depuis qu'elle était partie pour Vienne.

En s'écoutant parler, il comprenait à quel point son histoire était tristement banale. Martha avait disparu un dimanche de mai. Il baissa les yeux pour masquer son trouble.

— Elle n'est restée chez nous que seize mois, ce n'est pas beaucoup, n'est-ce pas ? Mais pour un premier amour on ne compte pas... Un premier amour, c'est pour toute la vie. Je n'étais sûrement pas le sien mais... c'est ainsi... on ne choisit pas.

C'était par l'entremise d'un ami que Franz avait obtenu ce rendez-vous. Klimt n'était pas de ces hommes accessibles, et surtout il se méfiait de ceux qui, nés avec une petite cuillère en argent dans la bouche, se croyaient détenteurs du bon goût. Ceux qui ne comprenaient rien à son art mais défaisaient ou non les cordons des bourses qui lui seraient accordées pour les fresques gigantesques qui orneraient les nouveaux bâtiments officiels. Il se souvenait de la jeune fille du portrait, elle avait posé une dizaine de séances pour lui, elle était douce en effet, peut-être un peu plus triste que celle de l'histoire de Franz, mais comment savoir ?

— Vous êtes venu pour que je vous aide à la retrouver ?

— Non, non, bien sûr que non !

— Parce que je n'ai aucune idée de ce qu'elle est devenue, elle n'était qu'un modèle de passage, je ne me souvenais même pas qu'elle s'appelait Martha.

À ces mots, Franz sentit son cœur se serrer, de dépit ou de soulagement, il était incapable de démêler ses sentiments. Il lui fallait beaucoup de courage pour continuer à parler mais que le Maître semble avoir très peu connu la jeune fille était plutôt encourageant. Il observa l'homme, il dégageait une force particulière, il était libre, pensa Franz, quand lui, malgré les millions sur lesquels il était assis, ne l'avait jamais été.

— L'année dernière, lorsque je suis allé voir l'exposition à la Galerie Miethke et que j'ai vu le portrait de Martha, vous ne pouvez pas imaginer le choc que ce fut pour moi. Elle était si vivante, si vraie ! Je suis passé et repassé devant et je suis tout de suite allé voir le galeriste. Enfin non, j'ai peut-être attendu une heure ou deux... Oui... Je me souviens que l'idée qu'elle pourrait se retrouver accrochée dans une autre chambre que la mienne était absolument insupportable… C'est ça qui m'a décidé. J'ai joué la froideur avec le galeriste qui me connaissait de nom. Il n'a pas fait de difficulté. Vous ne pouvez pas savoir comme j'étais soulagé. Et quand le portrait a été livré chez moi… je n'ai pas pu le regarder… impossible…

— Parce que vous l'aimiez encore ?

— Non. Je n'ai pas pu le regarder et… et je n'ai jamais pu depuis.

Comme Klimt avait haussé un sourcil ironique, Franz s'empressa d'ajouter d'un air plaintif :

— Vous pensez, il ne sait pas ce qu'il veut, n'est-ce pas ?

— Non, mais je ne comprends pas.

— Le portrait que vous avez fait d'elle est magnifique. Mais ce n'est pas Martha, ce n'est pas *ma* Martha, c'est une…

Les mots s'étranglaient dans sa gorge.

— La femme du tableau est une prostituée, enfin elle en arbore tous les codes, et j'ai souvent pensé qu'en s'enfuyant ainsi de notre maison, Martha était peut-être tombée bien bas… et que c'était ma faute, voyez-vous, parce que je n'avais pas su voir, parce que je n'ai pas eu le cran de… Martha n'était pas cela, ou peut-être qu'elle l'était justement quand elle a posé pour vous et je ne veux surtout pas le savoir, ne dites rien !

Le Maître se taisait. Franz prit une grande inspiration.

— En réalité, Maître, je suis venu vous faire une demande très particulière, celle de me rendre la jeune fille dont j'ai été amoureux. Je voudrais que vous la changiez.

Klimt le regarda, incrédule.

— Désolé, jeune homme, je ne repeins pas mes toiles.

Franz se leva. Il tremblait.

— Rasseyez-vous.

Franz restait debout, son chapeau à la main. Il regardait le portrait d'un air désolé, comme s'il demandait pardon au tableau.

— Vous voulez que je la change, mais je ne peux pas. Je ne peux même pas faire un autre portrait car elle n'est plus là pour poser. Copier le premier et c'est le faux assuré. Vous connaissez Toulouse-Lautrec ?

— Non.

— C'était un peintre français formidable. L'année où j'ai peint cette jeune fille, je rentrais justement d'un voyage à Paris. Vous savez les artistes s'influencent beaucoup les uns les autres… et quand je vois le grand chapeau, l'étole, je repense à ses tableaux, mais vous avez raison, ça fait très… femme de mauvaise vie.

Klimt souriait, mais le regard de Franz s'était durci. Le peintre se dit qu'en plus d'être sentimental, le jeune homme était susceptible. Ou était-il capricieux par éducation, pourri gâté ?

— Calmez-vous, calmez-vous. C'est une gentille histoire que vous m'avez racontée.

— Oh, monsieur, si vous l'aviez mieux connue ! Martha était tellement douce et charmante et pieuse… Cela vous paraît peut-être hypocrite, vu la vie que nous lui faisions mener, avec moi… sans être mariée, mais elle n'était pas une… de ces femmes.

Klimt fut pris de pitié.

— Laissez-moi votre portrait, jeune homme, et revenez me voir lorsque je vous aurai fait signe.

Franz tendit la main au Maître.

— Vrai ? Vous acceptez ?

Klimt lui tapota doucement l'épaule comme l'aurait fait un adulte avec un petit enfant et il le raccompagna à la porte.

— Je ne vous promets rien.

6

Ce lundi matin, Isidore se réveilla avec la sensation d'avoir avalé un caillou. Il hésitait à se fier à son intuition, mais il se savait trop obsédé par l'argent pour se penser rationnel. Le tuyau de Boba était-il la chance de sa vie ? Ce n'était pourtant pas la première fois qu'il entendait cette rengaine. Les vieux banquiers le répétaient à qui mieux mieux : le marché bouillonnait depuis trop longtemps, il faudrait mettre fin à ces achats fous !

Mais l'époque était merveilleuse. Un homme pouvait acheter et vendre toutes les actions qu'il voulait sans discernement, il était quasi sûr de gagner. Dernièrement, la liquidité était telle qu'un agent de change avait vendu cent mille actions en moins de trois minutes sans faire varier le cours d'un cent ! Les transactions étaient énormes et chaque jour l'ampleur des fluctuations battait son record de la veille.

Isidore s'empêcha de réfléchir en arithmétique, il fallait prévoir le comportement du marché, il fallait sentir d'où viendrait le vent. Comme disait le vieux Larry, « Pas de diagnostic, pas de pronostic ; pas de pronostic, pas de profit. » La spéculation n'était pas un jeu. Il ne fallait pas parier, il fallait anticiper.

Il décida d'aller trouver son broker préféré, celui qui lui avait parlé de l'antiseptique miracle. Le gars se piquait de médecine et de publications scientifiques qu'il arrangeait à sa sauce. Isidore n'était pas dupe mais il avait besoin de faire un gros coup, avant que le marché ne se fracasse, si tant est que le marché se fracasse. Il lui annonça qu'il était prêt à miser tout ce qu'il avait. Soit 5786 dollars. Le broker ne sourcilla pas. Il en avait vu d'autres. Tout le monde faisait des gains époustouflants, les risques étaient faibles. Ils se donnèrent rendez-vous pour le lendemain.

Mardi matin, Isidore se réveilla avec l'envie de vomir. Il recompta la liasse de billets qu'il avait récupérée. Cinquante-sept billets de 100 dollars, quatre billets de vingt, un billet de cinq et un billet de un. Tout son avenir imprimé en gris sale sur des petits rectangles de papier.

Boba ne lui avait pas nommé le porteur de la méchante nouvelle, le mot « vertigineuse » continuait de le hanter. Le broker lui avait dit que pendant la Grande Guerre, les antiseptiques avaient tué plus de soldats qu'ils n'en avaient sauvés. Il pensa à Lotte. Si leur amour était aussi fort qu'ils se le promettaient, 5786 dollars suffiraient. Il pourrait acheter un petit fonds de commerce, un magasin de chaussures ou autre chose. Il s'accrocha une nouvelle fois à ce rêve simple une poignée de secondes. Impossible. Peut-être devait-il parler à un de ses anciens clients ? M. Livermore qui était si bavard ? Ou M. Peeters qui était toujours pressé ? Ou bien son préféré, M. O'Reilly, qui lui avait donné le nom du broker quand Isidore s'était lancé ?

Il cacha son argent dans un chiffon taché de cirage et le déposa au fond d'une caisse en bois parmi des objets cassés et disparates. La chambre qu'il occupait avec son copain Ben était misérable, personne n'aurait soupçonné qu'on y avait planqué une si grosse somme. Conserver la liasse sur lui aurait ajouté à la tentation d'en faire quelque chose sur un coup de tête.

Il sortit les mains dans les poches et longea Mulberry Street jusqu'à croiser Broadway. Il faisait doux pour un mois d'octobre. Il marchait d'un pas cadencé, comme s'il avait voulu se bercer. Il refusa obstinément les images de son passé surgies pour l'effrayer. Il passa devant les arbres roux du parc du City Hall et continua à descendre. Son plan était simple, il irait se poster en bas de l'immeuble à l'angle de Beaver Street où il savait qu'il finirait par croiser un de ses anciens clients qui avaient toujours été de bon conseil.

Le ciel, ce jour-là, était d'une hauteur démesurée. *Le vent se lève*, pensa Isidore, et il rentra son menton dans le col de sa veste.

Boba eut l'air surpris, presque gêné de le voir.

— Ne t'occupe pas de moi, je viens parce que j'ai rendez-vous avec une vieille connaissance.

Il ne souhaitait pas en dire trop, heureusement, les clients étaient nombreux et Boba devait se concentrer sur sa tâche. Adossé aux grilles, Isidore l'observait en coin. Le gamin ne se débrouillait pas mal. Quand M. Livermore parut, Isidore remercia sa chance.

— Bonjour, monsieur !

L'homme reconnut Isidore et lui sourit.

— Tiens, un revenant !

Isidore tenta de maîtriser sa nervosité.

— Vous auriez un moment pour un spéculateur débutant ?

Livermore s'arrêta et réajusta ses lunettes. Le costume impeccable et le chapeau de feutre marron légèrement incliné, il devait avoir dans les cinquante ans. Isidore lui proposa de l'accompagner jusqu'au pied de son immeuble.

— Je ne veux pas vous faire perdre votre temps, monsieur.

— Très bien, marchons.

Isidore se lança. Il ne fit pas de secrets. L'homme l'écouta attentivement en penchant la tête. Quand Isidore eut fini de parler, il lui dit :

— Écoute, mon garçon, ça fait vingt ans que je fais ce métier et de mon point de vue les choses sont assez simples. Personne ne peut capter toutes les fluctuations du marché. Dans un marché haussier, ton jeu consiste à acheter des actions et à les conserver jusqu'à ce que tu croies que le marché haussier est près de sa fin. C'est pour cela que je ne donne jamais de tuyau à personne. Un tuyau individuel, un facteur particulier, ne sont que des épiphénomènes. C'est la grande tendance qui rapporte vraiment de l'argent. Le seul secret c'est n'achète jamais au plus bas et vends toujours trop tôt. Mais si tu sens que la tendance s'inverse, alors sors tes actions, toutes tes actions, sors pour de bon. Et si tu n'as pas peur, shorte. Shorte massivement.

— Shorter ?

Isidore n'avait jamais été baissier. Il ne s'était même pas renseigné sur la question car beaucoup de brokers l'avaient mis en garde : parier sur la baisse du marché, c'était vraiment un coup à tout perdre. Surtout pour un débutant et surtout depuis qu'on avait le droit de vendre des titres avec une couverture de seulement

10 %[1]. Avec ses 5 786 dollars, Isidore pouvait vendre pour 57 860 dollars d'actions. Vendre une chose que l'on ne possédait pas *encore*, c'était la clef de ce tour de passe-passe. Emprunter des titres qu'on n'avait pas et, une fois la baisse entérinée, racheter la même quantité d'actions au rabais pour les rendre à celui qui avait parié sur leur hausse, celui-là même qui nous avait prêté ses actions au lieu de les vendre. Si chute vertigineuse il y avait, c'était le jackpot assuré. Mais à grand profit, grand risque ; si l'effet de levier jouait en sa défaveur, une hausse, ne serait-ce que de deux points, et sa mise de départ serait engloutie. Sa banque déclencherait un appel de marge et il serait forcé de couper ses positions en rachetant au prix fort les actions vendues pour les rendre au prêteur.

— Est-ce que je peux vous poser une dernière question ?

— Je t'écoute…

— Vous, c'est ce que vous allez faire ? Vous allez shorter ?

Jesse Livermore marqua un temps, son œil brillait de malice. Puis il posa son index sur sa bouche en signe de secret et hocha la tête très doucement.

— Oui.

Le mercredi matin, les journaux n'annonçaient rien de particulier. Le marché suivait son cours et Isidore fut terriblement désemparé. Un sentiment d'urgence lui tenaillait le ventre et pourtant, depuis que Boba avait fait sa grande annonce, les choses semblaient inchangées. Jesse Livermore avait la réputation d'un homme qui avait

1. Le *call loan* est autorisé à Wall Street depuis 1926.

gagné mais aussi perdu des millions. Isidore ne pouvait pas se permettre cela. Il pensait sans cesse à Lotte. Ne pas la voir le rendait malade d'angoisse. L'automne était bien la pire des saisons. Il fallait qu'il se décide. Shorter, shorter mais shorter quoi ? Quelle action ferait le grand plongeon ?

Le jeudi, puis le vendredi s'avancèrent en dodelinant, nous étions le 18 octobre 1929. Quelques ventes massives de capitaux étrangers eurent lieu, « rien d'alarmant » commentèrent ceux qui, comme Isidore, passaient leur journée assis dans les bureaux de change à scruter le ciel en attente de signes annonciateurs d'une tempête. Isidore ne crut pas à leurs airs bonhommes, il se dit qu'il n'était pas seul à se méfier et qu'il avait bien fait d'empiler ses billets au fond d'une caisse en bois. La plupart des actions continuaient à faire des bénéfices, mais les cours furent légèrement entraînés à la baisse le vendredi. Le moment était-il venu ? Il ferma les yeux et s'imagina en costume trois-pièces au bras de sa fiancée.

Le samedi, le marché clôturait à midi[1]. Isidore regarda une dernière fois son petit paquet d'argent et le plaça délicatement dans la poche intérieure de sa veste. Puis il l'emporta au guichet du bureau de Harding Brothers. En tremblant, il signa un bon pour une vente à découvert d'actions General Electric. Une action solide et sûre qui valait cher, 83 dollars à l'ouverture. Avec son dépôt de garantie de 5 786 dollars, Isidore emprunta et vendit simultanément 697 actions. La National City Bank, la banque la plus riche des États-Unis d'Amérique, lui

1. Aujourd'hui, le marché est ouvert du lundi au vendredi.

préleva une commission de 1,5 %. Son compte était donc désormais créditeur de 56983 dollars supplémentaires soit 62769 dollars. Ses mains tremblaient.

Désormais, à tout instant, il devait être en mesure de racheter les 697 actions pour les rendre à leur propriétaire. La banque, par mesure de précaution, avait fixé le cours limite de perte à 87,75 dollars l'action. Si General Electric franchissait cette barre, Isidore serait contraint de déboucler ses positions. À un prix de rachat de 87,75 dollars auquel s'ajouteraient les commissions de ses généreux banquiers, il ne lui resterait plus que 690 dollars et ses yeux pour pleurer.

Le lundi, il y eut de nouveaux retraits de capitaux étrangers, mais l'action General Electric, tout comme AT & T, US Steel et Westinghouse se maintinrent. Les employés du New York Stock Exchange vaquaient à leurs occupations habituelles, leurs pas cadencés faisant valser leurs cravates. Pourtant, le marché était fébrile, et certaines actions commençaient à décaler.

Il fallut attendre le jeudi 24 octobre pour que se déclare la première grande panique. Le matin, il ne se trouvait plus que des vendeurs ; quels que soient les prix proposés, les acheteurs refusaient de s'avancer. Alors les cours s'effondrèrent. Mais pas celui de General Electric. Isidore en avait des palpitations.

Avant midi, le Dow Jones avait perdu 22,6 %, du jamais-vu. Dans les bureaux de change, les téléscripteurs avaient jusqu'à une heure et demie de retard sur les cours et plus personne ne savait à quel prix il avait cédé ses titres.

Isidore décida de descendre jusqu'à Wall Street pour voir cela. Mais ils étaient nombreux à avoir eu la même idée et, très vite, la foule affolée s'agglutina à l'extérieur du grand bâtiment et la police fut dépassée. Allait-il y avoir une émeute ? La galerie des visiteurs fut fermée. L'heure était grave. Les journaux n'avaient pas eu le temps d'imprimer les dernières nouvelles mais les vendeurs à la criée répandaient les rumeurs les plus folles dans l'excitation générale. « C'est un jeudi noir ! C'est un jeudi noir ! », « Onze spéculateurs se sont donné la mort ce matin ! », « Les Bourses de Chicago et Buffalo sont fermées ! »

Une réunion d'urgence entre cinq des principaux banquiers de New York se tint au siège de J.P. Morgan & Co. Ces hommes sérieux décidèrent qu'il ne fallait pas laisser les choses dégénérer. À l'annonce que les banques interviendraient pour soutenir les cours, tout se redressa rapidement et la baisse pour la journée fut limitée à 2,1 %. Isidore avait retenu sa respiration jusqu'à la fermeture, si les cours remontaient, son erreur serait irréparable.

Il fallait qu'il retrouve M. Livermore, lui saurait quoi faire. Les gens autour d'Isidore ne parlaient plus que de cela mais leurs paroles ne faisaient pas sens. Même lorsqu'il lisait le journal, il fallait qu'il s'y reprenne à trois ou quatre fois, ses yeux glissaient sur les colonnes des articles sans rien comprendre. Il ne pensait qu'à General Electric. General Electric et Lotte et le père de Lotte, et des dollars tournoyaient dans les brumes de son cerveau matraqué par l'angoisse. Il regrettait de ne pas avoir mis un tout petit peu d'argent de côté, un tout petit peu pour au moins rebondir ; il avait agi comme un crétin qui croit à sa chance, comme un joueur invétéré. Il revoyait le magasin qu'il aurait pu acheter et ce rêve devenait d'autant plus idyllique qu'il s'éloignait.

Les jours qui suivirent, le cycle s'emballa et, cette fois, les banques n'y purent rien. Le marché se purgeait, et ceux qui avaient emprunté pour spéculer furent un à un contraints de liquider leurs positions. La chute de l'indice Dow Jones était désormais inexorable.

Le lundi 28 octobre, Eastman Kodak perdit 42 %, AT & T et Westinghouse 34, U.S. Steel, 18 et General Electric, 48.

Quarante-huit pour cent ! Isidore avait vendu l'action à 83 dollars et son cours de clôture était de 43.16. Il eut un haut-le-cœur. Il n'arrivait même plus à calculer. Il fut forcé de s'asseoir et de sortir son carnet et son crayon. Il avait gagné 39,84 dollars par action. 697 fois 39,84 dollars faisaient 27 768,48 dollars. En une seule journée. Auxquels s'ajoutait sa mise de départ de 5 786 dollars. Son compte à National City Bank, la banque la plus riche des États-Unis d'Amérique, était désormais créditeur de la somme de 33 554,48 dollars.

7

Les pieds acajou du fauteuil en cuir sombre s'enfonçaient dans une épaisse moquette beige. Un fauteuil en cuir capitonné qui ne faisait pas de bruit quand on s'y asseyait, et qui procurait une sensation de calme et d'apaisement à son propriétaire car on l'avait placé devant une large fenêtre qui donnait sur les cimes des arbres de Central Park. Un fauteuil en plein ciel et patiné avec vue plongeante sur les verts sombres des feuillages. Un fauteuil d'homme sage qui n'aimait pas être dérangé et qui avait réussi sa vie à bien des égards.

Dans quelques mois, il fêterait ses quatre-vingts ans, il était père et grand-père. Il était riche, respecté par ses associés et craint par ses employés. Il était seul comme le sont les gens entourés. Il faisait partie de ceux à qui on pouvait demander des choses, obtenir des faveurs ou des recommandations, ceux dont l'avis comptait. Nombre de ses amis étaient sur la pente descendante quand ils n'étaient pas déjà six pieds sous terre, mais quelques-uns dépendaient encore de lui et attendaient ses décisions, il était majoritaire au conseil d'administration. Il avait passé sa vie à ériger de hautes barrières autour de son fauteuil de président. Et ses enfants ? Eux aussi se tenaient tranquilles sachant qu'ils hériteraient bientôt.

Derrière lui se dressait une belle bibliothèque, c'était sa femme qui lisait des livres, sa femme l'intellectuelle oisive, pendant que lui travaillait à leur fortune. Pour que sa famille ne manquât de rien. Pour qu'ils soient à l'abri. Il avait fait pour son épouse et ses enfants ce que personne n'avait jamais fait pour lui. Il taisait ses origines et racontait qu'il était né à vingt ans, un jeudi d'octobre 1929, alors que le plus grand krach boursier de tous les temps faisait voler des hommes ruinés par les fenêtres des hautes tours. Car on se tuait encore pour l'honneur quand il était jeune.

Il avait tant vu le monde changer. Il avait aimé le progrès avec passion. Il avait contribué à faire bouger les lignes, à coups de fraîcheur mentholée, à coups de savon senteur marine et de crème à raser tonifiante. Il s'était même mêlé de changer l'alimentation des chiens, pour faire plaisir à Felicity qui était une folle des cabots.

C'était après le petit déjeuner. Il avait ouvert le courrier, et l'enveloppe éventrée gisait à côté de la tasse de café et des miettes de pain sur l'assiette. Une lettre d'assignation. Une lettre du Texas. D'une certaine Michelle Alvez. Une lettre que d'autres auraient pu recevoir comme un choc mais qui l'avait simplement mis en colère. Une grande colère irréfragable. Une colère noire de vieil homme qui n'avait pas été en colère depuis longtemps, une colère qui remontait à l'enfance peut-être.

De quel droit cette femme osait-elle ? Il avait eu deux fils et une fille. Peter, Thomas et Felicity. Il avait été père trois fois, cela avait suffi. Les enfants, c'était beaucoup d'attachement. Et comme il fallait bien que les choses se détachent un jour ou l'autre, les enfants, c'était aussi beaucoup de douleur, inévitablement. Une fille, une seule, Felicity, un prénom qu'il n'avait pas choisi mais elle l'avait bien porté car c'était une enfant joyeuse. « Felicity, c'est notre joie » avaient souvent ânonné ses parents.

Depuis quand se décrétait-on la fille de quelqu'un ? Il broya le papier dans sa main de vieil homme, une main tachée aux veines vermoulues et saillantes. Cette Michelle, que lui voulait-elle ? Il tenta de fouiller dans ses souvenirs.

C'était une autre époque, on faisait des affaires différemment, on signait le contrat et puis on allait boire des verres dans un endroit agréable pour fêter cela. Si des demoiselles expérimentées vous aidaient à terminer la journée en beauté, où était la faute ? Il était stipulé que l'enfant était née en 1969. Lui avait alors soixante ans. C'était juste avant le rachat de Citrus Fresh, le gel douche qui vitaminait les matins fatigués. Un de leurs plus beaux coups. Il réfléchit. En 1969, leur usine de San Antonio n'avait pas encore ouvert, il n'aurait eu aucune raison d'aller au Texas, et encore moins à Houston. Cette femme racontait n'importe quoi.

Il sentit un violent mal de tête lui barrer le crâne et tenta de se rassurer. Mais oui, les shampoings Star Blonde, c'était après. Les dates se percutaient dans sa mémoire, pourtant il avait toujours maîtrisé les chiffres à la perfection. Il revit les grandes avenues de chaleur désertes, les paysages rouge sec et ces crétins de Texans avec leurs Stetsons et leurs bottes pointues. La migraine était là. Est-ce qu'il s'était tapé des petites minettes ? Oui. Des professionnelles ? Oui. Beaucoup ? Il y avait si longtemps de cela. Cette femme était folle. Elle en voulait à son argent, comme les autres. Il essaya de faire claquer le prénom de Michelle sur un petit cul rebondi. Ça ne lui disait rien du tout. Il leur demandait comment elles s'appelaient pour la forme mais oubliait aussitôt.

Il se revit dans des boîtes de nuit, dans des bars d'hôtel, comme il suivait leurs roulements de fesses devant lui le long des couloirs moquettés de l'ascenseur jusqu'à la chambre. Les choses se passaient bien, c'était simple, la plupart du temps il n'avait rien à faire à part s'asseoir dans un fauteuil profond. Elles se mettaient à l'aise, prenaient un coussin pour ne pas avoir mal aux genoux. Parfois, rarement, il les allongeait sur le lit.

Il n'était pas de ces hommes qui cherchaient leur maman, peut-être parce qu'il avait été très amoureux de sa femme et très paternel, justement. Il avait aimé fonder une famille. Il était un homme sérieux, responsable, c'est pour cela qu'il n'aurait jamais pris le risque d'avoir un bâtard ou une bâtarde. Les préservatifs, les filles en avaient toujours sur elles, c'étaient même elles qui lui avaient fait découvrir la chose.

Le nom de l'avocat lui était inconnu, mais la typographie du papier à en-tête était extrêmement prétentieuse. La migraine le lançait à présent. Il fallait qu'il tire les rideaux, la lumière lui sciait les yeux. Il fallait qu'il tire les rideaux et qu'il appelle Henry. Henry saurait s'occuper de cela, éviter le scandale. Acheter le silence de la greluche, et après ? Un chèque de plus ou de moins sur son compte en banque ne changerait pas l'héritage de ses enfants. Felicity lui avait demandé « Qu'est-ce qui te ferait plaisir, papa, pour ton anniversaire ? » Il avait été incapable de lui répondre. Oh, comme sa tête lui faisait mal !

Michelle. Houston. Il avait beaucoup voyagé. Une chambre avec un dessus-de-lit en satin rouge, une autre avec des rideaux verts, une chevelure rousse et les ombres qui dansaient sur les murs. Il n'aimait pas trop laisser les lumières allumées. La nuit, au-dehors, les phares des voitures qui ne faisaient que passer et son plaisir d'homme. Un plaisir simple et brut. La plupart du temps, il n'avait même pas besoin de sortir son portefeuille, c'était offert par le client.

Il se souvint d'une fois, était-ce au Texas, justement ? Oui, certainement, cela lui revenait, la fille avait voulu garder la télé allumée. C'était une professionnelle à n'en pas douter, elle lui avait semblé experte et concentrée sur son travail mais avant de commencer elle lui avait demandé « Quelle chaîne tu veux regarder ? » Il avait trouvé ça bizarre. Il avait choisi un talk-show sur la politique et les deux n'avaient pas été incompatibles. Il avait même plutôt apprécié de se faire sucer pendant que des hommes d'importance parlaient de lois à voter et débattaient de jurisprudence. Longtemps, les deux s'étaient superposés dans son esprit. Peut-être était-ce pour ce détail qu'il se souvenait d'elle plutôt que d'une autre. Et aussi d'une actrice, assez célèbre en son temps, plantureuse, mais pas sur le lit, dans le fauteuil, bien calé. Est-ce que c'était cette fois-là ?

Il se souvint des néons d'un restaurant qui clignotaient. Il avait refusé de signer, le type s'était décomposé mais il avait fait bonne figure jusqu'au dîner. Un ingénieur-chercheur qui pensait qu'il tenait l'avenir d'un déodorant sans alcool. Lui n'y avait pas cru. Le dîner s'était terminé tôt, il ne repartait pas avant le lendemain. Il était rentré à son hôtel et avait demandé à la réception de lui trouver une fille. Sa tristesse de l'époque lui revint. La réception lui avait envoyé une Michelle. Est-ce qu'elle s'appelait vraiment Michelle ? Ou Samantha ? Est-ce que c'était cette fille-là ? En tout cas, c'était au Texas, il en eut la certitude. À cause des néons du restaurant qui s'enchâssaient dans sa mémoire à la façade de l'hôtel. Un bel hôtel de Houston. Les chambres avaient de hauts plafonds et, posée sur une table basse, la télévision semblait toute petite, justement. Il eut la sensation qu'on lui enfonçait deux tournevis derrière les yeux.

La tranquillité. Henry allait tout régler, c'était son rôle. Il fallait appeler Henry et ne plus y penser. Il était connu pour être un homme prompt à agir sans pour autant se laisser emporter. Un homme mesuré. Mais ce matin, une rage sourde faisait trembler ses mains. On l'accusait d'être un homme qui n'avait pas reconnu son enfant ? On le pointait du doigt ? On l'acculait ? On avait des preuves et on allait le forcer à admettre une faute qu'il n'avait pas commise ? Il fut pris d'une envie de vomir et piqua une suée. Son poing crispé soudain se desserra et la lettre glissa sur la moquette. Un chien, un molosse enragé s'était mis à lui mordre le cœur.

La sensation précise, celle de mâchoires épreignant sa pauvre cage thoracique boursoufflée était atroce. Il devait se lever. Il se hissa sur les bras du fauteuil et tout son corps prit feu à l'instant même. Peut-être pas ses jambes, mais ses poumons pour sûr. La douleur le fit vaciller. Il devait atteindre la porte, appeler Mme Valeras qui était toujours là pour le servir. Il constata qu'il tenait à la verticale, il imagina ses mollets, aussi fermes que ceux d'une statue. Mais quand il s'agit de marcher tout se brisa en lui ; il était le colosse aux pieds d'argile, il était le volcan en éruption de souffrance.

Il eut tellement mal qu'il s'effondra sur la première table, entraînant dans sa chute le cendrier en cristal, cadeau des enfants au Noël dernier, cadeau inutile, cela faisait des années qu'il avait arrêté de fumer, même le cigare. La moquette amortit le choc et le cendrier tomba mollement dans un bruit sourd. À genoux, il essaya de se relever. Quand il était petit garçon, il avait appris à encaisser les coups pourtant. Le souffle qui s'échappait de sa poitrine lui fit l'effet d'un brasier. Il s'attendait à suer des flammes mais tout autour de lui restait immobile et inchangé. Il poussa un gémissement de petit enfant et se recroquevilla sur le côté.

C'est à ce moment-là que Mme Valeras entra. Un cri aigu de souris. Mme Valeras chicotait.

« Monsieur ! Monsieur ! Monsieur ! »

Dans un élan de tragédienne, elle appela « Au secours ! À l'aide ! » alors qu'il n'y avait qu'eux deux dans l'appartement. Immobile et agonisant, il la regardait agiter les bras. Elle finit par sortir de la pièce en courant.

Quand elle revint, la Mort était là, il la sentit logée dans un nœud au fond de sa gorge. Il fixa le plafond et constata avec étonnement qu'il était toujours en proie à la colère. Deux hommes et une femme étaient entrés dans le bureau, sûrs d'eux. Le vieillard observait leurs gestes rapides et précis, un calme étrange les animait.

« Monsieur ? Monsieur, vous m'entendez ? »

Mme Valeras avait joint les mains en prière, elle pleurait, elle était toute rouge. L'infirmier souleva la paupière ridée du vieil écroulé et inonda son œil d'un rai de lumière. La Mort, sage et patiente, se frottait les mains.

« On va lui faire une piqûre d'adrénaline. Écartez-vous. »

Ils tâtèrent son bras, il sentit qu'on le garrottait.

« Monsieur ! Monsieur ! Vous m'entendez ? »

L'aiguille s'enfonça et le choc fut terrible, il bondit sans pourtant avoir bougé d'un cil.

« Monsieur ! Monsieur ! Vous m'entendez ? »

8

C'était le 29 juin et, dans la catholique Autriche, la fête des saints Pierre et Paul. Malgré la guerre, le kiosque à musique du Stadtpark faisait danser les bosquets fleuris. C'était le premier jour férié de l'été, un vrai jour à se sentir heureuse. Martha tenait fièrement la main de son petit garçon. Il avait sept ans et jamais auparavant ils ne s'étaient ainsi promenés tous les deux dans la capitale. Pour l'occasion, elle lui avait noué un gros nœud bleu autour du cou, une sorte de lavallière comme en portaient les enfants des gens riches. Elle avait acheté le ruban au marchand ambulant de Leobendorf. Le col de la chemise était amidonné, la culotte courte et les chaussettes bien remontées, les manches bouffantes ressortaient de la veste un peu trop serrée. Il n'aurait pas fallu qu'Isidore coure, mais Isidore savait se tenir tranquille.

Ils s'étaient levés à l'aube. Le ciel était d'un bleu de soie et l'air était déjà doux. Ils avaient marché jusqu'à la gare de Leobendorf. Martha souriait à l'idée de la joie que cela serait pour l'enfant de monter dans cette machine de ferraille crachante et fumante. Les gens se pressaient sur le quai et Isidore serra la main de sa mère de toutes ses forces quand le sifflement retentit. Jamais elle n'oublierait les yeux émerveillés de son petit garçon.

Le trajet durait une grosse heure pour arriver à Vienne. Le paysage de campagne défilait à toute allure. Les prairies parfumées agitaient leurs herbes folles et, au loin, les crêtes des sombres forêts semblaient se balancer sur la ligne d'horizon. Martha avait prévu une tartine dans un mouchoir. Demain, Isidore raconterait à ses camarades sa chance, celle d'être parti à l'aventure avec un gros nœud bleu autour du cou.

Cela faisait deux ans que l'Autriche avait déclaré la guerre à la Serbie. François-Ferdinand, le neveu du vieil empereur François-Joseph et héritier du trône austro-hongrois avait été abattu à Sarajevo en juin 1914. L'oncle monarque avait pensé qu'une expédition punitive suffirait à remettre les choses en ordre. Il avait rassemblé ses soldats et ils avaient pris la route en chantant. Puis les choses s'étaient emballées, dans un élan sauvage et irrésistible, tous les pays européens avaient voulu en être. En liesse, les jeunes recrues s'étaient avancées rayonnantes ; deux ans plus tard, la vie des Autrichiens était rationnée, carte de pain, carte de viande, il n'y avait même plus de vrai café.

Mais Vienne était loin des zones d'affrontement et des bombardements. Vienne demeurait, radieuse et insouciante. Le long de ses avenues, des dames vêtues de blanc se promenaient bras dessus bras dessous avec des officiers qui leur offraient des bouquets de violettes. Ces militaires rasés de frais en uniforme impeccable repoussaient la réalité des soldats barbus et déguenillés qui peuplaient le front.

Au printemps 1915, une grande offensive austro-allemande avait percé les lignes russes à Tarnów et conquis la Galicie et la Pologne en une seule avance concentrique. Les journaux viennois avaient scandé les mensonges habituels et imprimé de grandes phrases sur la volonté inflexible de vaincre, les pertes minimes des troupes autrichiennes et celles, énormes, des adversaires. Martha en avait entendu parler, mais Martha ne s'intéressait pas à la guerre ; son combat, c'était son fils.

La fête des saints Pierre et Paul était une cérémonie splendide et la grande cathédrale Stephansdom avec son toit décoré de losanges était certainement la chose la plus impressionnante qu'Isidore ait jamais vue. Les Viennois étaient venus en nombre prier pour la mort de l'ennemi et leurs chants s'étaient élevés avec ferveur. Martha avait fait brûler quelques cierges à Stephansdom, mais cela datait d'avant la naissance d'Isidore et aujourd'hui, tout lui paraissait nouveau.

Pendant six années, elle et son fils n'avaient pas quitté la petite ville de Leobendorf. Été, automne, hiver, printemps, les jours s'étaient succédé dans une danse de fatigue et elle avait tenu bon. Se lever, s'habiller, s'occuper de l'enfant, travailler, travailler pour payer le loyer de la chambre, payer la boulangère et l'épicier, nourrir le petit, aller au lavoir, à la messe, au lit, et recommencer. Mais aujourd'hui, c'était la fête.

À la sortie de l'église, elle se tourna vers Isidore et lui dit qu'elle allait l'emmener dans un endroit extraordinaire. « J'espère que tu t'en souviendras toujours. » Et le fils découvrait une autre mère, insoupçonnée, qui savait prendre le train et se diriger dans le dédale des rues de l'immense ville, une femme qui voulait lui fabriquer des souvenirs de joie. Cette mère-là était la plus fantastique du monde.

Ils passèrent devant des fontaines décorées de statues d'or, des vitrines de magasins étincelaient au soleil et les belles automobiles rutilaient, de cela aussi, Isidore se souviendrait. Les messieurs avec leurs canotiers et les femmes avec leurs grands chapeaux l'éblouissaient. Ils tournèrent à l'angle de Strauchgasse et Martha poussa la double porte du Café Central.

— Si vous voulez bien me suivre.

Le serveur les mena à leur place. Peut-être la jeune ouvrière endimanchée n'était-elle pas si à l'aise qu'elle voulait en avoir l'air mais son enfant lui donnait du courage. Elle se demanda un instant si avec son ruban bleu, Isidore pouvait passer pour un petit aristocrate dont elle aurait été la nurse, mais il était trop évident qu'ils n'étaient pas de ce monde. L'enfant ouvrait des yeux ronds comme des billes et gardait la bouche ouverte.

Ils s'assirent devant le guéridon de marbre rouge qu'on leur avait désigné. Au-dessus de leurs têtes, des dizaines de lustres pendaient des arcades, grandioses. En pleine pénurie, ce lieu faisait figure d'îlot d'abondance, il y avait même des pâtisseries exposées sur un immense comptoir à l'entrée. Cette magnificence avait un prix. Martha tenta d'avoir la voix la moins blanche possible quand un autre serveur s'avança vers eux.

— Nous prendrons deux chocolats chauds, s'il vous plaît.

La mère et le fils attendirent sagement. Isidore regardait les frises de petites étoiles sur fond de marbre bleu qui ornaient les colonnes. Les tasses de porcelaine arrivèrent avec la chocolatière et les deux coupelles de crème. Martha versa le chocolat, brun, épais, brûlant. Puis elle montra comment il fallait prendre un peu de crème fouettée avec la cuillère en argent et la tremper dans le chocolat.

Isidore porta ce délice à ses lèvres, ses yeux brillaient de plaisir. La chaleur l'emporta sur les premières sensations, le goût métallique de la cuillère lui sembla irréel, puis vint l'onctuosité de la crème qui fondait sous son palais, et la douceur se mêlant à l'amertume. S'il avait osé, il aurait ri de gourmandise mais l'instant était si solennel, et il avait peur d'en renverser et de faire une tache sur son ruban bleu. L'air au-dessus de sa tasse lui sembla plus léger. La cuillère récolta à nouveau un petit nuage alvéolé plus délicat qu'une plume avant de plonger dans le lac brillant et sombre qui l'attendait. C'était une boue merveilleuse et sucrée qui lui coulait dans la gorge et une impression générale de temps suspendu se grava en lui, le tintement des verres et des tasses alentour, le bruissement indistinct des clients attablés et le regard empli de douceur de sa mère qui contrastait tant avec celui des jours ordinaires où elle lui apparaissait comme une femme fatiguée. Martha observait son fils de toute son âme, elle voulait inscrire cet instant de délectation pure dans l'immense édifice de ses souvenirs, comme on l'aurait fait d'un baiser, un baiser de chocolat et une envie de se lécher les doigts.

Quand il ne resta plus une seule goutte, le serveur débarrassa les tasses. Ils n'auraient pas été plus repus après un festin. Ils avaient encore un peu de temps avant de reprendre le train pour Leobendorf. Alors la journée disparaîtrait, et Martha se sentit nostalgique par anticipation.

— Viens, nous allons nous promener. Tu sais, j'ai travaillé à Vienne, avant ta naissance, je connais bien ce quartier.

Martha pensait à Franz Brombeere. Elle ignorait qu'il n'avait pas participé à la guerre. Un asthme déclaré depuis l'enfance l'avait soustrait à ses obligations militaires. Déjà au sortir de ses études, le conseil de révision l'avait certifié inapte. Cela l'avait rendu très heureux, lui qui avait toujours été doux comme un agneau. En effet, l'héroïsme convenait peu à la nature de Franz. À la mobilisation, pour que l'honneur des Brombeere soit sauf, son père lui avait trouvé un poste aux archives militaires. Ce n'était pas glorieux, mais Franz aurait volontiers classé des documents douze heures par jour si cela pouvait lui éviter d'avoir à enfoncer une baïonnette dans le ventre d'un paysan russe.

Martha espérait-elle le croiser ? Que le destin les fasse se heurter sur le trottoir ? La jeune mère savait faire taire ses rêves. Elle n'avait jamais eu d'illusions au sujet de Franz. Elle n'avait partagé la couche que de celui dont elle était la domestique. Mais elle se souvenait aussi comme elle posait son oreille contre la poitrine du jeune homme quand il lui lisait des poèmes, elle se rappelait la blancheur de sa peau et sa respiration particulière, les vibrations qui transperçaient son oreille et son cœur et le livre en langue étrangère qu'il tenait tout près de son visage. Lautréamont était le nom du poète, Isidore Graf von Lautréamont. C'était son secret. Franz était doux, il était différent des autres hommes. Elle avait dit à son fils « Ton père était un homme bon, mais il est mort avant ta naissance. » Dans la classe d'Isidore, il y avait deux garçons dont les pères étaient morts à la guerre, en héros, chanceux qu'ils étaient. Martha prit la petite main de son enfant dans la sienne. Était-ce pour cela qu'elle l'avait affublé d'un ruban bleu ? Au cas où ?

Soit que le chocolat eût rassasié sa soif d'aventure, le garçon semblait déjà moins impressionné par les larges avenues qu'à leur descente du train. Vienne déroulait ses pavés sous le trot des chevaux. Ils se trouvèrent à l'angle de Graben et de Bräunerstraße. Martha s'était-elle dirigée sciemment vers cette rue, comme en pèlerinage secret ? (Quand elle y repenserait, le soir dans son lit, elle nierait sincèrement.) La Galerie Miethke était l'une des plus célèbres, sinon la plus célèbre galerie de Vienne, Franz l'y avait emmenée trois fois et elle avait trouvé ce lieu magnifique. Mais si Isidore et Martha étaient passés devant, ce n'était qu'au hasard de leurs déambulations.

Les hautes vitres qui donnaient sur la rue étaient d'un seul tenant. Au travers, on voyait des tableaux exposés sur des murs nus. Martha serra la main de son enfant un peu plus fort car son œil venait d'attraper quelque chose. Sans réfléchir, elle entra dans la galerie et se dirigea droit vers le mur du fond.

Le tableau n'était pas très grand, mais la ressemblance était stupéfiante. Et le petit garçon mit quelques secondes avant de recevoir le choc.

9

Isidore savait ce qu'il lui restait à faire. Avec ses beaux billets, il alla sur Madison Avenue et s'acheta une de ces paires de chaussures qu'il avait tant de fois cirées. Convaincu qu'on jugeait de la qualité d'un homme à l'éclat de ses souliers, il souriait. Il avait encore une course à faire. Il remonta l'avenue à grandes enjambées. Marche triomphale des derbies neufs et raides qui promettaient à leur heureux propriétaire des ampoules cuisantes le soir même, mais Isidore ne craignait pas de souffrir maintenant qu'il était riche.

Il marcha 4 kilomètres exactement, c'était une bonne chose car des chaussures trop neuves l'auraient trahi. Il répétait ses mensonges dans sa tête. Il arriva devant la vitrine de Brooks Brothers, le fournisseur de chemises d'Abraham Lincoln lui-même. Il entra. Quand il ressortit de la boutique, il était prêt.

Il se dirigea vers la 5e Avenue et acheta un énorme bouquet de roses roses, ce qui ne se faisait pas mais comment aurait-il pu le savoir ? Les tiges des fleurs risquaient de mouiller son beau pantalon et il tendait les bras comme un ahuri épouvanté d'amour. Il ne savait plus marcher, il s'élançait à chaque pas, avec l'envie de crier son propre nom dans le vent d'octobre. Depuis quand n'avait-il pas été si heureux ? Sur le trottoir, il vit un homme qui avait accroché une pancarte à sa voiture sur laquelle on pouvait lire :

« À vendre – 100 dollars – j'ai tout perdu sur les marchés financiers. »

Isidore ne savait pas conduire, mais il avait gagné, lui. Il était plein aux as, lui ! Orgueilleux et ridicule, il était l'Espoir en ses débuts. Un jeune paon qui tournait la tête et découvrait avec émerveillement la roue de ses plumes.

Quand il arriva devant l'immeuble immense et qu'il se présenta au portier, pour la première fois depuis le début de cette journée, la plante des pieds lui brûla.

Non, il n'était pas attendu. Oui, il serait trop aimable de prévenir M. et Mme Hoffmann. Non, il n'avait pas de carte de visite sur lui, malheureusement. Le portier tiqua, mais le bouquet de fleurs le rassurait et, ceci a déjà été précisé, Isidore inspirait la sympathie à ceux qu'il rencontrait. M. Hoffmann était chez lui. Isidore s'inclina et suivit le liftier dans l'ascenseur.

Une domestique dont le chignon était surmonté d'une coiffe de dentelle blanche le fit attendre dans une entrée rutilante de marbre. Sur une console, un grand vase soutenait des fleurs splendides. Isidore considéra son bouquet grotesque, jamais il n'aurait dû venir ici. Il eut un mouvement de recul quand le père de Lotte apparut. Il était trop tard pour s'enfuir.

— Que puis-je faire pour vous, jeune homme ?

Le pouls d'Isidore accéléra.

— Monsieur, je viens payer mes respects à Mme Hoffmann.

Le père souleva un sourcil, il n'était pas homme à perdre son temps. Les mardis en fin d'après-midi, il repassait chez lui pour se changer avant de se rendre à son club pour disputer sa partie de billard hebdomadaire.

— Mme Hoffmann est sortie. Et j'étais moi-même sur le point de partir.

— Oh! Pardon, monsieur, je ne savais pas, je veux dire, dans ce cas... j'étais venu aussi pour vous, mais je repasserai...

Le sérieux protocolaire avec lequel le jeune homme s'exprimait lui conférait un caractère comique. Il tenait toujours ses fleurs à bout de bras et se balançait d'un pied sur l'autre. Le père de Lotte eut pitié de lui. Il appela :

— Maria !

La domestique coiffée de dentelle revint aussitôt.

— Débarrassez monsieur de son bouquet.

Puis s'adressant à Isidore :

— Vous dites que vous étiez venu aussi pour moi ?

— Oui, monsieur, je suis venu vous demander la permission d'emmener votre fille Lotte au cinéma.

Le père sourit, c'était donc cela. Il se mit à détailler Isidore. À la manière dont ce dernier avait prononcé le nom de Lotte, il avait clairement repéré l'accent germanique du jeune homme.

— *Sind Sie Deutscher ?*

— *Nein, mein Herr, ich bin Österreicher.*

— *Österreicher ? Wießt Lotte, dass Sie mit ihr ins Kino gehen wollen ?*

— *Ach ! Ja, mein Herr !*

Isidore s'en voulut d'avoir répondu avec autant d'enthousiasme, il rectifia immédiatement.

— *Wir sind ja gute Freunde*[1].

Le coq paternel se redressa sur ses ergots.

Isidore ne devait pas trop en dire. Depuis la veille, il avait échafaudé toutes sortes de plans délirants, dont un consistait à demander la main de Lotte dès qu'il aurait des chaussures convenables mais, tout compte fait, la permission d'aller au cinéma serait déjà une victoire. Il avait eu le temps de prévoir plusieurs mensonges. Le plus important était que son récit colle à ce qu'il avait raconté et écrit à Lotte au fil des mois. La vérité et le mensonge sont comme l'eau et l'huile, on imagine pouvoir les mélanger, mais l'huile finit toujours par remonter à la surface. Un bon mensonge agirait comme le vinaigre blanc, il saurait changer le goût de l'eau sans en changer la couleur.

Sa première trouvaille consistait à dire qu'il avait été élevé par un couple de vieux inoffensifs, M. et Mme Gruber. Pourquoi ce nom de Gruber lui était-il venu ? Il n'en avait pas la moindre idée. Un couple de commerçants, son oncle et sa tante, du côté maternel. Il avait décidé de faire mourir sa mère à sa naissance, en couches, et son père à la guerre, et les Gruber, eux, auraient vendu des chapeaux à Vienne. Ils auraient cru en lui et lui auraient souhaité bon vent en lui donnant leurs économies pour qu'il fasse le grand voyage et vive son rêve américain. Important, la bénédiction des deux vieux. C'était pour cela qu'il leur écrivait régulièrement,

1. — *Vous êtes allemand ? — Non, monsieur, autrichien. — Autrichien ? Tiens donc, et Lotte est-elle au courant que vous souhaitez l'emmener au cinéma ? — Ah ! Oui, monsieur ! Nous sommes bons amis.*

pour donner de ses nouvelles, malheureusement les deux étaient morts coup sur coup l'année dernière. Ou alors seulement le mari ? Isidore hésitait, d'un côté les faire mourir le débarrassait d'eux une bonne fois pour toutes, de l'autre cela faisait beaucoup de morts pour une seule histoire. À son arrivée, il était devenu vendeur dans un magasin de chaussures et, à force de travail et de rigueur, il avait mis assez d'argent de côté pour ouvrir son propre magasin.

Il se sentit soudain exténué. Il avait plutôt espéré se retrouver face à la mère de Lotte, l'imaginant douce et conciliante, quand un tête-à-tête avec le père prendrait vite des airs d'interrogatoire.

— Je vous en prie, asseyez-vous. Est-ce que vous prendrez une limonade ?

Le père était repassé à l'anglais pour signifier qu'il n'y aurait pas d'intimité entre eux.

— Non, monsieur, je vous remercie.

— Autrichien, donc, et vous êtes né à New York ?

— Non, monsieur, je suis né à Vienne, je suis arrivé à New York il y a quatre ans maintenant.

— Vous êtes venu seul ? Pardonnez-moi mais, quel âge avez-vous ?

— Vingt ans, monsieur.

— Ah ! Vos parents vous ont envoyé ici pour faire vos études ? Les meilleures universités du monde sont américaines, ils ont bien fait. Moi j'ai fait mes études d'ingénieur à l'université de Heidelberg.

Il avait pris un air de fausse modestie pour dire cela. Comme Isidore se taisait, il ajouta :

— J'en garde un excellent souvenir, ma foi.

Isidore avait l'impression que son cœur allait exploser.

— Et vous, jeune homme, vous étudiez quoi ?

Il fallait jouer serré. Ne pas mentir, ne pas dire la vérité.

— Je m'intéresse à la finance.

— La finance ? Eh bien ça ne va pas fort ces jours-ci pour les financiers ! Nous autres, hommes d'industrie, allons payer le prix fort du jeu des spéculateurs.

Les spéculateurs étaient les grands fautifs dans cette histoire. Mais Isidore jugea qu'il valait mieux avouer qu'il en était plutôt que s'aventurer sur le terrain de l'université.

— La spéculation est un méchant mot, vous avez raison, mais si on s'occupe sérieusement de comprendre les tendances générales du marché boursier, on pouvait anticiper ce qui s'est passé et investir de la bonne manière.

— Ah, vous n'êtes plus étudiant ? Vous travaillez dans une banque ?

— Oui, enfin non, pas du tout, mais je fais partie des spéculateurs, comme vous dites, je ne m'en cache pas.

Isidore eut l'impression que l'air se chargeait d'électricité. Tout plutôt que dire qu'il était vendeur dans un magasin de chaussures (faux) et ancien cireur de chaussures (vrai).

— Eh bien, si vous êtes un spéculateur, j'imagine que vous avez mangé votre chapeau ces derniers jours.

Le ton était légèrement sarcastique.

— Et si vous voulez l'humble avis d'un homme qui s'intéresse à l'économie plutôt qu'à la finance, je pense que cette crise ne laissera personne indemne.

Isidore ne voulait pas pérorer, il venait d'un monde où le respect était chevillé aux corps des petits garçons à coups de bâton. Le père de Lotte était un homme d'affaires important, le père de Lotte avait tout, l'autorité, l'argent, et Isidore n'était qu'un équilibriste dansant sur le fil de l'espoir ; au moindre souffle du père, sa chute serait terrible.

Il regarda autour de lui, nota le piano à queue à l'autre bout du salon, les commodes et les guéridons surchargés de bibelots et de photographies dans leurs cadres argentés. Les lieux respiraient l'ordre et l'aisance. Ceux qui habitaient un tel appartement étaient sûrs de leur fait, à leur place comme les meubles qui le peuplaient.

Dans son fauteuil à larges bras, le patron de l'usine Chlorodon allongea légèrement les jambes. La conversation prendrait-elle un tour intéressant ?

Isidore sentit qu'il lui fallait répondre intelligemment, et il pria les saintes Anguilles de lui venir en aide.

— Vous avez raison, cette crise sera sans doute terrible et elle va s'étendre, mais c'est comme pour tout, il faut avoir une vision d'ensemble. Moi, par exemple, je n'étais pas le seul, bien sûr, mais je pensais que ce marché serait baissier et j'ai fait en sorte que cela tourne à mon avantage.

— Vous voulez dire que vous avez parié à la baisse ?

— Oui, monsieur.

— Il y a combien de temps ?

— Il y a un peu plus d'une semaine, monsieur...

Isidore lut les points de suspension dans les arcades sourcilières de l'homme.

— C'est fort, jeune homme, vous avez eu le nez creux.

Isidore sourit de toutes ses dents qu'il avait ce matin-là bien brossées avec le dentifrice goût frais.

— Et croyez-vous, jeune homme, qu'un père qui se respecte laisserait un spéculateur emmener sa fille au cinéma ?

— Oh, monsieur ! Si vous me le demandiez, pour Lotte je ne verrais plus un broker de ma vie entière !

Isidore avait dit cela avec tellement de fougue que le père éclata d'un rire franc, mais il ne put s'empêcher d'admirer la pureté de cœur du jeune homme.

— Dans ce cas, vous avez ma permission de l'y emmener samedi soir.

10

Dans sa classe, les enfants s'effondraient sur leur bureau, terrassés, incapables de combattre les premiers symptômes. La grippe était arrivée à Leobendorf comme partout en Europe. Les journaux n'en parlaient pas, en ces temps de guerre la censure militaire imposait que l'on meure exclusivement au combat[1]. Après avoir pensé qu'il s'agissait d'une forme de peste ou de choléra tant le mal était foudroyant, les médecins des hôpitaux et des dispensaires en étaient réduits à signer des actes de décès, impuissants face à une épidémie qui vous fauchait des jeunes gens en pleine santé en moins de quarante-huit heures.

Isidore avait été renvoyé chez lui par le maître et sa mère l'avait mis au lit, grelottant de fièvre. Martha avait pioché dans la cache secrète au fond de l'armoire, celle des dépenses exceptionnelles comme pour la fois où ils étaient allés boire un chocolat chaud à Vienne, cette folie, et maintenant elle regrettait car ses économies avaient fondu. Elle était sortie chercher le médecin qui

1. L'appellation de grippe espagnole vient d'ailleurs du fait que, l'Espagne n'étant pas en guerre, les journaux espagnols avaient, eux, été autorisés à parler de l'épidémie.

lui avait prescrit de l'aspirine sans lui jeter un regard, sans prendre la peine de se rendre au chevet du petit malade. L'aspirine, c'était tout ce que les docteurs avaient à leur disposition pour faire baisser des fièvres de quarante degrés, et les surdosages tuaient aussi souvent que le mal qu'ils combattaient.

À son retour, le teint cireux de l'enfant l'alarma. Elle lui donna le médicament et prépara des compresses d'eau froide qu'elle lui appliqua au front, à l'aine et dans le cou, puis elle tenta de lui faire boire quelques cuillères d'un mauvais bouillon, mais l'enfant semblait trop épuisé pour avaler quoi que ce soit. Elle n'imaginait pas le perdre car Isidore était un enfant robuste et les maladies infantiles n'avaient pas eu prise sur lui. Elle le veilla toute la nuit, et au petit matin, exsangue, constata avec soulagement que la température était retombée. Alors, elle s'allongea contre lui et s'endormit profondément.

— Maman ? Maman, j'ai soif !

Isidore se sentait encore très faible, il enfouit la tête dans le parfum familier de la lourde chevelure de sa mère.

— Maman ?

Martha émergea avec peine, elle avait mal au crâne. Elle se leva, titubant presque, et alla chercher un verre d'eau à l'enfant. Elle avait froid. Elle espéra qu'elle n'avait pas attrapé cette saleté de grippe elle aussi et se recoucha.

— Dors, mon chéri, il faut dormir pour guérir.

La fièvre la prit en quelques heures et tout son être se mit à lutter contre le démon brûlant qui l'accablait de ses voiles. Il n'y avait plus d'aspirine et elle n'y pensa même pas, immobile, suffocante, chaque respiration lui arrachait un râle. L'enfant assista à la métamorphose de sa mère avec crainte. Mais il se rassura, elle guérirait bientôt, comme lui avait guéri. Elle lui disait des choses mais si bas que c'était incompréhensible, et il n'osait pas lui faire répéter de peur de la fatiguer davantage.

— Oui, maman, d'accord, maman, repose-toi, ça va aller mieux.

Elle finit par se rendormir et il se pelotonna contre elle. La mère et le fils avaient toujours dormi dans le même lit. Elle claquait des dents, sa grande maman effrayante.

Au milieu de la nuit, Isidore se réveilla. Les draps étaient trempés. Il se demanda s'il avait fait pipi sous lui mais au contact de la chemise de nuit de sa mère, il comprit que c'était elle qui était en nage, les yeux grands ouverts. Cette fois il paniqua.

— Qu'est-ce que je peux faire, maman ? Dis-moi, qu'est-ce que je peux faire ?

Martha regardait son fils avec la plus grande douleur du monde.

— Donne-moi ta petite main.

Isidore n'avait ni frère, ni sœur, ni grands-parents. Elle se souvenait de sa propre solitude lorsqu'elle était enfant. Quand elle avait été placée chez les deux méchants qui la battaient comme dans les contes. Forcée de faire les corvées ménagères mais cela ne la gênait pas, au contraire, les choses sales, récurer la crasse des sols et la graisse des casseroles, cela ne lui faisait pas de peine. La peine, c'est pour ceux qui pensent qu'ils ont droit à la joie.

Elle se souvenait de la naissance d'Isidore. Comme elle avait eu peur en voyant l'eau rouge lui couler entre les jambes, mais jamais elle n'aurait abandonné son enfant. Comme elle avait eu peur quand Hermine

Brombeere l'avait chassée. Elle revoyait le casque étincelant des cheveux blonds de la femme, sa robe de soie et ses doigts maigres et blancs. « Allez-vous-en ! Sale petite traînée ! » Comme elle avait eu peur, enceinte, seule dans les rues de Vienne avec son ventre plein d'un petit qu'elle allait devoir protéger quand elle ne savait même pas comment se protéger elle-même. Aujourd'hui, son fils avait neuf ans et il n'avait qu'elle au monde, elle ne pouvait pas mourir. Elle se redressa dans un frisson et serra la main de son enfant de toutes ses forces.

— J'ai un secret, un secret important.

Isidore approcha son oreille car sa mère chuchotait mal.

— Ton père n'est pas mort mais il ne sait pas que tu existes... Ton père est vivant... Il a une grande maison... très belle... qui donne sur le Stadtpark... une maison à Vienne... Il s'appelle Franz Brombeere... c'est son nom, il faudra que tu t'en souviennes... Répète son nom.

Le petit répéta :

— Franz Brombeere.

— Promets-moi que tu ne l'oublieras jamais.

L'enfant promit, jura.

— Franz Brombeere, il habite une grande maison à Vienne sur Johannesgasse... juste en face du parc.

Isidore ignorait ce qu'était Johannesgasse mais de cela aussi il se souviendrait.

— Franz Brombeere.

Elle avait fermé les yeux, sa respiration avait le bruit d'une feuille qu'on déchire.

Isidore avait toujours su que son père était vivant, ou plutôt il n'avait jamais cru qu'il était mort, aussi bizarre que cela puisse paraître. Il savait aussi que le jour où il le verrait, le visage de son père ne lui serait pas inconnu, comme s'il avait été inscrit en lui et attendait seulement d'être dévoilé.

— Tu pardonnes à ta maman ?

Isidore ne savait pas trop ce qu'il devait lui pardonner, mais il lui sourit.

— Oui, maman.

Martha regarda son fils.

— Isi, si tu es malheureux, pour te donner du courage… pense à moi… mais si tu penses à moi, fais-le avec ton meilleur sourire… car tu as un si bon sourire. Tu n'as jamais pleuré, tu sais… même pas le jour de ta naissance. Promets-moi…

— Oui, maman.

À travers la fenêtre brillaient peut-être des étoiles, Isidore crut entendre au loin un cri qui transperçait le calme de la nuit, il se sentit terriblement petit et inutile mais il continua à sourire de toutes ses dents.

— Tu veux que j'aille voir la voisine ?

— Cherchcherrecher laaa voivovvoisisinnnne.

Elle avait murmuré si bas, il avait tendu l'oreille, peut-être que sa maman ne voulait pas, peut-être qu'elle voulait ? Il devait pourtant faire quelque chose. Il ne prit pas la peine de s'habiller, avec ses chaussettes trop grandes et sa liquette de nuit qui lui tombait à mi-mollets, il ressemblait à un petit fantôme. La mine creusée par la maladie, ses cernes pareils à des violettes détrempées cerclaient ses yeux bleus. Il se retrouva sur le palier et frappa à la porte mais personne ne vint lui ouvrir. L'angoisse le prit à la gorge. Il devait trouver de l'aide. Il descendit un étage et se mit à tambouriner de toutes ses forces, quasi fou furieux :

— Ouvrez ! Ouvrez !

Une femme surgit enfin.

— Mais qu'est-ce qu'il y a, qui tape comme ça ?

Isidore ne la connaissait pas. Ils avaient trop souvent déménagé avec sa mère. Pour ne pas s'attirer d'ennuis. Ils restaient discrets, « baisse la tête, Isi », lui disait Martha, « baisse la tête et ne parle pas aux étrangers ».

— Ma mère est malade, il faut venir la soigner, vite !

— Tu es qui, toi ?

— Je suis Isidore. Ma mère est malade ! Aidez-moi.

La voisine croisa les bras sur sa poitrine avec un air de défiance. Elle avait entendu parler de cette grippe, les gens tombaient comme des mouches. Une main invisible rôdait et emmenait jeunes et vieillards vers le néant, elle avait vu la charrette sillonner les rues de Leobendorf pour récolter les cadavres qui seraient jetés dans la fosse. Pas plus tard qu'hier, l'épicier lui avait raconté qu'au dispensaire de la ville, on avait à peine le temps d'enlever les défunts des lits pour faire place aux mourants.

— Tu viens d'où comme ça ? Tu habites à quel étage ?

— Au cinquième, vous allez venir ?

— Il est où ton père ?

— Il est mort.

Isidore avait si souvent prononcé cette phrase que le fait qu'il soit vivant n'y changeait rien. La voisine prit un air dégoûté.

— Il est mort à la guerre.

Isidore avait raison de penser que cela la rassurerait, il crut bon d'ajouter :

— Mon père était un héros.

Elle lui fit signe de déguerpir.

— Retourne chez toi, je vais venir.

— Ma mère est malade, il faut nous aider.

— Oui, oui, c'est ça, je vais venir, maintenant va-t'en !

Le garçon avait les yeux exorbités.

— On habite au cinquième.

Dans ses cauchemars, il reverrait cette scène des milliers de fois, ses chaussettes et sa chemise de nuit trop grandes pour lui, comme il s'agrippait à la rampe collante de l'escalier dans la nuit de cette baraque, petit spectre d'enfant fantomatique dont la chandelle projetait l'ombre vacillante alors qu'il remontait les marches. Quelle heure était-il ? Est-ce qu'il devrait aller à l'école demain ?

Il se recoucha contre sa mère qui ne tremblait plus. *Pour guérir il faut dormir.* Le corps de la morte était encore tiède et moite. Alors l'enlaçant de ses petits bras, il lui chuchota :

— La voisine va venir, maman, elle va nous aider.

Et il lui fit son meilleur sourire, pour lui montrer combien il était courageux.

11

Un caillot de sang avait privé son cœur d'oxygène. Depuis, on lui avait posé un stent et fait des recommandations : de l'exercice physique, pas d'alcool, pas de cigarette et le fameux régime arc-en-ciel. « Une cuisine riche en couleurs et pleine de goût » avait dit le docteur en lui tendant le livre écrit par un de ses collègues. « Remplissez la moitié de chaque assiette avec des légumes de différentes couleurs car les couleurs sont un régal pour les yeux, ce qui rend la nourriture plus appétissante ! » Viandes maigres, volailles sans peau et poissons insipides préparés sans beurre, ni lard ni sel. Et plus d'aliments frits. Cette pauvre Mme Valeras avait dû changer ses habitudes. Deux cachets blancs tous les jours au petit déjeuner achèveraient son bon rétablissement, à condition bien entendu qu'il évite les émotions fortes.

C'était grâce à l'infarctus qu'Henry Hogan avait pu couper court à la tempête médiatique et au scandale appelés de ses vœux par l'autre avocat. Cela avait très bien convenu à Michelle Alvez qui préférait rester discrète, par déformation professionnelle peut-être.

Le grand patron du groupe Chloros n'était pas homme à se dérober, il avait tendu son bras pour qu'on lui prélève un tube de sang, et le résultat avait été sans appel : Pearl était bien sa fille.

Une fois le fait constaté, il avait fallu se mettre d'accord sur un montant, Henry s'en était occupé. Henry pourvoyait à tout. Isidore n'avait été contraint de croiser le regard de cette Michelle que le jour de la signature du chèque. Il l'avait trouvée atrocement vulgaire. Le cas avait fait jurisprudence ; désormais, si une mère voulait assigner un père à faire un test ADN, il ne pouvait plus s'y soustraire.

À soixante-dix-neuf ans, découvrir qu'on a une fille de vingt ans était pour le moins contrariant. Heureusement que Lotte était morte depuis longtemps. Henry avait insisté pour que les enfants soient mis au courant, après tout ils n'étaient plus des enfants. Ce genre de secret finissait toujours par être révélé et ils en auraient inévitablement voulu à leur père. Alors que si Isidore avouait, ils n'auraient pas d'autre choix que d'accepter.

Il ne s'était pas remarié après la mort de Lotte et, pendant toutes ces années, il avait tiré une certaine fierté de son statut de veuf inconsolable. Mais il n'était pas de bois. Il avait soupiré et s'était rangé à l'avis d'Henry. Le docteur avait dit de ne plus porter de choses lourdes ; une fille illégitime cachée lui aurait trop pesé.

Il avait essayé de comprendre la raison de sa colère première. Il avait pensé avec amertume que la tristesse avait jalonné toute sa vie et que, parfois, la colère était venue en renfort, pour le soutenir, pour empêcher le chagrin de s'emparer du dernier recoin qu'il n'avait pas encore conquis. La colère et le dégoût aussi, quand il avait vu cette femme. Il s'en était souvenu, oui, il avait couché avec elle, un soir, au Texas. Les cheveux filasse, la peau grasse, quelle différence avec Lotte ! Comment avait-il pu faire un enfant à cette poule ? Il avait espéré qu'elle s'était trompée, avoir été client d'un soir ne signifiait rien, puis l'ADN avait parlé. Fiabilité de plus de 99,9 %.

Ils étaient allés dîner avec Henry ce soir-là. Silencieusement, le grand patron avait mâché un filet de bœuf, sans sauce, qui lui était resté sur l'estomac. Il avait passé sa vie à se blanchir, à faire croire qu'il appartenait à un monde qui n'était pas le sien, et il avait presque réussi jusqu'à ce que cette femme le ramène à ses véritables origines : le caniveau et la bâtardise.

— Ne vous inquiétez pas, monsieur, nous avons commencé à négocier. La partie adverse sera facile à convaincre, elles n'en veulent qu'à votre argent.

Henry Hogan savait être rassurant.

— Et la jeune fille ?

— Oui, monsieur ?

— Elle n'a pas demandé à me voir ?

— Non. Mais grâce à vous, elle va rembourser son emprunt avant ses petits camarades.

Isidore n'avait pas souhaité prendre de dessert. De toute façon, il n'y avait pas droit.

Le lendemain, il avait rappelé Hogan et lui avait simplement dit « Je voudrais que vous m'organisiez une rencontre avec Pearl. » Il avait marqué un temps puis avait précisé « Chez moi, quand elle voudra. »

C'était agréable de travailler avec Henry, on aurait pu lui demander n'importe quoi, il aurait toujours répondu *très bien*.

Aussi, la semaine suivante, il avait annoncé à son patron :

— Est-ce que mardi vous conviendrait ? À l'heure du thé ?

Henry était britannique. Pearl ne buvait pas de thé, Isidore non plus, cela n'avait aucune espèce d'importance. Mme Valeras préparerait des *mantecados*, des petits gâteaux espagnols au citron et à la cannelle, qu'elle disposerait joliment sur une assiette de porcelaine immaculée.

Isidore avait insisté pour que la rencontre ait lieu chez lui. C'était seulement le matin même, quelques heures avant qu'elle n'arrive, que la similitude avec sa propre histoire lui avait sauté au visage et il avait senti le sol se dérober sous ses pieds. À la différence que lui avait absolument voulu rencontrer son père, pas Pearl.

Il imaginait la scène. Il la voyait pénétrer dans son immeuble et être impressionnée comme lui l'aurait été, comme lui l'avait été. Elle n'aurait pas été bavarde.

— Vous êtes contente à Columbia ?

— Oui, très.

— Vous étudiez le droit ?

— Oui.

Il avait prévu de lui dire qu'il n'avait pas fait exprès, qu'il était un homme responsable, que s'il avait su, il aurait assumé financièrement bien avant. Était-ce pour cela qu'il avait voulu cette entrevue ? Pour persuader une inconnue qu'il n'était pas un salaud ? Il voulait éviter de lui parler de lui, de son infarctus, de ses enfants, et se demanda quel masque cette fois il se forcerait à porter. Il ne serait jamais qu'un imposteur. Il regrettait que Hogan ne l'ait pas dissuadé de la faire venir. Cette rencontre aurait tout du cérémonial raté, c'était écrit.

Il entendit la sonnette et perçut les pas de Mme Valeras qui se dirigeait vers la porte d'entrée. La jeune fille aurait certainement préféré un lieu public, un arbre de Central Park ou une banquette au fond d'un café.

Quand un espace se mêle au pouvoir, il devient un territoire. Dans son fauteuil capitonné, le magnat de l'industrie avait le cœur battant comme pour un rendez-vous galant. Le bruit familier du loquet qui se déloque. La voix haut perchée de Mme Valeras qui souhaite la bienvenue à l'étrangère, les notes aiguës de leur conversation, elles étaient trop loin pour qu'il discerne leurs paroles. *Entrez, il vous attend. Merci beaucoup. Je peux vous débarrasser ? Donnez-moi votre manteau. Oui, merci.* Ce genre d'introduction.

Mme Valeras se tenait sur le seuil du salon.

— Votre fille est là, monsieur.

Pearl eut un haut-le-cœur. Elle ne considérerait jamais cet homme comme son père. On n'appelle pas un inconnu *papa* passé dix-huit ans. Le mot même lui semblait la chose la plus absurde du monde et les deux syllabes s'étranglaient immanquablement dans sa gorge depuis l'enfance. Et puis il était trop vieux. À la limite, elle aurait bien voulu d'un grand-père, mais d'un père, non merci, c'était trop tard ; elle s'était construite sans et contrairement à ce que les gens pensaient, elle était solide. Si elle avait accepté de le rencontrer, c'était plus par curiosité. Bien sûr, elle savait à quoi il ressemblait, la photo découpée dans le magazine trônait sur le buffet depuis ses quatre ans. Mais elle était curieuse de voir cet homme de papier glacé s'animer, d'entendre le son de sa voix.

Elle ne s'était pas attendue à être choquée par le luxe de l'appartement. Alors qu'elle suivait la domestique, elle revoyait le salon bas de plafond où elle avait grandi, trop petit pour l'énorme télé et leur gros canapé en skaï blanc sale.

Elle le trouva beaucoup plus vieux que sur la photo du magazine. Un vieillard. Elle détesta la mise en scène, la fatuité de l'homme qui posait dans son propre décor. C'était facile de l'impressionner, elle n'avait pas les armes. Elle avait ressenti cela dès son premier jour à l'université de Columbia. Elle avait eu honte de son allure, de ses bottes pointues de provinciale, de son jean délavé et de son accent du Sud un peu nasal. Depuis, elle essayait de copier le style des New-Yorkaises, ouvrait plus la bouche et faisait moins traîner ses *i*.

Pearl avait toujours été une bonne élève, les salles de classe étaient l'endroit où elle se sentait le plus à l'aise, le plus elle-même, et pour cela Columbia était un paradis ; les cours étaient géniaux et les professeurs merveilleux. Elle s'était inscrite en droit mais elle avait découvert tout un tas de matières insoupçonnées et, chaque matin, elle se levait en mesurant sa chance. La chance d'avoir un père tombé du ciel pour lui payer ses études et lui offrir une vie d'étudiante insouciante. Bien sûr, elle avait accepté cet argent, mais au fond elle ne se sentait pas redevable, au fond elle se fichait de cela.

Et quand elle s'était tenue devant lui, avant même qu'ils n'aient échangé une parole, elle avait senti que le rapport de force s'inversait. On n'aurait pas pu dire que Pearl déstabilisait les gens. Elle n'était ni grande, ni charismatique, ni très belle, elle s'habillait de manière ordinaire. Ce jour-là, elle avait relevé ses cheveux en une sorte de chignon un peu décoiffé, il n'y avait aucune coquetterie en elle, rien qui veuille attirer l'attention.

Il avait trouvé extrêmement impoli que Mme Valeras ose annoncer la chose ainsi, à haute voix. Il n'avait pas de secret pour celle qui était à son service depuis près de quarante ans, mais tout de même. *Votre fille est là*. De fille, il n'en avait qu'une, elle s'appelait Felicity et elle était le portrait craché de sa mère, Lotte, une femme exquise qu'il avait aimée de tout son cœur et pas une pute maquillée comme une voiture volée.

Mais lorsque Pearl apparut, il mit quelques secondes avant de recevoir le choc. Sur le seuil de son salon, en jean et chemise à carreaux un peu trop grande pour elle, se tenait une vision revenue de l'enfer, celle d'un passé très lointain, une jeune femme brune, aux yeux bleus et au teint de rose. Et ce souvenir se teinta d'une immense tristesse. Alors, par automatisme ou simplement parce que c'était ce qu'Elle lui avait commandé de faire, Isidore s'était fendu de son meilleur sourire.

12

Isidore avait emmené Lotte voir *L'Isolé*, un film muet de Frank Borzage qui durait une heure quarante. L'histoire d'une pauvre fille de ferme prénommée Mary qui rencontrait un certain Tim juste avant qu'il ne parte combattre en Europe dans les bataillons de la Première Guerre mondiale. Malheureusement, Tim était blessé et perdait l'usage de ses jambes. De retour au pays, l'attraction entre les deux jeunes gens restait très forte mais, à cause de son handicap, Tim n'osait pas avouer son amour. C'était sans compter avec Martin, un gros lourdaud et ancien sergent de Tim qui lui aussi jetait son dévolu sur Mary. Romance mouvementée donc, où il était question de guerre et de rivalité entre les hommes, et où tout finissait bien, fort heureusement, preuve que l'amour pouvait transformer les êtres et leur permettre de dépasser la misère, le handicap et la dureté du monde de manière générale, ce qui avait permis à Isidore de s'identifier tour à tour à Mary et à Tim, et avait failli l'émouvoir aux larmes, bien qu'il fût impensable qu'il pleure devant Lotte.

Lotte aussi était émue, mais pas pour les mêmes raisons. C'était la première fois qu'un garçon l'emmenait au cinéma et, même si l'histoire était prenante, pendant une heure et quarante minutes, Lotte avait collé son épaule à l'épaule d'Isidore, et Isidore n'avait rien tenté. Pourtant, dans l'obscurité, elle avait senti la chaleur du corps du garçon à travers le tissu en coton de sa chemise – il avait retiré sa veste pour ne pas la froisser – et elle avait perçu chaque soulèvement de sa cage thoracique.

Elle s'était imaginée se pencher pour l'embrasser dans le cou, mais n'avait pas osé. Surtout dans les moments d'émotion où Mary et Tim semblaient voués à un amour impossible, Lotte s'était un peu plus collée à Isidore et, en réponse, lui aussi avait pesé de tout son poids contre elle pour se fondre davantage dans une symbiose immobile. La tension était si forte.

Bien sûr, à cet instant, les deux amoureux aspiraient à autre chose, ils brûlaient de désir ; ils savaient aussi que le souvenir de cet empêchement resterait à jamais gravé dans leur cœur. Si un jour ils avaient enfin le droit d'être mari et femme, puisque ni Isidore ni Lotte ne s'en cachaient, ils voulaient se marier, devenir familiers, qu'elle porte un enfant de lui dans son ventre, rien de cela ne vaudrait cette heure et ces quarante minutes passées à résister et à jouir protégés du contact feutré des couches de tissus qui les séparaient.

Ils sortirent de la salle obscure, ardents et illuminés de l'intérieur. Il la raccompagna. Il n'était pas tard, l'air était doux.

Dans la nuit, sous les lumières orangées des lampadaires, les deux amoureux flottaient un peu. Ils marchaient vite, comme pour se vider d'un trop-plein d'énergie. Ils parlèrent du film et d'autre chose, se coupant la parole, Lotte était une jeune fille très enjouée. Pour une fois, Isidore ne souffrait pas. C'était peut-être ça l'amour, une décharge qui vous extrayait de l'espace-temps car elle vous faisait éprouver l'absolu dans l'instant présent. Il voulut lui prendre la main mais elle refusa. Ce n'était pourtant pas par convenance (on ne se donnait pas la main dans la rue à New York en 1929), les réactions de Lotte étaient aussi désordonnées et peu réfléchies que celles de son amoureux.

Après cet épisode, Isidore mit les formes autant qu'il le pouvait. Parfois il tombait juste, parfois il improvisait, ce qui était sa marque de fabrique ; les saintes Anguilles l'aidaient à tergiverser et à tourner autour du pot de la vérité. Il fallait que le père de Lotte l'apprécie, c'était son principal but.

La crise économique était là, les spéculateurs ruinés par les marchés financiers furent bientôt rejoints par une foule innombrable d'hommes au chômage. La crise boursière devenue crise bancaire, le système entier s'effondra, les entreprises faisaient faillite, les usines mettaient la clef sous la porte, plus rien ne tenait. Pour la promesse d'un café et un beignet gratuits, les Américains faisaient la queue pendant des heures.

Au mois de mars, Isidore assista médusé au défilé de 350 000 personnes brandissant des pancartes dans Manhattan parce qu'ils avaient faim. Comme tous les autres, le père de Lotte fut touché, mais en bon gestionnaire, il avait les reins solides et, fort heureusement, beaucoup de gens continuaient à se brosser les dents.

Pour celui qui avait une liasse de beaux billets de banque cachée sous son oreiller, l'heure était aux soldes. Le jeune homme le savait mais il avait renoncé à acheter un magasin de chaussures, ce rêve-là n'était pas assez grand pour lui, et il ne voulait plus se mettre aux pieds de personne. Il s'en expliqua à Lotte. Elle répondit qu'il fallait en parler à papa.

Depuis leur soirée au cinéma, Isidore avait eu le droit de passer la prendre une fois par semaine pour l'emmener deux heures quelque part en ville se promener, boire un milk-shake, voir un film. Chaque fois, il croisait le père ou la mère ou les deux et affichait son meilleur sourire.

« Ma parole, disait le père, il est très sympathique ce garçon ! » La mère, perspicace, avait jaugé qu'il n'était pas du même milieu qu'eux, mais comme Isidore débarquait systématiquement avec un gros bouquet de fleurs dont les tiges gouttaient sur son pantalon et qu'il le lui offrait le plus solennellement du monde, elle s'était un peu laissé attendrir. Et puis elle aimait qu'il soit autrichien, bon sang ne saurait mentir.

Avec le père, Isidore parlait bourse et finance. Il tournait ses phrases trois fois dans sa tête, paniqué à l'idée de dire une sottise. « Ma parole, pensait alors le père, il est très posé ce garçon. » Tout allait donc pour le mieux, mais Isidore savait que le temps était compté, il lui fallait se lancer dans une affaire quelconque, et laquelle ?

Pour Lotte, il n'existait pas de problème que son papa n'aurait pas été en mesure de résoudre.

— Je préfère ne pas mêler ton père à tout ça.

— Et pourquoi pas ?

Les compétences d'Isidore restaient floues, d'autant qu'il n'avait toujours pas été invité à dîner chez les Hoffmann pour être soumis à un interrogatoire en bonne et due forme. Lotte n'avait pas dit qu'il était vendeur dans un magasin de chaussures ; tant que ses parents présumaient que le jeune homme était étudiant, elle n'affirmait ni n'infirmait leur présomption. Isidore avait accepté que Lotte vende la mèche de l'orphelin mais il avait insisté sur le fait qu'il avait été un orphelin heureux et choyé, il ne voulait la pitié de personne. Bref, tout ce petit monde était sur le qui-vive et se perdait en suppositions. Isidore sentait que le moment où il devrait se présenter officiellement approchait et il faudrait qu'il ait trouvé quelque chose d'un peu glorieux ou reluisant à faire de sa vie d'ici là. Mais quoi ?

Lotte avait son idée. Si *monsieur* Frederick Hoffmann était dur en affaires, il cédait tout à sa fille.

Fine mouche, elle avait choisi son moment. Un dimanche où sa mère était de sortie, elle alla trouver son père dans le calme de son bureau.

— Mon petit papa, je voudrais te demander quelque chose. C'est à propos d'Isidore, mais il faut que tu me promettes de garder un secret.

Le père pâlit mais resta stoïque, tenu par son col amidonné, il reposa son journal avec un geste empesé. Il fut traversé par la révélation que sa fille était extrêmement naïve et candide et s'imagina qu'elle était sur le point de lui avouer l'impensable.

— S'il te plaît, ne le dis pas à maman.

— Bien sûr, ma chérie, dis-moi.

— Isidore n'est pas étudiant.

Le père tomba des nues, c'était moins pire que le pire, mais c'était grave tout de même.

— Mais il m'a dit que…

— Non, papa, Isi n'a jamais rien dit. Mais tu m'as appris qu'un mensonge par omission était aussi un mensonge. Et ce matin à l'église, j'ai beaucoup réfléchi et… je ne veux jamais te mentir.

Et disant cela, elle lui passa les bras autour du cou comme elle le faisait lorsqu'elle était enfant, pour l'attendrir en apparence, mais de façon plus pernicieuse parce qu'elle savait que son père était un homme que les contacts physiques mettaient mal à l'aise.

Il se raidit tout en fouillant dans sa mémoire à la recherche d'un nom d'université.

— Papa, je l'aime.

Allons bon, cette fois, le pire n'était pas loin.

— Isidore est très intelligent et très capable. Est-ce que tu voudrais bien lui donner une chance ?

— Une chance ? Que veux-tu dire par là ?

— Une chance dans ton usine !

L'idée déplut instinctivement au père. Faire entrer ce garçon dans son usine, c'était officialiser quelque chose qu'il ne souhaitait pas officialiser. Il était prêt à fermer les yeux sur un flirt, mais depuis des années il destinait Lotte à un beau et grand mariage, avec l'héritier d'une riche famille américaine. *Oh, ces jeunes d'aujourd'hui, on leur permet d'aller au cinéma et il n'y a plus de limites !*

— Mais Lotte, il n'est pas ingénieur, tu veux que je lui donne un travail d'ouvrier ? S'il n'a pas étudié, qu'est-ce que tu veux que je lui demande ? Et puis qu'est-ce qu'il fait aujourd'hui ? Je veux dire à quoi est-ce qu'il passe ses journées ?

Soudain le père craignit qu'Isidore ne soit un bandit, il avait dit qu'il spéculait, mais d'où tirait-il son argent pour s'amuser à parier à la baisse ? Sa fille ! Avec un gangster ? Il la regarda, elle était si belle, il l'avait promise à un destin radieux et voilà qu'elle fricotait avec un moins-que-rien.

« Lotte ferait passer Frederick par le chas d'une aiguille ! » disait la mère.

— Mon petit papa, je t'en supplie, fais cela pour moi.

Le père soupira, après tout, si le jeune homme travaillait pour lui, il l'aurait à l'œil.

— Bon, bon, ça va. Je vais voir ce que je peux lui trouver.

C'est ainsi qu'Isidore entra au service comptabilité des usines Chlorodon, le dentifrice au goût frais. Et c'était déjà totalement surestimer celui qui n'avait aucune idée de ce que devait faire un aide-comptable. « Gérer les règlements des fournisseurs, saisir des factures d'achats, envoyer des paiements, établir des fiches de paie, suivre l'état des stocks… » lui avait-on dit. Isidore avait tenté d'afficher un air tranquille.

Le plus important était que les comptes tombent juste. Si son anglais à l'écrit était plus qu'approximatif, il avait en revanche toujours eu des facilités avec les chiffres. Il savait compter et surtout il savait recompter, car ne pas être sûr de soi peut vous éviter bien des écueils.

Bouleversé par la main tendue du père de Lotte, Isidore s'était promis de ne pas laisser passer cette chance. L'usine se situait à Brooklyn, il avait donc déménagé pour être le premier arrivé et le dernier parti. Il voulait apprendre, il voulait progresser, il avait acheté un carnet pour recopier ses erreurs et les apprendre par cœur. Il n'était peut-être pas de ces hommes supérieurs qui impressionnent par leur intelligence, leur charisme ou leur force, mais il avait peur. Peur depuis que sa mère, dans une chemise toute trempée de sueur, était morte une nuit dans un meublé miteux de Leobendorf. Peur des autres garçons à l'orphelinat, peur dans la grande ville de Vienne, peur sur le bateau qui l'avait débarqué à Ellis Island, peur dans les rues de New York son bidon de cirage à la main, peur de finir comme un chien. Et aujourd'hui il avait peur de perdre Lotte parce qu'il pensait qu'il ne méritait pas un tel bonheur.

La peur habitait son ventre et lui nouait les boyaux depuis des années, mais toute peur est chevillée à un espoir, celui d'en réchapper.

13

Il y a ceux qui veulent comprendre le monde et il y a ceux qui veulent le changer. Il y a ceux qui demandent *pourquoi ?* et ceux qui répondent *parce que !*

Isidore n'avait au départ aucune ambition de changer quoi que ce soit, il souhaitait simplement trouver sa place, il pensait même être prêt à s'asseoir où on lui dirait de s'asseoir. Mais pour les garçons comme lui, la société laissait à peine les strapontins ; s'il briguait un fauteuil confortable, ce fameux fauteuil en cuir capitonné, c'était à lui de se le fabriquer.

Bien que le dentifrice ne fût pas encore un produit de première nécessité en 1930 et malgré la terrible crise économique qui laminait le pays, l'usine Chlorodon se maintenait. Le père de Lotte était obsédé par l'innovation, convaincu qu'ils se tenaient à l'aube d'un monde nouveau.

« Bientôt, même les enfants se brosseront les dents ! »

Il fallait innover, mais comment ?

De temps en temps, M. Hoffmann faisait appeler Isidore dans son bureau pour lui faire goûter un dentifrice goût cannelle *fraîcheur épicée* ou goût salé *fraîcheur marine*.

— Alors ? Qu'en pensez-vous ?

— Je ne sais pas, c'est original, mais je pense que je préfère le Chlorodon goût frais.

Avec son bon sourire, le nouvel aide-comptable aurait presque pu faire de la réclame. Sans surprise, tout le monde l'appréciait. Sérieux, poli, de bonne humeur et discret avec ça, car il s'était bien gardé de dire à ses collègues qu'il fricotait avec la fille du patron. Le père, quant à lui, préférait ne pas y penser. Il imaginait que son nouvel aide-comptable était une bonne recrue, « Jamais les livres de compte n'ont été si bien tenus », et qu'un autre garçon, qu'il connaissait à peine, emmenait sa fille au cinéma. « Elle joue les amoureuses mais elle est jeune, ça lui passera. » Il avait tracé deux cases dans sa tête.

Les banques continuaient de faire faillite et Isidore gardait son bel argent dans une vieille chaussette. Il ne voulait le déposer dans aucun coffre.

Depuis qu'il travaillait pour son père, Isidore semblait à Lotte encore plus timide. C'était presque toujours elle qui prenait l'initiative. S'ils allaient boire un Coca-Cola et qu'elle lui donnait la main sous la table, il virait cramoisi. Le temps paraissait long à celle qui rêvait d'une bague de fiançailles, mais elle restait convaincue qu'Isidore était le bon, l'homme que le destin lui avait envoyé un dimanche de soleil, le garçon le plus pur qu'elle connaissait. Elle le sentait pétri de contradictions, à la fois d'un naturel joyeux et plein d'angoisses, innocent et capable de violence. Elle avait tour à tour envie de le materner et de s'enfuir avec lui. Peut-être était-ce simplement parce que Isidore était la première chose qu'on lui refusait ?

Objectivement, M. Hoffmann n'avait rien à lui reprocher, le jeune homme faisait de son mieux pour être adopté, mais jamais il ne serait celui dont il avait rêvé pour sa fille. Lotte agitait ses longs cheveux blonds et bouclés, elle aurait voulu les couper à la garçonne car c'était la mode, mais son père et Isidore avaient ouvert des yeux horrifiés à cette idée et elle n'avait pas insisté. Elle se félicitait d'avoir si bien manœuvré pour que les deux se voient tous les jours.

— Comment ça se passe au bureau, mon petit papa ?

— Mais très bien, Lotte.

— Tu n'as rien à me raconter ?

— Non, rien. Depuis quand t'intéresses-tu aux affaires, ma chérie ?

— Tu sais très bien.

— Non, je ne sais pas.

— Est-ce que tu es content d'Isidore ?

Ces conversations étaient douloureuses pour le père. Sa fille le poussait dans ses retranchements, ceux où l'aide-comptable et le futur gendre ne faisaient plus qu'un et, une fois de plus, il se raccrochait à l'idée d'une grande propriété dans les Hamptons avec des volets peints en blanc, un yacht, et à Lotte au bras d'un jeune homme qui aurait joué au polo ou au cricket, un pull à torsades sur les épaules.

— Vous parlez allemand ou anglais ?

— Nous parlons anglais, voyons.

Ce n'était pas exact. M. Hoffmann s'adressait effectivement à Isidore en anglais devant les autres employés, mais quand ils étaient tous les deux, il lui arrivait de faire tomber un ou deux mots de sa langue natale et il savait gré à Isidore de ne pas abuser de cette complicité lexicale.

Ces derniers temps, sa « chère Allemagne », comme il l'appelait, était au plus mal. La crise économique qui sévissait aux États-Unis n'était rien en comparaison de l'après-guerre dans l'ancien Empire. Lui qui rêvait d'exporter son dentifrice outre-Atlantique avait dû revoir sa copie, se recentrer sur le marché américain, protéger ses ouvriers. Frederick Hoffmann savait se montrer prudent mais il avait un faible pour les avancées techniques et, bien des années plus tard, lorsqu'il verrait jaillir du tube d'un concurrent le fameux dentifrice à rayures, il serait furieux de ne pas y avoir pensé. Oui, il fallait innover, mais comment ?

Isidore s'intéressait peu à la formule qui permettrait d'avoir les dents les plus blanches possible. Ce qui le fascinait, c'était l'usine en elle-même, les machines qui remplissaient les tubes en cadence. Clac ! Clac ! Clac ! Les ouvriers aux mains sales qui graissaient les feuilles d'étain avant de les enfourner dans la rectifieuse. Le travail à la chaîne. Clac ! Clac ! Le bruit de la soudeuse, la concentration des hommes, la répétition des gestes, le ballet parfait de leur mécanique.

Un jour, il apprit la faillite imminente des usines Williamson Barber Father & Son, une petite fabrique qui s'était spécialisée dans la crème de rasage, à trois blocks des usines Chlorodon. Sentant que leur patron mettrait bientôt la clef sous la porte, deux ouvriers étaient venus se présenter pour chercher du travail et, d'instinct, Isidore avait senti qu'il tenait là l'occasion qu'il attendait.

Il alla trouver le père de Lotte un matin de bonne heure et lui présenta son projet. M. Hoffmann l'écouta d'une oreille distraite et l'interrompit au beau milieu d'une phrase.

— Barber Father & Son est peut-être une opportunité, comme vous dites. Mais si l'usine ferme, c'est qu'elle est en difficulté, et nous n'avons pas besoin de difficultés supplémentaires par les temps qui courent. Et puis de la crème de rasage ? Sérieusement ? Rien ne remplacera jamais le bon savon à barbe.

Isidore marqua un temps.

— Monsieur Hoffmann, avec tout le respect que je vous dois, je suis allé faire un tour chez Williamson.

Le patron lança au jeune aide-comptable un regard où l'étonnement se mêlait au dédain.

— Cette usine a ouvert il y a trois ans, leurs machines sont plus modernes que les nôtres, mais ce sont les mêmes. À mon avis, chez Williamson, ce qui nous intéresse n'est pas la crème de rasage, ce sont les tubes.

— Les tubes ?

— Oui, monsieur, la crème de rasage est conditionnée en tubes et nous aussi, nous fabriquons des tubes, et les tubes, il me semble que c'est l'avenir des produits d'hygiène et même l'avenir de la cosmétique.

Le père ne disait plus rien. Il avait imaginé la crème de rasage dans des boîtes rondes en métal comme celles de la crème Nivea. Il était clair que le jeune homme avait flairé la bonne affaire.

— Isidore, je ne vais rien vous cacher, vous êtes notre aide-comptable et par conséquent vous connaissez les comptes de ma société presque aussi bien que moi. Nous tenons, mais nous sommes sur la corde. Même si ce rachat était effectivement une bonne idée pour Chlorodon, nous n'aurions pas la trésorerie suffisante. Dois-je vous rappeler que ces six derniers mois dans ce pays, en moyenne une banque par jour a fait faillite ? On ne me prêtera pas d'argent.

— Justement… moi j'ai un peu d'argent.

Combien ? se demanda le père à part lui.

Isidore se tenait immobile, il avait baissé les yeux.

— J'ai un peu d'argent et je pourrais vous le prêter, vous me signeriez une reconnaissance de dette et lorsque les affaires marcheront mieux, je veux dire lorsque l'économie repartira, et elle va repartir, nous en sommes tous convaincus, alors vous me rembourserez.

— Vous avez assez d'argent pour acheter les usines Williamson ?

Isidore sourit.

— Il faudrait aller négocier, mais j'ai cru comprendre qu'ils étaient aux abois. Ils se sont endettés pour toutes ces machines, certaines sont quasi neuves, ils ont vu trop grand.

— Et pourquoi me proposez-vous un simple prêt quand vous pourriez me demander de…

Le père cherchait ses mots, celui d'« associé » lui restait en travers de la gorge. Isidore avait deviné cela.

— Je vous suis infiniment reconnaissant de m'avoir permis de travailler pour vous. Chaque jour j'apprends beaucoup. Je souhaite simplement continuer à apprendre. Cet argent ne me sert pas et je pense que… ce serait vraiment dommage que Chlorodon passe à côté de cette aubaine.

— C'est tout ?

Isidore rougit jusqu'aux oreilles. Les deux hommes se regardèrent silencieusement.

— Et puis qui sait ? Peut-être que la crème à raser n'est pas une si mauvaise idée ? De plus en plus de femmes se rasent.

Le père ne put s'empêcher de penser à sa fille. Il aurait fallu avoir une conversation franche et virile une bonne fois pour toutes. Est-ce que ce prêt changeait les choses ? Peut-être. En tout cas, le jeune homme avait été assez fin pour ne pas profiter ouvertement de la situation et proposer de mettre Lotte dans la balance. Cela était-il implicite ? Il s'interrogea. Lui serait-il redevable de quoi que ce soit, hormis cette reconnaissance de dette ? Non. Est-ce que cela les mettrait davantage sur un pied d'égalité ? Oui. D'où tirait-il cet argent ? De la spéculation ? Uniquement ? C'était un peu gros. L'idée du gangster lui traversa à nouveau l'esprit. *Quelle horreur !* Isidore semblait si honnête, le chef comptable avait parlé de « probité exemplaire » pour le qualifier. Devait-il se méfier ?

— Nous pourrions aussi changer le nom ! Williamson et Chlorodon, ça ne va pas ensemble. Et il faudrait changer leur étiquette pour qu'elle ressemble à la nôtre et les gens seraient contents d'acheter les deux tubes comme… comme une sorte de kit complet de l'homme frais, voyez-vous ?

M. Hoffmann n'en revenait pas. Peut-être Lotte avait-elle raison après tout.

Isidore vit passer dans les yeux de son patron une lueur d'intérêt. Sans s'expliquer pourquoi, à ce moment précis, il se souvint d'une fois à l'orphelinat où des garçons l'avaient battu jusqu'à lui faire saigner les oreilles. Il se revit recroquevillé sur les dalles froides de la salle du réfectoire et eut la nette sensation de la chaleur du liquide rouge qui lui coulait dans le cou.

14

D'abord il y avait le bruit, pareil à celui d'un orchestre qui s'accorde dans la fosse. Le bruit des corps quand ils arrivaient, et se cognaient aux tables, et se glissaient sur les bancs, le frottement des manteaux que l'on retirait, les fermetures Éclair qui éventraient sacs et trousses, les claquements du grand déballage des manuels, des cahiers et des stylos, les bavardages. Il fallait qu'ils s'installent et cela tenait du cérémonial. Tandis qu'ils prenaient possession des lieux et se dispersaient en grappes, des chuchotements, un éclat de rire, ceux qui se tenaient déjà prêts, ceux qui s'attardaient à autre chose, le beau gosse du dernier rang qui faisait signe à sa meilleure amie qu'il restait une place à côté de lui et la jeune fille qui maîtrisait mal la joie que ce geste lui procurait.

Pearl, aux aguets, saisissait toutes les tentatives d'approche et de rapprochement. Elle aussi récoltait quelques regards, à la dérobée, mais elle peinait à les interpréter. Elle ne se sentait pas à la hauteur. Pour se donner du courage, elle se disait en elle-même : *Ils ne savent pas que je suis la fille du patron de Chloros.* Mais elle était aussi la fille de Michelle.

— La place est libre ?

— Ouais.

Pearl travaillait ses « ouais » depuis son arrivée, son accent était sa plus grande préoccupation, il lui fallait gommer ce stigmate oro-lingual. Elle observait les autres filles, la longueur de leurs cheveux, leurs bijoux, leurs sacs. L'hiver approchait à grands pas et il faisait froid, bon sang ce qu'il faisait froid ! Bientôt, il lui faudrait des bottes fourrées et un gros manteau. Elle ne voulait pas être la plouc de l'amphi, ne pas ressembler à cette fille ahurie débarquée du Sud.

— Salut, moi c'est Adrian.

Pearl le détailla, il portait un pantalon kaki, une chemise bleu marine et des lunettes en écaille qui lui donnaient un air d'intello sympathique.

— Salut.

— Comment tu t'appelles ?

— Pearl.

— Tu vois mon copain, là-bas ? Le mec qui a un tee-shirt jaune et un sourire crétin ?

Elle se retourna et vit un garçon à l'air furieux.

— Celui qui a un tee-shirt jaune ? Il sourit pas vraiment...

— Ouais, bon, bref, il te trouve très mignonne et il voudrait sortir avec toi.

Le garçon avait clairement compris le manège de son pote et lui fit signe qu'il le tuerait quand l'occasion se présenterait. Pearl pouffa. Un amoureux, c'était toujours une bonne idée, même si elle aurait préféré une amie. Une amie qui ne lui aurait pas ressemblé, une amie new-yorkaise, avec du style.

Elle ne connaissait de la vie que ce qu'elle avait lu dans les livres, des classiques du dix-neuvième et du début du vingtième siècle que ses professeurs d'anglais lui avaient conseillés. Elle plaquait ces codes sur l'amphi et, la boule au ventre, se demandait comment ne pas dénoter. Elle n'avait jamais été une fille populaire, n'avait jamais eu de petit copain sérieux. Adrian, ainsi que cela se vérifia par la suite, allait devenir son grand ami ; pas le garçon en tee-shirt jaune avec lequel elle alla manger une tranche de pizza et qu'elle trouva gentil mais sans plus.

— Tu viens d'où ?

— Vermont, et toi ?

— Texas.

— Cool.

Pearl fit une moue dubitative, elle s'excusait toujours.

— Non, sincèrement, je trouve ça cool, c'est le pays des cow-boys.

Il s'avéra qu'Adrian trouvait tout cool, la vie en général et le fait d'étudier à Columbia en particulier. Lui aussi était fils d'une mère célibataire, lui aussi était issu de la classe moyenne inférieure mais, contrairement à Pearl, il ne pensait pas que son admission dans la prestigieuse université s'était faite sur un malentendu ou devait quoi que ce soit à la chance.

Pearl avait une vision pour le moins passive de l'amitié. Jamais elle ne serait allée vers une fille pour lui demander « Veux-tu être mon amie ? » Mais si on s'avançait vers elle, elle était prête à se donner tout entière, dès la première seconde. Elle savait qu'elle attendait d'être choisie, plus que cela encore, elle attendait d'être reconnue. Et paradoxalement, n'importe qui aurait fait l'affaire. La littérature regorgeait d'âmes sœurs et d'amitiés exemplaires. Dès qu'il était question d'amour, il fallait trouver sa moitié. Ainsi, les poètes avaient décidé d'ignorer toutes celles et ceux qui s'accommoderaient du premier venu sans faire tant de manières. Car rares étaient les bocaux qui trouvaient leur couvercle, celui dont le matériau, le diamètre et le nombre de tours de vis leur allaient à la perfection. Dans la majorité des cas, un carré de papier aluminium et un peu de bonne volonté suffisaient. Une illusion de couvercle, modelé, corné et plissé sur les bords. Il fallait seulement faire attention à ne pas se déchirer si on décidait de changer de bocal. Tous les carrés d'aluminium savaient cela.

— T'es en droit des affaires ?

— Oui.

— Cool ! Moi aussi.

Droit des affaires et fiscalité, le département des requins. Pas le droit international de ceux qui voulaient travailler aux Nations unies et changer le monde, pas le droit de la propriété intellectuelle pour ceux qui voulaient se tenir du côté de l'Art. Pearl avait choisi son camp, celui de l'argent, celui où elle ne serait plus la fille de sa mère. Elle avait naïvement pensé qu'à 2600 kilomètres de sa ville natale, elle n'aurait plus honte de ses origines mais le contraire s'était produit. Jamais elle ne s'était sentie aussi seule et montrée du doigt.

Quant à son père, devait-elle l'appeler son père ? Son géniteur ? Isidore ? Le vieux ? Elle était méfiante et se tenait sur ses gardes. Toute sa vie, elle se souviendrait de leur première entrevue, des gâteaux au citron et à la cannelle de Mme Valeras et de leur amertume.

— Tu es contente à Columbia ?

— Oui, très.

— Tu as une chambre sur le campus ?

Ils avaient soigneusement évité tout ce qui touchait aux enfants d'Isidore et à la mère de Pearl. Le vieil homme était mal à l'aise à l'idée que Pearl sache qu'il couchait avec des prostituées, sans comprendre que, pour elle, c'était la chose la plus naturelle du monde.

— Tu étais déjà venue à New York?

— Non.

La conversation avait suivi son cours, sans trop cahoter, que pensait Pearl de New York? Est-ce qu'elle avait été au MoMA? Non? Il le fallait! Pearl avait visité le musée des Beaux-Arts de Houston avec sa classe de quatrième et aussi le musée des Sciences naturelles avec leur professeur de biologie, M. Bouliet. Mais depuis son arrivée à New York, à part se promener le nez en l'air entre les hautes tours et flâner dans les quartiers chics pour essayer de saisir l'atmosphère qui se dégageait des rues et des balcons en ferronnerie, elle n'avait pas mis les pieds dans un lieu culturel.

— Je me ferai un plaisir de t'y accompagner.

Il avait certainement regretté d'avoir dit cela. Élan spontané ou réflexe de politesse, le fait est qu'ils étaient maintenant coincés.

— Prenons une date.

— D'accord.

— Samedi prochain?

— Oui, très bien.

C'était ainsi que les choses avaient commencé, par excès de zèle. Isidore ne se serait jamais avoué qu'il voulait revoir cette jeune fille parce qu'elle était le sosie de celle qui était morte dans une chemise de nuit trempée de fièvre.

***

Assis sur les marches du grand escalier devant la bibliothèque, Pearl et Adrian mangeaient un sandwich au poulet. Adrian mastiquait consciencieusement et ça faisait bouger ses lunettes. Les deux ne se quittaient plus.

— Demain je vais au MoMA avec Isidore.

— Cool ! Il est en droit des affaires aussi ?

Pearl resta une seconde à contempler la mayonnaise qui débordait du pain de mie.

— Non, c'est mon père… enfin, mon géniteur, si tu préfères.

Adrian ne préférait rien du tout mais Pearl avait beaucoup souffert dans son enfance de devoir taire ses origines, de ne pas pouvoir avouer qu'elle était selon la formule consacrée « un accident de capote qui avait glissé », fruit des amours ancillaires d'un magnat du dentifrice et d'une prostituée. Elle connaissait mieux que personne l'encre d'un secret et comme il pouvait entacher sa relation au reste du monde. Aussi, elle décida de balancer l'histoire à Adrian sans prendre de gants. Et contre toute attente, Adrian trouva cela *hyper* cool. L'empire Chloros, c'était quelque chose, Pearl n'aurait aucun problème à trouver son premier stage en droit des affaires.

— Je préfère me débrouiller toute seule.

— Ouais, mais c'est dingue quand même.

Pearl aimait qu'Adrian dise tout ce qu'il pensait, et de fait, il ne pensait jamais à mal.

***

Le hall du MoMA avec ses hautes vitres lui donna l'impression d'entrer dans une cathédrale. Isidore l'attendait. Il portait un costume trois pièces, extrêmement élégant, vieille Europe, du moins l'idée que se font les Américains de la vieille Europe.

— Bonjour, Pearl ! Tu es parfaitement à l'heure !

Elle ne lui dit pas qu'elle était arrivée avec vingt minutes d'avance et avait tourné dans le quartier en se fustigeant d'avoir accepté de passer son samedi après-midi avec un vieil inconnu.

— Viens, nous allons prendre l'ascenseur. Je me suis dit qu'il fallait commencer par le commencement. Nous n'aurons jamais le temps de tout voir de toute façon. Et puis, c'est ma section préférée, les trucs trop modernes, moi… tu sais… Tu aimes l'art moderne ?

Elle se demanda si ce n'était pas lui le plus mal à l'aise des deux. Il marchait devant elle, d'un pas qu'elle jugea trop énergique pour la circonstance. Pearl ne connaissait rien à l'art contemporain mais, en bonne élève, avait consulté le catalogue de la collection permanente du MoMA à la bibliothèque du campus la veille.

— J'aime bien Andy Warhol.

— Ah oui, Andy Warhol, bien sûr… bien sûr.

L'ascenseur les mena au cinquième étage, il y avait beaucoup de touristes, appareils photo en bandoulière. Pearl se sentit oppressée, Isidore n'arrêtait pas de parler, « Tu connais cette toile ? » « Et lui ? » « Et tu aimes ? » Il n'y avait pas une once de recueillement dans son attitude. Et il souriait trop. Elle le trouvait ridicule, pourtant elle souriait aussi et s'en voulait d'être *aimable* avec celui qui avait baisé sa mère un soir de solitude. Le mal était irréparable, toutes les toiles de Van Gogh et de Picasso pouvaient bien étaler leurs couleurs et aligner leurs traits.

— Et Cézanne, tu connais Cézanne ?

Pearl manquait d'air. Elle était solide, elle n'avait pas besoin d'un père, n'en avait jamais eu besoin. Qu'il paye donc ses études et qu'il la laisse tranquille. Elle fut traversée par une image d'elle devenue une grande avocate, elle lui remboursait chaque centime, elle s'imagina devant une pile de pièces d'or, elle ne voulait rien lui devoir.

— Les couleurs de celui-ci sont formidables, n'est-ce pas ?

Elle ne répondit pas et continua à avancer au hasard parmi les œuvres immobiles. Elle était écartelée entre le calme de ses mouvements et l'agitation du sang qui venait lui battre dans la gorge. Elle regrettait tellement d'être venue mais elle ne pouvait plus partir. Pas par politesse, non. Il y avait chez elle, depuis l'enfance, un désir de plaire à tout prix. Cette faille guidait ses gestes et ses réactions, elle était prête à se renier juste pour qu'on l'aime bien.

Elle s'arrêta devant une toile qui représentait une femme enceinte drapée de rouge, intitulée *Espoir II,* et ne put s'empêcher de noter l'ironie de la situation. La femme avait la tête inclinée, les yeux fermés comme en prière. Ses seins étaient magnifiques, pleins, les tétons roses se dessinaient sur une peau blanche presque bleue en transparence. Trois femmes avaient été représentées à ses pieds dans les plis de son manteau, trois femmes aux paupières closes, dans une attitude empreinte de sagesse. Le peintre avait posé sur le ventre rond un crâne en équilibre. Le fond du tableau semblait avoir été parsemé de paillettes d'or et d'argent, le manteau rouge lui-même était très ornementé. Pearl sentit la présence d'Isidore derrière elle.

— C'est beau.
— Oui, je trouve aussi.
Elle eut un profond soupir.
— Il te plaît ?
— Oui, beaucoup.
— C'est une allégorie.
Pearl pensa à sa mère, connaissait-elle le mot « allégorie » ? Elle eut soudain envie de pleurer.
— Il y a quelque chose de paisible qui s'en dégage.
— Paisible et triste, je dirais, non ?
Peut-être que les gens qui expliquent les tableaux essaient toujours de s'expliquer eux-mêmes.
— C'est un tableau d'un peintre autrichien.
— Ah oui ?
Isidore prit un ton gai pour masquer son trouble.
— Oui, c'est un peintre extraordinaire, et je ne dis pas cela parce qu'il est autrichien.
Pearl se pencha vers la petite carte sur le mur et lut à haute voix.
— Gustav Klimt ? Je ne connais pas.
Isidore resta silencieux un moment, perdu dans ses pensées.
— Oui, il a peint des paysages et… et de très beaux portraits.

15

C'est ainsi que le 24 novembre 1930, les usines Chlorodon dentifrice goût frais firent l'acquisition des usines Williamson Barber & Son, crème de rasage sans eau ni blaireau, marquant ainsi le début du développement de l'empire Chloros[1].

M. Hoffmann avait signé à Isidore une reconnaissance de dette. Trois ans plus tard, il serait nommé directeur financier, et surtout il épouserait Mlle Lotte Hoffmann, en grande pompe, comme il se devait pour le jeune fils de bonne famille ayant malheureusement perdu ses parents qu'il était, version adoptée par les Hoffmann qui décidèrent de ne pas interroger Isidore sur ses origines pour ne pas avoir à les camoufler mais, aidés de leur fille, supposèrent un récit que le gendre se garda bien de leur démentir. Parfois, ne pas dire la vérité suffit.

« Chloros, c'est avant tout une entreprise familiale. »

---

1. Chloros était en 2022 le troisième plus grand groupe de produits de cosmétique et d'hygiène au monde. L'entreprise possédait 250 filiales, était présente dans 60 pays, avait des produits commercialisés dans plus de 175 pays et une capitalisation de 429 779 millions de dollars.

Ce soir de juillet 1952, on décernerait au patriarche la Médaille d'honneur de la ville de New York car l'histoire de ce capitaine d'industrie était exemplaire. Le maire en personne, M. Vincent Impellitteri la lui remettrait.

M. Frederick Hoffmann avait travaillé son discours pendant des semaines. Il aurait pu commencer ainsi : « La grande aventure de Chloros a pris son envol le jour où j'ai fait l'acquisition de Williamson et cela n'aurait pas été possible sans mon cher gendre. » Mais il avait préféré raconter l'histoire un peu différemment. Parfois, plusieurs vérités coexistent.

La grande salle de l'hôtel Waldorf Astoria bourdonnait d'hommes en smoking et de femmes en gants de satin blancs. Dans la fumée des cigarettes, on avait demandé à Frederick Hoffmann de monter sur l'estrade et de parler bien en face des micros car demain, dans le journal, on raconterait combien cette assemblée était belle et cette soirée réussie.

« Même si, sans mauvais jeux de mots, la crème à raser a mis un certain temps à *pénétrer* le marché... »

Rires dans la salle.

Bien sûr, ils avaient eu leurs ratés. Le tube de cirage, par exemple. Avec la folie de son gendre de tout mettre en tubes. C'était d'ailleurs une des rares fois où Isidore s'était obstiné, il avait même voulu se mêler de la composition du produit, alors qu'il n'entendait rien à la chimie, et proposé qu'ils ajoutent du jus de betterave à la formule finale. Idée pour le moins saugrenue aux yeux du beau-père, et qui leur avait fait perdre du temps et de l'argent mais cela leur avait servi de leçon. Surtout à Isidore qui, après coup, s'était promis de se tenir le plus éloigné possible de son ancienne vie. Il avait rêvé en secret une *success story* où l'ancien cireur de chaussures prenait sa revanche et devenait le plus grand marchand de cirage des États-Unis ; mais à quoi bon une histoire quand on n'a personne à qui la raconter ? Même Lotte ignorait qu'il demandait 10 cents pour s'agenouiller et cracher.

Il y avait eu le tube de crème déodorante, puis le nouveau dentifrice à l'hydroxyde de magnésium. À la naissance de Peter, le premier fils d'Isidore et de Lotte, ils étaient passés aux tubes en aluminium. Ils avaient dû faire de gros investissements, renouveler entièrement leurs usines. Mais ce choix-là avait été un tournant décisif. En règle générale, Isidore sentait d'où venait le vent du progrès et Frederick Hoffmann avait très vite su lui faire confiance. Le beau-père et le gendre étaient si complices qu'on les prenait souvent pour père et fils.

« Quand Peter, mon petit-fils, a eu sa première dent de lait, nous avons créé Chlorokids, le premier dentifrice pour les enfants ! Cette aventure-là a été extraordinaire, et c'est une des choses dont je suis le plus fier aujourd'hui. »

Ce soir, Lotte était resplendissante. Elle portait une robe en soie bleu et une rivière de diamants. Elle avait fini par couper ses cheveux au carré, elle l'avait fait le jour de ses quarante ans. Elle avait grandement contribué au succès de Chlorokids car elle avait eu l'idée de faire dessiner sur les étiquettes une fée bienveillante, la Fée des dents. Une fée en robe bleue avec des cheveux blonds qui lui ressemblait étrangement d'ailleurs, peut-être le dessinateur s'était-il inspiré d'elle. L'illustration était si réussie qu'ils avaient fait imprimer des cartes postales, « pour un tube acheté, une image offerte ». Ainsi des centaines de milliers de petits Américains avaient épinglé la fée au-dessus de leur lit dans l'espoir qu'elle protège leurs quenottes et leur donne une pièce quand l'une d'elles tombait, et surtout ils n'oubliaient plus de se brosser les dents avant d'aller se coucher. Devenus adultes, ils ne sauraient pas s'en passer. Cette opération marketing s'était assortie d'une campagne auprès des dentistes, « Le fluor c'est trop fort ! », avec un recrutement massif de démonstrateurs. Mais le coup de génie d'Isidore avait été de persuader son beau-père de faire de la réclame directement dans les classes des écoles primaires du pays.

Frederick Hoffmann appartenait au très select Metropolitan Club. Grâce à ses relations, ils avaient pu rencontrer des membres du gouvernement et s'étaient retrouvés lobbyistes pour la défense de l'hygiène bucco-dentaire et de leurs intérêts propres. Entre-temps, ils avaient acheté une fabrique de brosses à dents et le grand-père avait décrété qu'il fallait créer une deuxième taille.

« Il faut bien avouer qu'il n'y a rien de plus mignon qu'une brosse à dents miniature. »

Sourires dans l'assemblée.

Ayant mis un pied dans le lobbying, le beau-père et le gendre s'étaient liés d'amitié avec un sous-secrétaire d'État qui s'avérerait extrêmement utile quelques années plus tard lors de l'entrée en guerre des États-Unis. Seize millions de recrues allaient servir dans les forces armées américaines jusqu'en 1945. Seize millions d'hommes qu'il allait falloir équiper avec le fameux pack du GI et, dans chaque trousse, il faudrait glisser, entre autres choses, une brosse à dents, un tube de dentifrice et même un tube de crème à raser.

« Je peux le dire, la confiance que m'a témoignée le secrétaire de la Défense a été un tournant dans la vie de mon entreprise, et dans ma vie. »

Applaudissements.

Frederick Hoffmann avait décidé de ne pas trop s'attarder sur les réticences que son nom avait suscitées, *on n'allait quand même pas demander à un Allemand de fournir l'armée américaine!* Il avait envoyé son gendre négocier pour eux et Isidore H. Ferguson avait su se montrer persuasif, comme toujours.

Les tubes Chloros avaient donc débarqué en France sous les bombes, et les Européens fascinés avaient découvert à quel point les GI étaient en avance sur eux question trousse de toilette. À la fin de la guerre, l'outil de production de l'entreprise avait quintuplé, et Frederick Hoffmann ne se priva pas d'inonder son cher vieux continent du progrès qu'il fabriquait outre-Atlantique. Avaient alors surgi leurs filiales françaises, italiennes et allemandes, toutes voulaient leur part du sourire *ultra bright* des vedettes d'Hollywood – Chloros avait été la première marque, juste au sortir de la guerre, à faire faire de la réclame à des stars; une fois encore c'était Isidore que le beau-père avait envoyé pour convaincre.

Quelle vie Isidore avait eue! Comme il avait eu de la chance! Il devait tout aux Hoffmann. Sous le grand lustre de l'hôtel Waldorf Astoria, il regarda ses enfants, Peter avait dix-neuf ans et Felicity dix-sept. Leur petit dernier, Thomas, n'était pas venu ce soir car on l'avait envoyé dans un *summer camp* pour jouer au tennis. Isidore était très admiratif de la façon dont Lotte avait élevé leurs enfants. Il l'avait laissée faire, elle avait tous les codes.

Isidore était fou de son dernier fils. Thomas était un enfant doux aux yeux bleus, extrêmement sympathique. Quand ils le rencontraient, les gens s'exclamaient « Quel bon petit bonhomme, celui-là! » Une grande complicité unissait le père à son benjamin, il tâchait de ne pas trop le marquer devant les deux aînés mais c'était plus fort que lui. Isidore était fier que Thomas joue au tennis comme les enfants de bonne famille. Lui n'en avait jamais fait, n'avait évidemment même pas essayé de s'y mettre.

Aujourd'hui encore, malgré son poste de numéro 2 du groupe Chloros qui lui valait le respect de tous – car il avait la réputation d'être un bourreau de travail qui n'avait rien du gendre parachuté à un poste qu'il n'aurait pas mérité –, malgré cela donc, quand il allait au Metropolitan Club, il restait terrorisé à l'idée de se voir proposer « Un petit tennis dimanche ? » par un de ces jeunes loups nés avec une cuillère en argent dans la bouche. « J'aurais beaucoup aimé, malheureusement j'ai du travail » leur répondait-il en affichant son meilleur sourire. « Même le dimanche ? » murmuraient les nantis, ce qui finalement augmentait encore l'admiration qu'ils lui portaient. *Mon fils Thomas n'aura jamais honte. Un tennis ? Avec plaisir ! Et il les battra tous. Mon fils ne vivra pas dans la peur.*

Peter son aîné était un jeune homme qui aimait lire, comme sa mère, il avait été admis à Harvard et dès sa sortie de l'université, il intégrerait le groupe familial sans se poser de questions. Felicity était plus artiste, du moins était-ce vers la peinture et le dessin qu'on l'avait orientée. Isidore avait noté chez elle une tendance à un peu trop aimer les choux à la crème à l'heure du goûter, mais elle avait un joli visage et ses parents étaient très riches, ils n'auraient pas de mal à la marier.

« Oui, je crois au plastique, le plastique va tout changer ! Nous allons créer 1 257 emplois ! Et je suis fier d'inaugurer cette nouvelle usine qui rassemble tout ce que la technologie fait de mieux aujourd'hui au nord de cette ville que j'aime tant et à laquelle je dois tant, car si j'ai la chance d'être américain d'adoption, je suis new-yorkais de cœur. »

Nouveaux applaudissements.

C'était cette usine géante qui avait valu à Frederick Hoffmann la médaille qu'il recevait ce soir. Il était temps de lâcher l'aluminium, l'heure était au PEBDR et au PEHD, aux polyéthylènes à basse et haute densités radicalaires. Densité basse pour les tubes souples, haute pour les flacons rigides. Le nombre de produits qu'il fallait mettre en tube avait explosé, crèmes de soin, shampoings, gels en tous genres. Depuis que le groupe s'était orienté vers le public féminin, leurs perspectives de croissance étaient mirobolantes.

Frederick Hoffmann chercha les siens du regard, sa femme avait pris beaucoup d'embonpoint, une certaine mollesse rassurante se dégageait d'elle. Elle lui sourit. « Bravo mon chéri, tu as été parfait ! », « Mon petit papa, c'était formidable ! », « Nous sommes si fiers de toi, grand-père ! » Quelle belle famille ils formaient.

Embrassades, crépitement des flashs.

Quelques heures plus tard, Isidore et Lotte se donnaient la main à l'arrière de la voiture conduite par le chauffeur. « C'était une belle soirée » dit Lotte. Elle était fatiguée et un peu pompette avec tout ce champagne, elle posa sa tête contre l'épaule de son mari. Ils se connaissaient si bien. Elle aussi avait très certainement vu défiler une partie de sa vie pendant le discours de son père. Quel chemin parcouru depuis les granités qu'ils buvaient à Coney Island en se dévorant des yeux et les petits mots qu'ils s'échangeaient en cachette, le cœur battant !

Lotte se souvenait de leur premier baiser, de la première nuit où ils avaient dormi dans le même lit, de la naissance de leur premier enfant.

On se souvient facilement des premières fois de la vie, mais les dernières fois ont cela de terrible qu'elles ne s'annoncent pas.

Insouciante, se laissant aller au confort moelleux des sièges de la grosse berline, Lotte ignorait que cette soirée au Waldorf Astoria était la dernière où ils seraient heureux.

Deuxième partie

Sur les flots que la nuit enténèbre
Je chante mes tristes chansons,
Chansons saignant comme blessures
Mais nul cœur ne me les rapporte
À travers les ténèbres.

Georg Trakl, *Nocturne*

1

Tommy et Charlie aimaient se présenter en disant « On est meilleurs amis depuis notre naissance ! » En effet, leurs mères étant elles-mêmes amies et ayant accouché à une semaine d'intervalle, elles les avaient pour ainsi dire mis dans le même berceau, puis dans le même parc, la même école maternelle et ainsi de suite. Aujourd'hui, Tommy et Charlie étaient au collège et il n'y avait pas un souvenir qu'ils ne partageaient pas. Ils étaient inséparables au point que si l'un aimait un sport il eût été impensable que l'autre ne s'y mette pas, et la vie était bien faite car les deux adoraient le tennis.

Thomas, était le troisième fils de Lotte et Isidore Hoffmann Ferguson. Sa mère voulait qu'il lise des livres, comme Peter, son frère aîné, l'idole, qui ferait sa rentrée à Harvard en septembre. Quand Peter avait treize ans, il avait déjà lu tout Dickens, tout Walter Scott et tout Goethe, et il écrivait des poèmes, et il était premier en maths. Peter était parfait sauf que, à dix-neuf ans, il ne savait pas rattraper un ballon. Tommy n'était pas mauvais en classe mais les cours l'ennuyaient. Son père disait à sa mère « Laisse-le, il n'est pas encore mature, il est tout aussi intelligent que Peter, ne t'en fais pas. » Son père l'appelait « mon champion » ou juste « champion », et sa mère se moquait.

— Oh le champignon mignon !

— J'ai raison, tu verras, il deviendra champion de quelque chose celui-là... Il est exceptionnel, notre Tommy.

Et Lotte faisait les gros yeux parce qu'elle pensait qu'il ne fallait pas trop encenser les enfants au risque d'en faire des petits prétentieux.

Quand Tommy gagnait un match et qu'il exultait, sa mère le tançait « Sois humble, Thomas, je t'en prie. » Mais s'il croisait le regard de son père à ce moment-là, il y lisait toute la fierté du monde.

Les filles ne l'intéressaient pas, il se sentait très différent d'elles. Sauf de Felicity, sa grande sœur, mais une sœur ne comptait pas comme une vraie fille. La complicité qui les unissait s'était construite sur toute une série de codes secrets et de jeux langagiers. Le dernier en date consistait à faire dire à l'autre « Si » pour pouvoir compléter.

— Tu ne veux plus de gâteau ?

— Si !

— Trouille.

Ou bien :

— Tu n'es pas content ?

— Si !

— Rène.

Inutile de préciser que ce genre de puérilités exaspérait Peter au plus haut point.

C'était Lotte qui avait trouvé le *summer camp*. « À Camp Eloi, le tennis est roi. » Elle avait immédiatement prévenu la mère de Charles, les deux garçons partageraient une chambre, tout s'était arrangé à merveille. Un mois de stage de tennis intensif dans le Vermont, Charlie et Tommy étaient ravis.

En fait de chambre, il s'agissait plutôt de cabanons de huit garçons qui parlaient fort et à toute vitesse, et n'arrêtaient pas de faire des blagues, plus ou moins lourdes, très vite dirigées vers les plus malingres du groupe.

Pour ceux qui ne servaient pas de cibles, l'ambiance était pleine d'entrain. Quand ils ne jouaient pas au tennis, on leur apprenait à fabriquer des torches avec de la paraffine, à faire des nœuds et à reconnaître les plantes comestibles, un peu comme chez les boy-scouts. Chaque matin, ils faisaient leur lit, balayaient le plancher de la chambrée, il y avait même des tournées de vaisselle. Charlie tirait un peu la tronche car il n'avait jamais fait son lit de sa vie, et encore moins balayé le plancher, Tommy non plus d'ailleurs mais il était plus adaptable, et comme ils étaient les deux plus jeunes du cabanon, ils faisaient profil bas.

Pour sa part, Tommy n'avait jamais éjaculé. Il savait ce que c'était parce que Charlie avait démarré sa puberté un peu plus tôt et lui avait tout de suite raconté les plaisirs de la jouissance érotique. Tommy avait des érections, le plus souvent en cours d'anglais, sa professeure n'était pourtant pas spécialement jolie. De manière générale, ses érections semblaient à Tommy pour le moins imprévisibles.

La première branlette en groupe de quatre des garçons de leur chambrée à laquelle Charlie et Tommy avaient assisté avait donc été riche d'informations. Tommy s'était attendu à ce que ça ressemble à de la mayonnaise, puisque c'était comme cela que Charlie lui avait décrit la chose, mais la semence s'était avérée d'un blanc trouble et beaucoup plus liquide et visqueuse que prévu. Surtout, la vitesse à laquelle le sperme jaillissait l'avait beaucoup intéressé. Les quatre rois de la branlette le faisaient donc en public, mais la plupart des soirs, les autres garçons se masturbaient dans leur lit sans rien montrer à personne. Beaucoup d'entre eux avaient passé leur année à être amoureux de manière aussi passionnée qu'éphémère. Pas Tommy, il préférait les matchs de tennis. Au collège, l'amour créait des silences et des tensions, et puis il y avait aussi les supplices des premiers appareils dentaires et les problèmes d'acné. Tommy était chanceux, il avait une peau de pêche.

Ils étaient trois cent vingt adolescents répartis dans quarante cabanons, sans compter ceux des surveillants et de la direction. Le matin, levée des couleurs et chant de l'hymne de Camp Eloi.

Oh joie !
Chaque jour nous apprenons
Chaque jour nous grandissons
À Camp Eloi
Des hommes nous deviendrons...

Que Tommy avait eu vite fait de transformer en :

Oh chiotte ! / Chaque jour nous balayons / Chaque jour nous récurons / À Camp Eliott / Des fiottes nous deviendrons !

Cette version avait rencontré un succès immédiat, et même si Tommy ne s'était pas joint à la branlette en groupe du premier soir, cela lui avait donné la réputation d'être un gars espiègle et il n'eut aucun mal à se faire des amis.

Thomas avait eu beau se moquer de leur hymne crétin, s'ils n'étaient pas devenus des hommes en un mois de stage, ils avaient vraiment grandi.

Il s'était mis à écrire des lettres pendant la pause d'une heure après le déjeuner et avait découvert combien cet acte était agréable et libérateur. Ce fut la première fois qu'il s'imagina qu'il pourrait devenir journaliste, ou mieux, grand reporter. Il se projetait couvrant des conflits dans des zones extrêmement dangereuses à l'autre bout du monde, et il souriait en pensant à sa mère qui craignait toujours qu'il lui arrive quelque chose.

Il écrivait à ses parents des lettres assez formelles, où il parlait de ses lectures, essentiellement dans le but de plaire à sa mère. L'école avait demandé qu'ils lisent *Un conte de deux villes* pour la rentrée et le roman l'ennuyait au plus haut point, il ne s'en cachait pas et tournait le style de Dickens en dérision. Lotte était une mère très aimante mais elle exigeait la perfection pour ses enfants. Si Tommy avait su combien elle avait été rebelle et les manigances qu'elle avait entreprises pour épouser son père, il n'en serait pas revenu. Les post-scriptum étaient destinés à son père. *J'ai mis 6-2, 6-1 à Charlie, hier, il était fou!*

À Felicity, il envoyait des lettres beaucoup plus tendres. Sa grande sœur était la seule personne au monde à qui il pouvait avouer sa sensibilité. Il portait à son père une admiration sans bornes et respectait profondément sa mère mais à eux, jamais il n'aurait osé écrire qu'il avait hâte de les retrouver et qu'ils lui manquaient, sauf Peter. D'ailleurs Thomas n'avait pas écrit à Peter qui n'aurait fait que repérer ses fautes de grammaire. Ce grand frère de six ans son aîné avait toujours mis des barrières pour que le benjamin ne s'identifie pas à lui.

Le dernier jour du stage arriva enfin, une fête était organisée le soir avec remises de prix et applaudissements pour les meilleurs joueurs de tennis, les meilleurs au service, les meilleurs à la volée, en simple et en double, mais aussi pour tous ceux qui avaient gagné quelque chose pendant le séjour : concours de fléchettes, de tir à l'arc, de course en sac, il y aurait même une médaille décernée pour le meilleur camarade. Chacun s'était vu attribuer une mission particulière, Charlie et Tommy étaient dans l'équipe de ceux qui lanceraient le feu d'artifice.

— Tu dors ?

— Bah non, banane. Tu vois bien que j'ai les yeux ouverts.

— On va faire un tour ?

Ils étaient sortis sans faire de bruit.

Il devait être un peu plus de 5 heures, Tommy trouva merveilleux d'être debout dans le silence attentif du jour qui se levait. C'était un de ces matins où la fraîcheur de l'air était divine. La journée qui s'annonçait serait caniculaire.

Les deux garçons avaient l'impression d'avancer dans ce conte où les fées ont endormi tous les habitants d'un château et où eux seuls auraient le pouvoir de se mouvoir et s'avancer parmi les arrêtés du temps.

Ils étaient en pyjama, pieds nus. Ils traversèrent la grande pelouse sur laquelle étaient alignés les cabanons comme dans un rêve. Le soleil étincelait sur les eaux huileuses du lac, c'était d'une beauté à couper le souffle.

— On va se baigner ?

— Viens, on le fait !

Les deux garçons retirèrent leurs vêtements en souriant. Ces quatre semaines de tennis avaient laissé des marques de bronzage, épaules, torses et cuisses pâles, avant-bras et mollets tannés. Un instant ils hésitèrent, conscients de la solennité du moment, presque honteux à l'idée de troubler le calme des eaux.

La bande de terre qui bordait le lac était sableuse et froide, la sensation sous les doigts de pieds n'était pas désagréable. Charlie entra dans l'eau le premier, d'abord doucement, puis en s'y précipitant pour montrer qu'il n'avait ni peur ni froid.

Tommy éprouva la lame de sensualité de l'eau. Cette sensation-là ne se partageait pas, Charlie et lui étaient seuls, chacun envahi par la caresse du liquide glacé sur leur corp juvénile, c'était doux et violent à la fois. Le scintillement des rayons du soleil à la surface de l'eau lui fit plisser les yeux. Il plongea pour se sentir plus pris et plus vivant encore puis il se mit à nager, ses mouvements étaient rapides et harmonieux.

— Tommy, attends-moi !

Charlie se mit en tête de le rattraper mais il n'était pas aussi bon nageur que son camarade. Tommy s'arrêta. Ils n'étaient plus qu'à quelques mètres l'un de l'autre.

Thomas avait peut-être fait une grimace ou une drôle de tête mais son meilleur ami ne voyait que sa nuque au ras de la surface. Les deux garçons étaient inondés de reflets d'argent. Sur la rive, les branches des saules pleureurs penchaient, immobiles. Soudain, Thomas avait disparu sous l'eau. Il n'avait pas plongé, il n'y avait mis aucune impulsion ; il s'était laissé engloutir au ralenti. C'était pour lui faire une blague. Tommy allait surgir et lui attraper la jambe comme s'il était un poisson visqueux. Combien de temps avant que Charlie ne se mette à l'appeler ?

— Tommy ! Tommy ?

À crier.

— Tommy ! Tooommyyyyy !!!!

Tommy était peut-être champion d'apnée et il ne le lui avait jamais dit. C'était la meilleure blague du monde, il avait sûrement nagé jusqu'à l'autre bord, là-bas, près des saules pleureurs, et il était ressorti de l'eau sans que Charlie le voie, pour lui ficher la frousse de sa vie.

— Tommy ! Arrête ! T'es où ?

Ça ne servait à rien de crier, on n'entend pas quand on est au fond des abysses. Et Charlie sut, malgré l'espoir qui vrillait sa raison, il sut que l'image de la nuque inclinée de Tommy, de la lente submersion de sa chevelure, cette image reviendrait des milliers de fois hanter son esprit.

Tommy nageait, Tommy s'était arrêté de nager et Tommy, sans se retourner, dans un spasme stupéfait, avait eu un tout petit moment d'absence. Devant son meilleur ami, Tommy s'était noyé sans faire aucune éclaboussure.

2

C'étaient des trucs de mômes. Dans la nuit de sa colère, Isidore avait cherché un responsable à défaut de s'avouer que personne n'était coupable. Qui aurait pu prévoir ce qui était arrivé ? Tommy était bon nageur, il était athlétique, il était en parfaite santé et n'avait jamais fait de crise d'épilepsie auparavant. Le lac était si calme, pas un poisson qui aurait pu lui mordre les orteils. Le scintillement à la surface de l'eau avait-il causé la crise ? Les neurologues avaient formulé l'hypothèse d'une épilepsie myoclonique juvénile. Et alors ? Qu'est-ce que cela changeait ? Ils auraient dû être surveillés ! Les moniteurs du camp avaient failli. Oh, ils étaient désolés, désolés, quelle terrible tragédie, mais tout s'était passé si vite. Deux jeunes garçons s'étaient baignés dans le lac au petit matin, ils ne pensaient pas à mal. C'était la faute de Charlie. Qui avait eu l'idée d'aller se baigner ? Qui avait dit, viens, on le fait ?

Avant l'accident, ils étaient stables, ils tenaient sur leurs quatre pieds et leurs trois enfants. Chaque chagrin est porteur d'une soustraction. Trois moins un, deux. Il leur restait deux enfants. Isidore avait toujours trouvé refuge dans les chiffres.

Il y a celui que nous sommes et celui que nous nous rêvons être, et les deux coïncident si peu que le second empêche toujours le premier de jouir de qui il est. C'était dans ce décalage entre la vie d'un orphelin cireur de chaussures et ses rêves d'épouser la fille d'un riche industriel que se tenait la liberté d'Isidore. Sa liberté et son angoisse. Sa vie avait dépassé ses espérances, en malheurs et en bonheurs, mais ce malheur-ci était de trop. Le grand malheur ordinaire, celui qui faisait lever les yeux au ciel en demandant pourquoi moi ?

La chaîne de causalité était inutile. Rien ne servait de remonter le temps pour tâcher de saisir le nœud concret auquel s'agripper, l'ancrage à la frontière de l'avant et de l'après, ce moment dont il pouvait dire j'étais heureux jusqu'à ce que je ne le sois plus jamais. Ce n'était pas l'heure de la mort de l'enfant mais celle où le téléphone avait sonné et où Lotte, dans sa robe de chambre rose, avait pris le combiné. Le lendemain matin de cette grande fête de félicitations, une soirée entière où ils avaient été bien assis, le dring dring strident du téléphone au réveil, et Lotte debout, sentant que le sol se dérobait sous ses pieds. Elle avait crié. Ou peut-être était-elle restée silencieuse, Isidore ne se souvenait plus parce qu'il avait gâché son souvenir en le rejouant trop de fois. À force de le raconter, il l'avait tordu et l'instant de l'annonce gisait comme un jouet cassé et inutile, sa vérité avait été effacée, car la mémoire préférera toujours un récit maîtrisé à une impression floue. Mais Isidore avait immédiatement su, de cela il était certain. Il avait su qu'il s'agissait de Tommy, et que Tommy était mort.

Après la perte, pourtant, Isidore et Lotte s'étaient obstinés à vivre. Le temps qui avait succédé à ce drame avait été plein de lenteurs. Isidore avait appris à tolérer sa douleur. Les gens bien intentionnés, leurs amis, ceux qui n'avaient jamais connu pareil malheur leur disaient « Il ne faut pas se laisser aller, il faut vivre, vous avez deux beaux enfants ! Regardez, Peter est formidable ! Et Felicity, n'est-elle pas un rayon de soleil ? » Isidore avait le droit de se plaindre, pas celui de se laisser emporter. Il fallait signer des contrats, acheter des usines, défendre l'hygiène bucco-dentaire, s'asseoir à table, porter sa fourchette à ses lèvres et remercier pour le dîner. Il fallait protéger sa femme qui souffrait beaucoup plus, car elle était mère et les mères vivaient dans leur chair la perte d'un petit.

Puis le chagrin d'Isidore avait fini par se perdre, enseveli sous les couches des années. Il n'avait même pas su être triste quand Lotte était morte à son tour. Le vautour avait déjà tout grignoté.

Certains philosophes voient la vie comme un pendule qui oscille de droite à gauche, entre la joie et la peine, la souffrance et la guérison, l'exaltation et l'ennui. Il est ainsi rassurant de penser que si les choses vont mal, il y a de fortes chances pour qu'elles aillent mieux, puis immanquablement mal mais alors à nouveau mieux et ainsi de suite, indéfiniment.

Ce va-et-vient était étranger à Isidore, lui s'était vu basculer trop de fois. Basculer irrémédiablement. Il avait connu des bascules de joie, quand il avait dit à Lotte « Moi c'est Werther », quand il avait parié à la baisse sur General Electric, quand ces deux ouvriers lui avaient annoncé la faillite des usines Williamson Barber Father & Son, et même quand ils avaient racheté les shampoings Star Blonde. Mais trop de fois, il avait basculé dans les bras du malheur. Après Tommy, même si Isidore était resté debout, il n'avait jamais remarché.

Pour ses parents, Thomas avait continué de s'imprimer en négatif. Tommy n'avait pas fait sa rentrée des classes, il n'avait pas gagné la coupe du club, pas eu de barbe naissante qu'il aurait fallu raser, pas rempli de dossiers d'admission pour intégrer une université, pas passé son permis de conduire, pas quitté la maison. Mais plus le temps passait et moins ces visions étaient douloureuses car Tommy avait arrêté de grandir à treize ans et l'imaginer en uniforme de soldat paraissait absurde.

Lotte et la mère de Charlie s'étaient éloignées mais, contrairement à son mari, Lotte n'en avait pas voulu au jeune garçon. Charlie aussi avait beaucoup souffert de la mort de son meilleur ami. Il était arrivé que Lotte le croise par hasard, une fois au volant d'une auto, une autre au bras d'une jolie fille en robe à pois. On les avait invités au mariage du jeune homme. Quand elle avait reçu le carton d'invitation crème, l'épais papier velouté, la belle écriture en lettres anglaises, Lotte n'avait pas pu empêcher ses mains de trembler. Une autre fois encore, au club de tennis, car les deux familles avaient continué de fréquenter les mêmes cercles, Isidore et Lotte avaient vu qu'un des salons était réservé pour la soirée d'anniversaire des quarante ans de M. Charles Bratwood, et le sol s'était dérobé sous leurs pieds. Quarante ans, c'était énorme ! La vie de leur enfant leur était soudain apparue dans son vacuum, un nuage de fumée, une suite d'images impalpables, transparentes, aliénées, qu'ils avaient superposées au fil du temps pour sédimenter leur deuil, et les vieux parents s'étaient retrouvés soudain béants, incapables de faire le lien entre le garçon de treize ans et l'homme qui soufflait ses bougies dans un salon privé. Puis ils étaient rentrés chez eux et avaient réussi à ne plus y penser.

3

Pearl et Isidore étaient retournés au musée, et pas seulement au MoMA mais aussi au Met, au Guggenheim, à la Frick Collection…

Isidore avait vite compris que Pearl n'aimait pas sa façon de commenter les œuvres, sa manie de lui poser des questions sur ses préférences et ses goûts.

De goût[1], Pearl n'en avait pas véritablement. Ni de sensibilité particulière pour ces alignements de tableaux, de sculptures ou d'installations de néons clignotants. C'était beau, c'était intéressant, c'était bien fait. Mais elle restait au niveau de l'amateur qui loue la ressemblance et s'extasie de la technique, de la virtuosité de l'artiste qui a su rendre une chevelure ébouriffée, le duveteux de la veste en velours, le plissé d'un drapé. Aussi les portraits du dix-neuvième siècle suscitaient-ils son admiration, mais dès qu'il s'agissait de rayures et de taches, d'art abstrait ou pire encore d'art conceptuel, Pearl pensait en son for intérieur qu'elle aurait pu le faire elle-même. Ce ne devait pas être sorcier de jeter des pots de peinture sur une toile. Quant à ce qu'une roue de vélo montée

1. « Le goût, c'est bon pour les amateurs de vin et les cuisiniers. L'art n'a rien à voir avec le goût » disait un certain Gustav Klimt.

sur un tabouret puisse être de l'Art, elle l'admettait bien volontiers, honteuse d'appartenir au camp de ceux qui n'y comprenaient rien. Elle avait pourtant fait des efforts et lu des manifestes. « L'art est passé de la représentation à la présentation. » Elle avait vu dans cette annonce une sorte de clef. Dans les temps anciens, les artistes représentaient – des batailles, des chevaux, des femmes, des vergers –, puis dans les temps modernes ils s'étaient contentés de présenter – des canevas lacérés, des violons cassés, des bouts de ferraille et des bidets renversés.

Pearl aurait bien voulu avoir quelque chose d'intelligent à dire, elle aurait bien aimé avoir des impressions dignes d'être échangées avec cet homme qui ne demandait qu'à nouer le dialogue mais, horrifiée par sa propre trivialité, elle se taisait.

Elle avait remarqué qu'ils n'évoluaient pas dans la même temporalité, cela n'avait rien à voir avec l'âge d'Isidore car il était un octogénaire très sémillant, mais une forme d'arythmie, de désynchronisme entre leurs façons d'avancer, de s'arrêter, de passer d'une salle à l'autre, de se perdre ou non en contemplation devant une toile, les tenait éloignés. Ce chassé-croisé était lourd de symbolique, le père et la fille ne savaient pas être ensemble. Les tableaux appelaient en elle un étrange besoin de solitude. Du coin de l'œil, elle observait Isidore obliquer, accélérer, foncer même parfois vers les œuvres, elle en était presque gênée. Pourtant, lorsqu'il proposait de se retrouver pour une nouvelle exposition, elle était incapable de refuser. Aussi, avaient-ils fini par apprendre à déambuler ensemble séparément.

Elle connaissait peu les personnes âgées, leur lenteur et leur impatience simultanées. Isidore était insaisissable,

Pearl le trouvait tour à tour puéril et dur. Parfois, il dégageait une forme de prétention, celle de l'homme avec de l'argent plein les poches jamais contrarié dans ses désirs. Parfois, il lui apparaissait rêveur, perdu dans ses pensées et alors il lui souriait avec une tendresse qu'elle éprouvait de manière douloureuse.

Pour son anniversaire, il lui avait offert un manteau rouge, très beau, très cher.

Pearl n'avait pas parlé à sa mère de ces excursions picturales, preuve qu'elle se sentait coupable de se promener ainsi avec l'ennemi. Elle ne voulait faire de peine à personne. Il était écrit que la mère et la fille finiraient par se voir très peu et ne se donneraient plus que de vagues nouvelles pour les fêtes et les anniversaires. Les choses en auraient été autrement si, devenue vieille, Michelle avait eu besoin d'argent, si elle avait dépendu de sa fille financièrement. La brillante avocate aurait agi en fille exemplaire. Mais après l'assignation, Michelle avait touché son propre chèque et, de fait, le soutien de Pearl était devenu inutile.

L'université avait demandé aux étudiants de trouver un stage de fin d'année. Pearl en avait parlé à Isidore qui lui avait offert les trois plus gros cabinets new-yorkais sur un plateau d'argent. « Tu n'as qu'à me dire lequel t'intéresse, ce sont tous de très bons amis. » La jeune femme avait encore des réticences, elle s'était confiée à Adrian qui lui avait dit qu'elle se faisait des nœuds au cerveau avec ses « scrupules ridicules ».

Le père et la fille s'étaient donné rendez-vous au musée d'Histoire naturelle. Les squelettes de dinosaures se dressaient parmi les collections de coléoptères et de lépidoptères. Les deux avaient fait semblant d'admirer les classifications de roches et les granits puis, une fois n'était pas coutume, c'était le printemps, ils étaient allés déjeuner dans un restaurant italien situé à l'angle de Columbus avenue et de la 75e Rue. Au fil de l'année, leur relation avait pris des teintes plus douces, moins heurtées, ce déjeuner en terrasse était presque agréable. Isidore s'intéressait beaucoup à Pearl et aimait la faire parler. Elle lui dit qu'elle ne s'était pas encore décidée à propos du stage.

— Accepte qu'on t'aide.

— J'ai peur de ne pas être à la hauteur.

— Je comprends. Quand on m'a offert mon premier travail chez Chlorodon, j'étais terrifié à l'idée de me tromper, je recomptais tout dix fois. J'étais amoureux de la fille du patron et c'était elle qui m'avait obtenu le poste.

— C'était ta femme ?

— Oui, c'était Lotte, elle est devenue ma femme par la suite. Il n'y a pas de mal à accepter des petits coups de pouce. Saisis cette opportunité, Pearl, bien sûr tu peux trouver un cabinet d'avocats toute seule, mais quel intérêt ? Si tu vas chez Barnett par exemple, ce sera un stage incroyable, et puis parfois c'est bien d'être pistonnée, on s'investit encore plus pour montrer qu'on le mérite, je suis sûr que tu seras parfaite.

— Tu leur diras qui je suis ?

Isidore soupira. Difficile pour celui qui avait menti toute sa vie.

— J'avais l'intention de dire que tu es ma fille illégitime, les avocats sont familiers du terme, mais si tu préfères, je peux dire que tu es la fille d'une amie, ça t'embête ?

— Quoi ?

— Que je dise que tu es ma fille ?

— Non, et puis de toute façon.

— De toute façon quoi ?

— Je ne le suis pas… enfin pas vraiment…

Il la regardait droit dans les yeux.

— Je sais, Pearl, je le sais d'autant mieux que j'ai moi aussi…

Sa phrase resta en suspens. Isidore n'avait jamais raconté cette histoire, à personne. Ni à ses enfants ni même à Lotte, et il comprit qu'il ne saurait pas la raconter à Pearl. Il avait effacé ce récit de sa mythologie personnelle, il appartenait à un autre Isidore qu'il n'aurait que très mal connu, à peine croisé. Il trouva cela étonnant et se contenta de sourire.

— Ah bon ?

Pearl se fit la remarque qu'Isidore parlait très peu de lui, de son enfance, de sa vie en Autriche. Il commençait son histoire en 1929, le jour du krach.

— Je ne serai jamais ton père et je sais de quoi je parle.

Elle sentit une boule au ventre.

— Mais tu pourrais me voir comme une sorte de… père Noël.

Elle éclata de rire.

— Un ange gardien, si tu préfères, qui te protégerait quand tu en aurais besoin. Une épaule, une vieille épaule un peu bossue mais l'argent ça peut faire de belles épaulettes bien rembourrées, crois-moi. Pearl, tu as la vie devant toi, un ange gardien ça ne se refuse pas. Je n'aurai pas vu tes premiers pas, je n'aurai pas entendu ta voix de petite fille, je ne t'aurai pas appris à faire du vélo mais, si ça peut te consoler, je n'ai appris à faire du vélo à aucun de mes enfants. Je n'ai pas été un père très présent… plutôt du genre à rentrer tard du bureau ou toujours entre deux avions et… passons.

Isidore se revit dans l'appartement endormi quand il rentrait de ses dîners d'affaires, il ne regrettait rien. Puis il pensa au petit Tommy sa raquette de tennis à la main, à combien de matchs de son fils avait-il assisté ? Pearl ne remplacerait pas l'enfant qu'il avait perdu.

— Je sais qu'il ne me reste pas beaucoup d'années à vivre et que ce ne seront certainement pas les meilleures, mais on peut apprendre à se connaître, on peut partager des choses, et puis… j'aimerais rendre ta vie plus facile qu'elle n'avait prévu de l'être.

Ils payèrent l'addition et quittèrent le restaurant. Au moment de se séparer, il la prit dans ses bras pour lui dire au revoir. Pearl trouva cela tellement simple, elle s'en était fait toute une montagne pourtant.

4

Lundi matin, la pile de dossiers s'amoncelait et Pearl était déjà fatiguée. Elle prit une grande inspiration, étira les jambes et se frotta les yeux. Le comité de direction des entreprises Keller au grand complet serait là à 10 heures. Il lui restait à peine quarante minutes pour tout revérifier. « Je compte sur vous, Pearl, c'est une affaire exceptionnelle » lui avait dit Jules Barnett.

Pearl méritait leur confiance. Ainsi que l'avait prédit Isidore huit ans auparavant, Pearl avait travaillé plus qu'aucun autre des collaborateurs du prestigieux cabinet et elle était promise à une carrière magnifique, surtout si elle arrivait à tirer son épingle du jeu des Keller. Un dossier pour le moins alambiqué sur lequel, depuis six mois, soixante-dix heures par semaine, elle se labourait le cerveau pour tenter d'en faire germer des stratagèmes et les transformer en évidences juridiques. Rien n'était encore gagné.

Son téléphone sonna.

— C'est moi.

— Oh, Adri ! Ça va ?

— Oui, je viens de lire un truc incroyable…

— Tu tombes bien, j'ai les Keller qui débarquent ce matin et je nage en pleine fiscalité transfrontalière.

Tu ne m'avais pas parlé d'un deal d'arbitrage avec le Honduras ?

— Le Nicaragua, tu veux dire ?

— Ah… oui, bon tant pis alors.

Machinalement, elle passa sa main sur ses cuisses pour tenter de défroisser le tissu de sa jupe.

— Pearl, je t'appelle parce que je viens de lire un truc dans le *Guardian*.

— Ah oui ?

C'était une jupe bleu marine qui lui donnait un air assez strict. Elle n'avait pas eu le temps de la repasser ce matin et elle le regretta. Elle aurait voulu être absolument impeccable.

— Vous le recevez ?

— Oui, sûrement, je crois…

Peut-être que le Nicaragua et le Honduras ont des législations similaires, songea-t-elle. Elle regarda sa montre.

— Il faut que tu lises l'article de la page 16.

— Ah… OK… OK… Pourquoi ?

— Tu vas halluciner. Tu m'as bien dit que ton père était autrichien, non ?

— Oui… Hein ? Pourquoi ?

— Bon, tu ne m'écoutes pas. De toute façon, je te garde l'article. On se voit bientôt ? Tu peux déjeuner ?

— Euh… oui… OK, enfin, non, je t'avoue en ce moment mais oui, je vais lire le *Guardian*. Je te laisse, souhaite-moi bonne chance !

Elle raccrocha avant qu'Adrian ait pu lui souhaiter quoi que ce soit. Elle recompta ses classeurs, de gros classeurs rouges et aligna ses Stabilo jaunes comme une petite armée disposée sur la crête de défense acajou de sa table de travail. L'assistante entra sans frapper.

— J'ai fait les photocopies que vous m'avez demandées.

— Merci, Claire. Laissez-les là.

Elle passa son doigt sur la tranche cartonnée des chemises.

— M. Barnett est dans son bureau ?

— Oui.

— Je vais y aller.

Elle se leva. Tant pis pour le Honduras. Elle se composa un sourire de circonstance. Personne ne connaissait le dossier Keller aussi bien qu'elle, pas même Barnett, pas même Arnold Keller. Elle repensa à Adrian qui avait opté pour l'arbitrage. Parfois ils rêvaient et se promettaient qu'un jour ils monteraient leur cabinet ensemble. Leur amitié n'avait fait que se fortifier au fil des ans. Ils étaient si complices qu'ils s'étaient demandé s'ils ne feraient pas mieux de sortir ensemble, puis ils avaient ri et n'en avaient plus reparlé. La vie sentimentale de Pearl était assez chaotique car elle consacrait toute son énergie à son travail. Quant à Adrian, il enchaînait les mésaventures amoureuses. Pearl jouait pour lui le rôle de la grande consolatrice, elle lui tendait les mouchoirs et lui prédisait qu'il finirait par rencontrer l'âme sœur.

Comme il était à prévoir, la réunion avec le comité de direction Keller se déroula laborieusement. Ces gens semblaient mesurer leur pouvoir à leur propension à changer leur ligne de défense sans que jamais leur interlocuteur montre le moindre signe de lassitude ou d'exaspération. Il fallait leur sourire, il fallait témoigner de l'abnégation. Pearl savait faire cela.

Un des costumes anthracite et cravate verte sous-entendit qu'il avait de nouvelles informations et que cela changerait immanquablement leur angle d'attaque. Il faudrait tout reprendre depuis le début. Pearl savait faire cela aussi. Elle était dure au mal.

Pendant la réunion, Barnett l'avait observée du coin de l'œil. Pearl n'avait que très peu été invitée à exprimer son opinion, c'était le jeu. Elle se chargeait du travail préparatoire, Barnett faisait l'article et récoltait les lauriers. En revanche à la moindre erreur, toute la faute retomberait sur elle. Cela ne la choquait pas outre mesure, Barnett savait reconnaître le bon travail et récompenser les collaborateurs méritants.

Ils avaient raccompagné les Keller au complet jusqu'à l'ascenseur, et Barnett s'était tourné vers Pearl avec un sourire qu'elle avait trouvé difficile à interpréter. Est-ce qu'il était content d'elle ? Est-ce que la réunion s'était bien passée ? Elle avait demandé à l'assistante d'aller lui chercher un sandwich. Elle devait se remettre à la tâche immédiatement et dresser une liste de leurs priorités, et elle devait aussi demander à l'expert-comptable s'il n'y avait pas une possibilité de contourner l'annexe 43, c'était une idée qu'elle avait eue pendant le meeting mais elle voulait vérifier avant d'en parler, et aussi autre chose mais quoi ?

— Est-ce qu'on reçoit le *Guardian* ?

— Non.

— Vous pouvez m'en prendre un au kiosque ? Et sans oignons le sandwich au thon ! Merci beaucoup !

Elle avait attendu, le regard perdu dans les plis de sa jupe bleu marine. Ce tissu était vraiment de mauvaise qualité, quand on pensait au prix qu'elle avait payé.

Elle alla se préparer une tasse de thé. Elle avait besoin de mettre les choses au clair. Quel merdier cette affaire

Keller ! Bien sûr qu'ils avaient fraudé, et dans les grandes largeurs. Elle pensa qu'elle avait choisi un drôle de métier. Elle n'était pas devenue avocate pour défendre la veuve et l'orphelin, mais elle ne s'était pas imaginé lécher les bottes de pareils emmerdeurs. L'un d'eux ne s'était d'ailleurs pas gêné pour la zyeuter pendant toute la réunion. Pearl n'était pas ce qu'elle semblait être, une jolie jeune femme au teint pâle et au regard mélancolique fraîchement sortie de ses études. Elle ne serait jamais déroutée par une pupille libidineuse, elle avait trop entendu sa mère moquer le désir des hommes. « S'ils savaient » se disait-elle en elle-même. Et cela lui donnait de l'aplomb. Longtemps, elle avait vu ses origines comme une tare, mais elle comprenait aujourd'hui, surtout en évoluant aux côtés de jeunes femmes élevées dans des milieux plus conventionnels, combien elle tremblait peu devant les hommes.

L'assistante remonta avec un mauvais sandwich et le journal. Pearl avait oublié le numéro de la page qu'Adrian lui avait donné, elle ne savait même plus ce qu'elle cherchait. Un article sur l'Autriche ? Elle tournait les pages, parcourant les gros titres et des colonnes. La fusion de Nynex et de Bell Atlantic, l'affectation de 8 milliards de dollars à la construction de nouvelles prisons, la préparation des jeux Olympiques d'été à Atlanta, la sortie de *Jerry Maguire* au cinéma, enfin elle arriva à la page 16 et mit quelques secondes avant d'absorber le choc. Elle lut l'article mais trop vite.

Elle décrocha son téléphone.

— Adri ?

— Alors ? Ça s'est bien passé avec les Keller ?

— J'ai lu le *Guardian*.

— T'as vu ? C'est cool, non ?

— Tu veux dire qu'elle me ressemble ?

— Bah oui, elle te ressemble ! Pearl, c'est ton sosie !

— Tu exagères, il y a un air de…

— Et le grain de beauté ? Sous l'œil ! Je me trompe ou tu as exactement le même, pile à cet endroit-là ?

Pearl sourit à l'idée qu'Adrian connaissait ce détail. Les gens accordaient beaucoup d'importance aux grains de beauté quand il s'agissait de génétique. Un grain de beauté, c'était comme une marque, un sceau, quelque chose d'irréfutable, la preuve par la tache.

— Oui, c'est vrai.

— Et puis le fait que ce soit un peintre autrichien. C'est peut-être le portrait de ta grand-mère ! Enfin, peut-être pas ta grand-mère mais une tante ou quelqu'un de ta famille ! Ils disent que le premier portrait a été peint en 1910. La fille qui est dessus doit être née dans les années 1890. Il a quel âge ton père ?

— Quatre-vingt-huit.

— Attends, laisse-moi calculer… Il ne t'en a jamais parlé ?

— Non.

— Tu devrais lui montrer !

— Ça va, ne t'emballe pas, c'est juste une brune aux yeux bleus avec un grain de beauté.

Adrian marqua un temps.

— Pearl, tu te fous de moi ? C'est ton sosie !

— D'accord, d'accord, je vais en parler à Isidore. Je te laisse, je dois y aller.

Pearl adorait l'enthousiasme d'Adrian. Elle observa attentivement la photo en couleur qui occupait environ un quart de la page. Elle relut l'article plus calmement.

En 1910, Gustav Klimt peignit le portrait d'une très jeune femme, de trois quarts, cheveux lâchés, affublée d'un grand chapeau marron, une étole de fourrure autour du cou, les épaules dénudées. Ce tableau intitulé Jouvencelle *fut exposé à la Galerie Miethke à Vienne en 1916 et acheté par un inconnu dont les registres de l'époque n'ont pas gardé la trace. En 1917, un an avant la mort de Klimt, et pour une raison qu'on ignore, le tableau a été remanié par le maître, le chapeau et l'étole ont été supprimés, les épaules recouvertes d'un châle blanc avec un motif de fleurs et les cheveux, attachés en un chignon sage. En 1925, la Galleria Ricci Oddi fit l'acquisition du* Portrait d'une dame *sans savoir qu'il était un repeint de* Jouvencelle. *Il a fallu attendre quatre-vingts ans pour que, la semaine dernière, une élève de Piacenza, Claudia Maga, ait l'intuition qu'il ne s'agissait pas de deux tableaux différents dont le premier aurait été perdu mais d'une seule et même peinture, certes fortement remaniée. Le passage du tableau au rayon X a prouvé que cette jeune étudiante en histoire de l'art avait raison. Et cela serait une grande première car on ne connaît à l'heure actuelle aucun autre repeint dans l'œuvre du célèbre peintre… Qui était cette jeune femme? Pourquoi Klimt a-t-il décidé de changer son apparence? Le mystère reste entier.*

5

— Bonjour, Chadi, monsieur Isidore est là ?

Mme Valeras avait pris sa retraite depuis un certain temps. Elle avait été remplacée par un homme mince, presque anguleux avec une pomme d'Adam proéminente et un sens poussé de la politesse. Ce majordome délicat contrastait d'autant plus avec un Isidore vieillissant de plus en plus irascible, tantôt extrêmement joyeux tantôt sombre, à la limite de l'acariâtre. Son amour pour Pearl s'était accru au fil des années.

Bien que son fils Peter l'ait remplacé à la tête du groupe Chloros et s'investisse dans les affaires familiales avec un sérieux exemplaire, Isidore ne voyait en lui qu'un fils à papa prétentieux. Quant à sa fille Felicity, elle était devenue une gentille souriante, dépressive sur les bords, qui hésitait entre se suicider à coups de chou à la crème ou de verres de gin. Isidore avait confié à Pearl qu'il ne comprenait pas qu'on puisse naître avec autant de chances, la beauté de sa mère, le compte en banque de son père, et ainsi gâcher sa vie. Comme quoi, la bâtardise avait du bon. Pour obtenir quelque chose, rien ne valait d'en avoir été privé.

— Oui, madame, il est dans son bureau, il vous attend.

— Il est sorti aujourd'hui ?

— Non.

— Vous le trouvez comment ?

— Un peu fatigué, madame.

Pearl se débarrassa de sa veste. Elle avait appris à aimer cet appartement. Il y régnait un calme familier. Les murs de l'entrée tendus de tissu saumon, la moquette beige, les larges consoles sur lesquelles étaient disposés des bibelots que chaque jour Chadi époussetait méticuleusement, un appartement comme suspendu dans le temps.

— Est-ce que vous souhaitez que je vous apporte un rafraîchissement ?

— Non merci, Chadi, ça ira.

Elle se dirigea vers le bureau.

Isidore était assis dans le gros fauteuil où elle l'avait vu pour la première fois, il y avait dix ans de cela. Comme elle était jeune alors. Jamais elle ne se serait doutée qu'ils finiraient par être si proches.

— Bonjour, Pearl.

— Bonjour, Isidore.

Elle s'approcha de lui et l'embrassa sur la tempe avec une affection sincère. Il lui sourit de toutes ses rides.

— Comment ça va ?

— Bien, bien, mais je n'ai pas passé une bonne nuit avec ma toux qui recommence, ça me réveille et je ne peux pas me rendormir, je dors mal depuis tellement d'années, tu sais...

Demander à une personne âgée comment elle se porte, c'était le tunnel assuré. Elle décida de couper court.

— Il y a un nouveau rebondissement dans l'affaire Keller.

— Ah ! raconte-moi ça. Qu'est-ce que ces escrocs ont manigancé une fois de plus ?

Pearl rit, la seule chose qui amusait encore vraiment Isidore, c'était le monde des affaires. Bien sûr, elle était venue pour lui parler du tableau, de ce portrait étrange qui l'avait obsédée toute la semaine. Elle s'était même rendue dans une librairie pour acheter un livre sur Gustav Klimt. Malheureusement, le *Portrait d'une dame* ne figurait pas dans les illustrations et n'était même pas mentionné dans le texte. Elle en avait conclu qu'avant ce jour il ne faisait pas partie des œuvres notoires de l'artiste. Elle avait déjeuné avec Adrian, et ils s'étaient mutuellement échauffés. Avec son enthousiasme habituel, Adri avait convaincu son amie que le portrait était celui de son aïeule, il ne pouvait pas en être autrement. Il était juste étonnant qu'Isidore n'en ait jamais parlé, après tous ces après-midi à arpenter les musées, ou bien Isidore lui-même n'avait pas connaissance de son existence, il fallait éclaircir ce point. En revanche, Pearl s'était peu penchée sur cette histoire de repeint mais bon, était-il si important que la jeune femme ait été peinte avec puis sans chapeau ?

Après avoir tergiversé sur la pluie, le beau temps, les Keller et les rhumatismes d'Isidore, Pearl se lança.

— Tu te souviens de mon ami Adrian ?

— Celui qui était au Nouvel An chez les Dietrich ?

— Ah oui, c'est vrai (quelle soirée ennuyeuse quand elle y repensait). Adrian m'a montré un article du *Guardian* qui parle d'un tableau de Gustav Klimt.

Isidore resta parfaitement impassible.

— Adrian trouve que je ressemble beaucoup au modèle.

Isidore ne dit rien mais Pearl sentit l'air se charger d'électricité. Elle se mit à trifouiller dans son sac.

— Tu vas voir, je te l'ai apporté…

Elle cherchait trop nerveusement le bout de papier qu'elle avait pourtant soigneusement plié.

— Je l'avais glissé dans mon agenda...

Elle s'assit, posa son sac sur ses genoux et commença à le vider entièrement de son contenu. Isidore l'observait faire en silence.

— Je suis certaine de l'avoir... Ah ! le voilà !

Elle tendit l'article à Isidore qui le prit de manière presque affectée.

Il le regarda à peine et le lui rendit aussitôt.

— Oui, c'est vrai que tu lui ressembles.

Pearl ne s'attendait pas à si peu de réaction. Peut-être la ressemblance n'était-elle pas si flagrante. Elle se sentit mal à l'aise. Est-ce qu'elle se faisait des idées ?

— Adrian dit que je suis son sosie.

Isidore se contenta de sourire.

— C'est un peu exagéré, non ?

— Nous nous sommes dit que comme Klimt est un peintre autrichien et que tu es autrichien... que... c'était peut-être quelqu'un de ta famille...

Cette fois, le regard d'Isidore se durcit.

— Est-ce que tu connaissais ce portrait ?

— Non.

Le ton du vieil homme était catégorique. Pearl était déçue mais elle n'était pas encore prête à abandonner.

— Est-ce que tu penses que ce serait possible ?

— Tout est possible, mais la peinture à l'huile ne porte pas de trace ADN...

Elle n'aimait pas qu'il fasse référence à cet épisode. Pearl savait qu'Isidore avait eu une attaque cardiaque le jour où il avait reçu la lettre d'assignation. Elle le connaissait bien maintenant, cet homme détestait qu'on lui force la main, mais elle trouvait exécrable qu'il utilise cet argument pour clore la conversation. L'argument de l'ADN, c'était un peu comme s'il lui avait dit « tu m'as eu une fois, mais pas deux ».

Il se leva de son fauteuil et fit quelques pas.

— Alors tu ne penses pas que ce pourrait être… une tante ou… une aïeule ?

— Chadi ?

Le majordome apparut sur le seuil comme par enchantement.

— Oui, monsieur ?

— Nous allons prendre le café. Tu veux un café, Pearl ?

— Oui, avec plaisir.

— Merci, Chadi.

Isidore vint s'asseoir sur le canapé à côté de Pearl et lui tapota le dos de la main avec gentillesse, comme s'il avait voulu la consoler.

— Une aïeule… peut-être, tu sais, j'ai très peu connu ma famille, et quand j'ai quitté Vienne, j'étais si jeune !

— Tu avais quel âge ?

— J'avais seize ans.

— Quand est-ce que tu y es retourné pour la dernière fois ?

— Jamais.

Pearl était très étonnée.

— Tu veux dire que tout ce temps avec tes voyages d'affaires en Europe, tu n'es jamais retourné en Autriche ?

— Non.

— Ah, c'est fou, je ne savais pas.

Isidore resta pensif.

— Tu voudrais m'accompagner ?

— Où ?

— À Vienne. Tu voudrais que nous y allions ensemble ?

Le regard de Pearl s'illumina.

— Moi ? J'adorerais !

Contrairement à bon nombre de ses camarades qui avaient parcouru le vieux continent sac au dos à la fin de leurs études, Pearl avait directement commencé à travailler en cabinet. Elle n'avait que très peu voyagé, seulement une fois au Mexique et en Argentine.

— Nous pourrions aller à Vienne et voir ce portrait.

— Ah, mais il n'est pas à Vienne, il est en Italie.

— Alors nous pourrions aller à Vienne, puis en Italie et même… passer une nuit à Paris. Qu'en dis-tu ?

— Il faudrait que Barnett me laisse partir au moins une semaine.

— Dix jours, ce serait mieux. À Vienne, je t'emmènerai boire le meilleur chocolat chaud de ta vie !

Le vieil homme avait retrouvé son sourire.

— … et puis nous irons nous promener sur le Ring, et je te montrerai la maison de mon père sur Johannesgasse. Quelle maison c'était ! Un vrai petit palais, elle donnait sur le Stadtpark !

— Stadtpark ?

— Oui, tous les aristocrates de Vienne possédaient à l'époque un hôtel particulier sur ce tronçon de Johannesgasse. Et les Brombeere étaient…

Pearl ouvrait de grands yeux, jamais Isidore ne lui avait dit qu'il appartenait à l'aristocratie.

— Qui sont les Brombeere ?

Isidore fut coupé net dans son élan. L'hôtel des Brombeere lui apparut dans une fantomatique blancheur. Pourquoi avait-il prononcé leur nom ?

— Ils étaient les parents de mon père.

— Ah bon ? Mais tu ne t'appelles pas comme eux ?

— Je... j'ai changé de nom quand j'ai perdu ma mère.

Les yeux d'Isidore s'étaient voilés, elle ne voulut pas paraître indiscrète et resta silencieuse, attendant la suite.

Chadi entra à ce moment-là. Il déposa le plateau avec les deux tasses de café sur la table basse sans faire aucun bruit. Cet homme tenait du prodige.

— Ne t'inquiète pas, Barnett, j'en fais mon affaire.

— Non, je peux tout à fait lui demander moi-même.

Elle se pencha pour mettre un sucre dans sa tasse et deux dans celle d'Isidore. Une chaleur envahit sa poitrine, l'Europe était un rêve pour Pearl. Bizarrement, la première image qui lui vint ne fut pas la tour Eiffel mais la tour de Pise. Elle s'amusa à les imaginer, elle en tenue très élégante, lui en costume de lin blanc, la tour penchée au-dessus de leurs têtes.

— Et nous pourrions partir quand ?

— Cet été ?

— Il fait très chaud en été en Italie, ce n'est peut-être pas une bonne idée. Mais en septembre ?

— Et ça me laisserait le temps de boucler les Keller.

— Je vais demander à Henry de nous concocter quelque chose de bien.

Il marqua un temps, prit la tasse qu'elle lui tendait. Pearl observa que les mains du vieil homme tremblaient légèrement. Alors, avec une tendresse déchirante, il lui dit :

— Quelle chance j'ai d'avoir une fille comme toi !

6

L'été avait passé et les Keller avaient gagné. Pearl avait travaillé comme une acharnée pour que ces escrocs s'en sortent la tête haute et Barnett l'avait complimentée, elle était douée. Les New-Yorkais se plaignaient beaucoup de la chaleur estivale mais en bonne fille texane, Pearl se réjouissait de voir le soleil inonder les trottoirs de Manhattan et faire étinceler les dalles en miroir sur les façades des tours.

Cédant à son penchant naturel qui consistait à tout compiler, étudier et annoter, elle avait acheté trois guides de l'Autriche, plus le Lonely Planet *Vienne et ses environs* et *Un grand week-end à Vienne*, et aussi *Les Grands Lacs italiens*, le Guide Vert de l'Italie, et encore *Balades dans Paris*, *Le Guide ultime de Paris*, *Paris secret et insolite*, et deux livres d'art magnifiques, un sur le musée du Louvre et un sur le musée d'Orsay.

Dans les magazines, les Européennes semblaient toutes belles et raffinées, et les Parisiennes, mon Dieu, portaient des escarpins, des jupes fendues et des chemisiers en mousseline. Pearl s'était insidieusement laissé aller à acheter des vêtements tous plus inconfortables les uns que les autres et elle assistait perplexe au désastre que se préparait à être sa valise. Un amoncellement hétéroclite de tenues immettables et dépareillées qui lui colleraient à coup sûr l'étiquette d'Américaine endimanchée.

Adrian l'avait emmenée au cinéma voir *Ridicule*. Le film se passait au dix-huitième siècle, à la cour du roi Louis XVI. Cela ne l'aida pas à préparer sa valise mais la convainquit que les Françaises étaient séductrices et infidèles, et les Français d'un raffinement sans égal. Elle se plut à imaginer qu'elle rencontrerait un homme subtil, beau parleur et dangereux. Puis Adrian proposa une soirée *Vacances romaines* avec Audrey Hepburn et Gregory Peck. Le film était sorti en 1953 et se tenait assez éloigné de l'Italie de 1996, mais Pearl cette fois se rêva en amoureuse à l'arrière d'une Vespa, entourant de ses bras un bel Italien.

Les traversées d'amour de midinette qu'elle s'accordait avec un bonheur coupable contrastaient parfaitement avec sa vie amoureuse qui était pour le moins cynique et sans ambages. Pearl plaçait sa carrière avant tout et sa carrière le lui rendait bien. Bien sûr, elle ne ferait pas de Vespa avec Isidore qui avait quatre-vingt-huit ans. Même si le vieil homme n'avait cessé de sautiller depuis qu'ils avaient formé le projet de ce voyage, Pearl savait qu'elle le laisserait à l'hôtel pour aller crapahuter seule la plupart du temps. Ils en parlaient beaucoup. Il avait prévu tout un programme, en particulier à Vienne. Il rayonnait à la perspective de revoir cette ville. Il ne lui avait pas reparlé de son enfance et Pearl sentait une forme de gêne dès qu'elle abordait le sujet. Ayant très envie qu'il lui dévoile cette partie de sa vie, elle espérait que le séjour servirait de déclic.

Ce grand voyage serait le dernier d'Isidore, et le père et la fille l'envisageaient avec toute la solennité qu'exigeait un pèlerinage. C'était un voyage dans le temps, Pearl sentait qu'après, elle et Isidore auraient une histoire à partager, une histoire qu'elle pourrait faire sienne, elle était prête. Être le résultat d'un accident de capote qui avait glissé, être un drôle de mélange, fruit des amours tarifées d'une mère prostituée et d'un père multimillionnaire grâce à l'hygiène bucco-dentaire ne lui suffisait plus. À vingt-huit ans, il était temps de se construire une autre mythologie familiale.

Pearl attachait peu d'importance à la décoration de son intérieur et, en cette veille de départ, son appartement était un véritable foutoir. Elle soupira devant les diverses piles de vêtements qui s'entassaient sur son lit. Il était clair qu'elle ne saurait pas voyager léger. Une très belle valise à roulettes rouge, cadeau de son père, lui indiquait subtilement qu'elle ne devrait pas excéder cette contenance. Leur avion partait le lendemain à l'aube. Isidore avait dit que le chauffeur passerait la prendre à 4 h 30 du matin. Elle devait avoir bouclé l'affaire ce soir. Elle se servit un verre de vin et appela Adrian pour se donner du courage.

Adri trouvait formidable qu'elle parte en Europe avec son père. Il continuait à être très intrigué par cette histoire de portrait, mais il avait compris que pour Pearl l'enjeu s'était déplacé.

— Tu l'as dit à ta mère ?

— Non. Enfin, je lui ai dit que je partais dix jours à Paris, mais pas que j'y allais avec Isidore.

— Et ?

— Et tu connais ma mère… Elle ne m'a posé aucune question et elle m'a demandé de lui rapporter du parfum et un foulard.

Elle poussa un léger soupir.

— Pearl, pourquoi tu m'appelles ?

— Parce que je ne sais pas quoi mettre dans ma valise.

Elle devait se coucher tôt mais elle tournait en rond. Elle commençait sa trousse de toilette, allait dans la cuisine, se demandait si elle devait aussi emporter ses vitamines, repartait dans sa chambre, est-ce qu'il fallait prendre un maillot de bain ? Non. Pourtant, un maillot de bain ne prenait pas de place, roulé en boule.

Les heures avaient filé, sa valise était à peu près faite. Elle se fit un sachet de pâtes lyophilisées dans un bouillon chinois. Elle les achetait par paquets de dix à Chinatown. C'était rapide. Il fallait juste faire bouillir de l'eau et mélanger dans un bol. Le piment brûlait les lèvres. Quelle chance elle avait de partir si loin ! Elle se brossa les dents, lava ses cheveux, hésita beaucoup pour le sèche-cheveux, espérons qu'il y aura des sèche-cheveux dans les hôtels viennois. Isidore avait réservé à l'Hôtel Imperial, elle imaginait les lustres et le marbre, et imaginait juste en l'occurrence. Elle régla son réveil à 4 heures. Neuf heures et demie de vol tout de même. Elle avait opté pour un jean avec un chemisier à fleurs et un long gilet en laine très confortable dans lequel elle pouvait presque s'enrouler.

Elle se mit au lit mais était bien trop excitée pour dormir, alluma la télévision, alla rechercher le guide *Un grand week-end à Vienne* qu'elle avait mis dans son sac, pensa que ce serait mieux d'avoir la surprise, reposa le livre. Elle était contente de faire une pause et de quitter la moquette marron du cabinet Barnett. Elle fit défiler dans sa tête les associés et les collaborateurs. Elle devait se battre, prouver qu'elle avait sa place, qu'elle méritait qu'on lui confie de grandes affaires. Une de ses amies de Columbia avait intégré un cabinet prestigieux et après beaucoup d'insistance avait fini par céder aux avances de son patron. Elle ne savait plus trop si c'était une bonne idée ou une grosse erreur de coucher avec lui. Maintenant elle était coincée. Pourtant, quand elle en parlait à Pearl, elle le décrivait comme un homme séduisant. Pearl n'avait pas ce genre de souci avec Barnett, ni aucun autre des associés. C'était déjà ça. Elle essaya de se détendre. Elle eut une sueur froide. Son passeport ! Est-ce qu'elle l'avait bien rangé dans son sac ? Elle tournait et retournait sa tête sur l'oreiller, mélangeant dossiers empilés et visions de ruelles européennes pittoresques.

C'est seulement quand son réveil sonna qu'elle comprit qu'elle avait fini par s'endormir. *04 : 00* s'affichaient en chiffres rouges lumineux. Elle se leva d'un bond, fit taire l'alarme. Elle mit un certain temps à comprendre qu'une autre sonnerie, plus lointaine, résonnait dans l'appartement. Ce n'était pas son réveil mais le téléphone. Elle se dirigea vers la cuisine. Ce devait être Isidore qui s'assurait qu'elle était bien en train de se préparer et elle sourit à cette prévenance. Elle décrocha.

— Allô ?

— Madame Pearl ?

Elle reconnut la voix douce et polie du majordome.

— Chadi ?

— Madame Pearl, je... Il est arrivé quelque chose.

Son sang se glaça. Elle appuya le combiné sur son oreille comme si cela pouvait empêcher une erreur de compréhension, comme pour être sûre qu'elle n'entendrait pas la mauvaise chose. La voix de Chadi était étouffée.

— C'est monsieur. Il est mort.

7

La suite des explications lui était parvenue dans un brouillard. Chadi avait trouvé son maître froid au réveil, monsieur ne bougeait plus, il avait immédiatement prévenu les secours, vite, vite, mais trop tard. Quand ils étaient arrivés, ils avaient conclu sans l'ombre d'un doute à un décès par arrêt cardiaque.

Passé le choc de l'annonce, Pearl constata avec surprise que la mort de son père la laissait indifférente. Il est étonnant de voir combien certaines morts nous laissent béants et d'autres se recousent d'elles-mêmes. Le vide laissé par Isidore n'était pas un si grand vide que cela. Peut-être parce qu'elle avait toujours connu son père vieux. Pourtant, très vite après leur première rencontre, quand elle avait entrevu la possibilité de cet amour, elle avait compris avec effroi que seul ce qu'on connaît peut nous manquer. Il avait fallu être raisonnable, faire taire ces imaginations d'une enfance volée et d'une adolescence idyllique. Et Isidore aussi. Ils avaient accepté que leur relation ne pourrait pas se bâtir sur des regrets. Dix années, c'était suffisant pour avoir de bons souvenirs. Ils savaient que le temps leur était compté.

Il lui avait dit un jour de le voir comme un père Noël. L'ouverture du testament démontra combien ce père Noël avait pourvu à tout.

Les choses avaient été arrangées en accord avec Peter, le fils aîné, car c'était à lui que revenait la gestion de l'empire Chloros. Isidore avait beau trouver Peter prétentieux, il savait que son fils était un homme droit, un bourreau de travail et qu'il pouvait lui faire confiance. Chloros était l'héritage de Peter et de Felicity car cette fortune ne se serait jamais faite sans leur grand-père maternel. Les sommes en jeu étaient si colossales qu'elles pouvaient presque être considérées comme un fardeau. Le patriarche avait demandé à Peter de veiller sur Felicity, ne pas la laisser trop s'empiffrer, essayer de trouver un sens à sa vie, à soixante ans passés, la mettre à la tête d'une fondation où elle se sentirait utile, pour les chiens abandonnés ou quelque chose dans le genre, car Felicity aimait les chiens de tout son cœur.

Du point de vue de Peter et de Felicity, l'annonce de l'arrivée de Pearl dans la famille avait sérieusement ébranlé le paradigme du couple formé par leurs parents, mais le frère et la sœur avaient bien été forcés d'avaler cette couleuvre. Ils avaient su gré à leur père de garder les choses cloisonnées. Jamais au cours des dix dernières années, Isidore n'avait donné dans les mascarades d'anniversaire, de Noël ou autre Thanksgiving avec la famille recomposée. Il passait les fêtes avec Peter et Felicity, comme ils l'avaient fait toute leur vie. Avec Pearl, ils allaient au musée, déjeunaient, dînaient, prenaient des cafés.

Le peu de fois où Peter avait croisé Pearl, il n'avait pas été particulièrement cordial, pourtant il l'avait trouvée très jolie et, surtout, il avait vu en elle une jeune femme brillante et sérieuse, autant de qualités qu'il respectait. Felicity, elle, avait eu plus de mal à gérer ses émotions. Elle en faisait trop, forçait sur la sympathie, se faisait presque cajolante et finissait par mettre Pearl – et elle-même – mal à l'aise.

Pour l'ouverture du testament qui la concernait, ils l'avaient assise au bout de la grande table en verre, à la place d'honneur. Peter avec l'avocat à sa gauche, Felicity, les yeux rougis par les larmes, à sa droite. Pearl savait Isidore généreux, mais elle ne s'attendait pas à recevoir 100 millions de dollars. Elle tenta de masquer son effarement à l'annonce du chiffre. Elle s'imagina qu'elle était dans une des salles de réunion du cabinet Barnett et qu'ils traitaient une affaire ordinaire, dont elle aurait simplement été l'un des intercesseurs. Isidore lui avait dit de faire confiance à Peter. « Peter n'est pas comme nous, l'argent est son langage, il le parle depuis sa naissance. » Pendant l'heure que dura la signature des différents actes, elle comprit que tout avait été réglé de longue date ; Isidore avait très certainement eu une discussion avec son fils.

— Combien souhaites-tu lui léguer ?

— Cent millions. Qu'en penses-tu ?

— Je n'en pense rien, papa, c'est ton argent. Mais oui, 100 millions, c'est une somme conséquente. D'un autre côté, c'est très loin d'être le tiers de ta fortune, même si on retire la part de maman qui nous revient, évidemment, si jamais Pearl décidait de nous intenter un procès…

— Pearl ne ferait jamais cela, elle n'est pas comme toi.

Pearl sourit à cette saillie imaginaire, Isidore savait être tranchant, mais est-ce qu'il avait vraiment eu une si haute opinion d'elle ? Est-ce qu'il l'avait préférée ? Elle regarda tour à tour Peter serré dans son costume gris et la blonde Felicity, boudinée dans une robe marron qui lui donnait des airs de barrique. Ils étaient son demi-frère et sa demi-sœur et elle, Pearl, ne serait jamais que la demi-fille d'Isidore. Cent millions de dollars. Elle confierait cet argent à Peter pour qu'il s'en occupe. Elle n'avait aucune idée de ce que cela allait changer. Elle avait envie d'une nouvelle paire de bottes dans un magasin de luxe, mais elle n'allait pas s'acheter pour 100 millions de paires de bottes ! Elle se promit de ne parler de cet argent à personne.

Quelques jours plus tard, elle avait appelé sa mère.

— Isidore est mort.

— Isidore le géniteur ?

C'était la blague de Michelle. Avec l'accent texan, elle prononçait *Isidor* et *genitor,* et faisait rimer les deux.

— Oui.

— Ah, et c'était comment Paris ?

— Je n'y suis pas allée. Mais je vais prendre des petites vacances, je vais venir te voir.

— Ah d'accord. Quand ?

— La semaine prochaine.

— OK.

Le ton était un peu déçu.

— Je vais te trouver un foulard ici. Ils en font de très beaux à New York, tu sais.

— Tu es gentille. Ça me fait plaisir.

Elle ne savait pas comment gâter sa mère sans la pourrir. Est-ce que cette femme serait heureuse avec un million sur son compte en banque, ou est-ce qu'elle s'attirerait des ennuis ? Est-ce que sa mère avait assez de discernement pour se défendre des cohortes des profiteurs sans vergogne ?

Elle décida de ne plus y penser. Au fond d'elle était tapie l'idée que cet argent n'était pas le sien, qu'elle devait se débrouiller sans. Et puis une pareille somme avait vite fait de vous tourner la tête. Son travail serait son salut. Aussi, elle continua à empiler ses dossiers avec l'application d'une débutante et força sa vie à reprendre son cours, comme si de rien n'était.

Adrian lui avait demandé si son père lui manquait, elle l'avait regardé avec un étonnement d'une telle sincérité que son ami en avait été dérouté. Est-ce qu'elle n'avait pas de cœur ? Isidore était mort et passé le choc de la surprise, passé la déception de ne pas faire ce voyage en Europe avec lui, elle était revenue à l'époque où son père n'était qu'une photo de magazine encadrée et posée sur le buffet du salon et où cela lui suffisait.

***

— Bonjour, Pearl, Peter à l'appareil.

— Bonjour, Peter.

— Je t'appelle car je suis avec Felicity et nous nous demandions si tu souhaitais garder un souvenir de papa.

Papa. Elle ne comprit pas le sens de cette question, trop surprise que Peter l'appelle.

— Un souvenir ?

— Oui, nous sommes à l'appartement pour préparer la vente avec le commissaire-priseur et nous voulions savoir si quelque chose te ferait plaisir.

Le ton était affable. Pearl pensa aux tableaux de maître, aux commodes du dix-huitième siècle, aux meubles chinés chez les antiquaires. Elle revit les murs saumon, les bibelots, les pendules, les vases chinois et les trésors dont l'appartement regorgeait. Mais tout était si bien rangé, si bien à sa place qu'elle eut du mal à imaginer les choses séparément. Elle resta silencieuse.

— Tu n'as pas à me donner ta réponse maintenant, bien sûr, prends ton temps. Et puis tu voudrais peut-être passer à l'appartement pour voir ce qui te ferait plaisir. Enfin… tu me diras.

Pearl était sans voix. Elle qui passait ses journées à argumenter et contre-argumenter, elle dont le métier était d'avoir réponse à tout demeurait muette. Était-elle triste ? Triste d'avoir perdu son papa ? Mais elle n'avait jamais eu de papa ! Elle était forte, elle était solide, elle s'était construite sans amour paternel, elle était invulnérable. Elle revit Isidore au musée, quand il fonçait littéralement sur les toiles, et comme cela l'énervait. Elle ne put s'empêcher de sourire, son cœur se serra. Dix années, c'était suffisant pour avoir de bons souvenirs. Alors, cela lui revint.

— Peter ?

— Oui.

— Je… Oui… Il y a quelque chose que je voudrais, mais je ne sais pas si ça a de la valeur, enfin tu me diras, et bien sûr vous n'êtes pas obligés d'accepter.

— Dis-moi.

— Je voudrais bien le fauteuil qui était dans son bureau.

Peter éclata de rire.

— Tu veux dire son vieux fauteuil ? Le gros machin en cuir capitonné ?

— Oui.

— Aucun problème, je pense que nous l'aurions donné de toute façon, mais sérieusement est-ce qu'il y a autre chose ?

— Non, non, son fauteuil, ça me fera très plaisir, merci beaucoup Peter d'avoir pensé à m'appeler, ça me touche.

— De rien, c'est la moindre des choses. Je te ferai livrer le fauteuil cette semaine chez toi.

— Merci.

Elle n'eut pas la force d'articuler autre chose. Elle raccrocha précipitamment et elle fondit en larmes.

8

Quand elle avait présenté Jonathan à Adrian, Pearl avait senti que son ami se forçait. Elle le connaissait trop bien pour ne pas voir que ses « Cool ! Formidable ! » sonnaient faux. Elle avait voulu croire que la chose était prévisible. Jonathan et Adrian s'opposaient en tout.

Adrian était brillant, mais avec sa bouille et ses lunettes en écaille, il ressemblait à un éternel étudiant. Ses nouveaux costumes, ses cravates et les deals d'arbitrage à cinq zéros qui allaient avec n'y changeaient rien. Face à Jonathan qui disait « Appelle-moi Johnny » d'une voix suave, Adrian ne faisait pas le poids. Personne, à la vérité, car Jonathan était beau comme peu d'hommes l'étaient, l'œil bleu turquoise, la mâchoire carrée et le corps d'une statue grecque ; Jonathan était rare.

Pearl l'avait rencontré à un vernissage auquel Peter et son épouse l'avaient invitée. Elle voyait peu son demi-frère mais il la conviait de temps en temps, avec beaucoup de gentillesse, le plus souvent à des événements organisés par la Fondation que présidait sa femme. Le couple n'avait pas eu d'enfants. Avec le temps et les millions de son beau-père, l'épouse de Peter était devenue une philanthrope influente, les soirées qu'elle organisait étaient grandioses. Ce soir-là, le Tout-Manhattan s'était pressé pour faire un chèque à un centre d'accueil pour les sans-abri. Pearl avait demandé à Barnett de l'accompagner, ces événements constituaient des viviers pour attraper de nouveaux clients. Barnett, en fin stratège, avait vite compris que la fille illégitime de feu Isidore Hoffmann Ferguson était la meilleure recrue de ces dernières années. Pearl allait sur ses trente ans, bientôt, il lui proposerait de racheter des parts du cabinet et de devenir associée.

Jonathan avait fendu la foule, une coupe de champagne à la main. Pearl portait une robe à volants qui lui donnait un air un peu démodé, elle préférait dire classique. Même si elle s'en défendait, le nouveau solde de son compte en banque lui avait donné plus d'assurance. Elle avait tout de suite remarqué Jonathan et avait été extrêmement flattée qu'il l'accoste.

— Jolie robe.

— Merci.

— J'aimerais bien la voir jetée en boule au pied de mon lit.

Quel culot! Elle en avait eu des frissons. Elle s'était doutée que ce n'était pas la première fois que le garçon utilisait cette phrase d'approche. Elle avait raconté la scène à Adrian. Son ami avait levé les yeux au ciel «Quel tocard ce mec!» La vérité, c'était que si lui avait dit une chose pareille, la fille aurait pouffé, au mieux. Et Adrian n'avait pas compris que Pearl soit tombée dans le panneau, jusqu'à ce qu'il rencontre Jonathan et que l'autre lui dise «Appelle-moi Johnny» avec ses yeux turquoise à la con. Elle avait bien vu qu'entre les deux, le courant ne passait pas.

Pearl et Jonathan avaient commencé à sortir ensemble. Elle avait fait des efforts pour ne pas travailler trop tard le soir et moins les week-ends. Elle aimait la façon dont les gens se retournaient sur eux dans la rue, ou plutôt se retournaient sur Johnny, elle n'était pas dupe, elle était amoureuse.

Le jeune homme avait de grandes ambitions. Il avait des attitudes d'homme d'affaires sans avoir d'affaires à proprement parler. Lui et son associé – un certain Jake, fils à papa adepte des grasses matinées – avaient beaucoup d'idées. Dernièrement, les deux voulaient monter une chaîne de restaurants de fruits, jus de fruits, salades de fruits, soupes de fruits, fruits sautés, fruits hachés, fruits en purée. Johnny cherchait des investisseurs, était très occupé, adorait dire « je ne peux pas aujourd'hui, j'enchaîne les meetings ». À ce jeu-là, Pearl le battait à plates coutures car s'il l'appelait au cabinet au milieu de la journée, elle ne lui accordait jamais plus de cinq minutes. Quand elle dormait chez lui, ce qui arrivait de plus en plus souvent, elle se levait à 6 heures. Elle quittait l'appartement, tirée à quatre épingles, quand lui dormait encore. Elle refermait la porte le plus doucement possible et enfilait ses chaussures sur le palier puis s'en allait trottinant dans le petit matin comme la souris sérieuse et travailleuse qu'elle était. Le fond de son cœur lui disait que Johnny et elle n'étaient pas du même monde, mais elle faisait taire la voix qui traitait le jeune homme de fainéant. Il fallait juste qu'il trouve des investisseurs et qu'il presse des fruits.

Pour la Saint-Valentin, il lui avait fait envoyer une boîte de chocolats en forme de cœur au bureau. Adrian avait commenté « Waouw, quelle imagination ! » Pearl lui avait accordé que ce n'était pas très original. Mais le soir même, Johnny l'avait invitée à passer le week-end suivant avec des amis dans les Hamptons.

— Tu connais les Hamptons en hiver ?

Cela sous-entendait qu'elle les connaissait en été, elle n'avait pas répondu.

— Tu vas voir, il n'y a personne, c'est magique.

C'était une étape de plus. La fameuse rencontre avec la bande de copains. Il était à parier qu'ils feraient partie de la jeunesse dorée, mais en l'espèce, on pouvait parler de jeunesse platine. Pearl cochait un certain nombre de cases parce qu'elle avait étudié à Columbia, parce qu'elle travaillait dans un grand cabinet d'avocats et parce que, même si personne n'en parlait, personne n'ignorait qu'elle était la fille illégitime de. Mais elle n'avait commencé cette vie-là que sur le tard et craignait de commettre un impair. C'est pourquoi elle se tenait sur ses gardes en observatrice avisée.

Au premier abord, elle savait qu'ils la considéreraient comme une des leurs, d'autant plus que Pearl n'était pas belle comme pouvaient l'être certaines filles parachutées par la longueur de leurs jambes, les fameux top-modèles qui faisaient leur nid à coups de brushing. Mais Pearl était en fraude, une passagère clandestine. Elle pourrait être démasquée au premier faux pas, au premier souvenir d'enfance qui ne collerait pas, un bal de débutantes, un stage de voile, n'importe quoi. Elle était d'autant plus heureuse d'être la petite amie de Johnny que lui faisait partie du sérail. Elle était fière de dormir dans sa chambre et qu'il lui donne la main devant tout le monde quand ils se promenaient sous la neige.

C'était un de ces week-ends où l'essentiel des activités consistait à faire du sport (un peu), boire des cocktails (beaucoup), et dire du mal de gens qui n'avaient pas été invités.

— Vous vous souvenez quand Kat avait vomi dans le lit de la grand-mère de Marc ?

— Oh ! On était jeunes !

— Mais c'est pas à cette soirée que Lucy est sortie avec Ben ?

— Ben Frankel ?

Pearl connaissait assez peu leur clique. Pour se donner une contenance, elle avait acheté un tas de magazines et de journaux qu'elle feuilletait d'un air distrait. Elle avait trois ans de plus que Johnny mais elle sentait combien elle n'avait pas eu de jeunesse.

— Qui veut un *egg nog* ?

— Oh, j'adore le *egg nog* !

— Tu sais que c'est ma spécialité ?

— Tu le fais avec du whisky ?

Pearl se sentait complètement décalée. Elle avait beau se rassurer, se dire qu'elle les valait bien, ces blancs-becs qui se pintaient au lait de poule à l'heure du thé, *ils savent tenir l'alcool à défaut de savoir tenir un stylo*, elle n'en menait pas large, elle voulait tellement faire bonne impression.

— T'es folle ! Je le fais avec du rhum.

La jeune femme partit d'un éclat de rire. Ils étaient quatre petits couples blancs et parfaits. Les filles manucurées, les garçons le pull noué autour des épaules. Dans la cheminée brûlait un bon feu. À sa droite, Lisa et Karen parlaient de cette traînée de Stacy qui était sortie avec le frère de Lisa, alors même que Lisa le lui avait expressément interdit. Pearl s'enfonça dans le canapé en plumes d'oie et fit semblant de se plonger dans sa lecture.

— Pearl, tu en voudras un ?

— Hein ?

— Tu voudras un *egg nog* ?

Johnny était là qui lui souriait. Le cœur de Pearl se serra, cet homme tenait de l'idéal. Lisa et Karen le voyaient-elles aussi ? Allaient-elles soudain se rendre compte que quelque chose clochait, que Pearl n'aurait pas dû être dans ce canapé avec un homme splendide qui lui demandait si elle voulait un lait de poule ? Un homme qui était son petit ami. Elle sourit bêtement.

— Oui, d'accord, mais pas trop fort pour moi.

Jonathan repartit en cuisine. Quelqu'un proposa un jeu de cartes que Pearl ne connaissait pas. Karen et Lisa ne parlaient plus de Stacy mais d'une certaine Rhonda qui avait couché avec un prof de la fac.

— Soyons honnêtes, qui n'a jamais fantasmé sur un prof ?

Elles se mirent à glousser. Pearl se demanda si c'était une invitation pour qu'elle se joigne à leur conversation.

Dehors, la neige tombait à gris flocons, le ciel était blanc comme un rêve. Pearl s'imagina que cette maison était la sienne, la leur, que Johnny et elle étaient mariés et qu'ils recevaient leurs amis un après-midi d'hiver. Qu'elle ne travaillait pas autant, qu'elle n'avait plus rien à prouver et était une de ces heureuses oisives qui allaient au spa.

Lait, crème, sucre, jaune d'œuf, muscade, cannelle, rhum. Le *egg nog* était délicieux et brûlant. À chaque gorgée, elle se laissait aller au ravissement que procure la sensation d'être bien au chaud quand il fait froid dehors. Les vapeurs de l'alcool lui faisaient l'effet d'une caresse, les deux jeunes femmes assises sur le canapé ne lui semblaient plus si jacassantes. Elle tournait les pages de son magazine quand cela percuta son œil. Une image qu'elle connaissait. Mais, sur le moment, elle ne comprit pas exactement et son regard passa à la page suivante. Elle lut sans arriver à réfléchir. Puis elle se redressa. Son portrait. C'était écrit en grosses lettres : *VOL D'UN TABLEAU DE KLIMT À PLAISANCE EN ITALIE.* Et dans un hoquet d'étonnement, elle recracha son *egg nog* sur les beaux coussins du canapé beige.

9

Dans le monde de l'art, il existe plusieurs espèces et sous-espèces de voleurs. Du simple amateur aux puissantes mafias, des marchands aux trafiquants d'art, il n'y a parfois qu'un pas. Mais il y a aussi les baratineurs, les menteurs, les brocanteurs à la petite semaine qui arnaquent les vieilles dames en leur faisant croire que le portrait de leur grand-père ne vaut pas le clou sur lequel il est accroché. Ils sont bien gentils de la débarrasser de pareille face allongée avec des yeux en amande à peine symétriques, et ils emporteront le Modigliani en sifflotant. Il y a les antiquaires qui ont pignon sur rue et magouillent dans l'arrière-cour. Il y a les corsaires, les aventuriers, les chercheurs de trésors, les pilleurs de tombes. Il y a les faussaires, les artistes et les passionnés. Il y a le fameux gentleman cambrioleur, le voleur grand style qui, comme dit la chanson, « après ses coupables travaux, laisse un mot sur le piano ». Il y a les bricoleurs, ceux qui se glissent sous les bâches des monuments historiques en cours de ravalement et attaquent au burin les gargouilles et les anges des frontispices. Il y a parmi les gardiens de musée, ceux qui fermeront les yeux et arrondiront leurs fins de mois, et chez les hauts fonctionnaires ceux qui transporteront des valises de billets.

Il est rare que cela se produise au nez et à la barbe de tous, la plupart des disparitions se font dans le plus grand secret. Cachés dans des coffres, des entrepôts et des ports francs, des millions de trésors attendent sagement. Quand un musée expose des centaines d'œuvres au public, ses réserves en abritent des milliers. Sans parler des bâtiments officiels de pays au passé glorieux, comme la tentation est grande alors pour les employés de se servir au passage !

Mais quand un vol fait la une de la presse internationale, c'est autre chose.

Un mois après que le directeur du musée catastrophé eut découvert qu'on avait volé le portrait de la jeune fille aux lèvres carmines, il avait été contacté par la douane de Vintimille qui pensait avoir intercepté le tableau. Malheureusement, il s'agissait d'un faux[1]. La chose était symptomatique. Après l'annonce du vol, les rapaces s'étaient appelés entre eux pour savoir qui avait fait le coup.

Et dans ce genre de cas, il se trouve toujours un petit malin pour sauter sur l'occasion, faire exécuter un portrait dans les meilleurs délais par un faussaire de ses amis et rappeler la bande. « Je l'ai ! — C'est toi ? Combien ? » Les acheteurs sans scrupule, coutumiers de cel et de recel, se bousculent. À prendre ou à laisser ! Le petit malin, que risque-t-il ? Pas grand-chose. Vendre un très beau faux comme s'il était le vrai à quelqu'un prêt à acheter sous le manteau un tableau volé, c'est de bonne guerre.

1. On a découvert le vol au matin du 22 février 1997 et le faux tableau a été intercepté le 1er avril 1997.

Dans le cas du *Portrait d'une dame*, le pigeon était Bettino Craxi, un ancien premier ministre trempé de corruption et mouillé de scandale. La police ne poussa pas l'enquête plus loin. L'homme avait fui en Tunisie pour échapper à vingt-sept années de prison. Un chef d'accusation de plus ou de moins à son palmarès n'aurait rien changé. Pour une fois que l'arroseur était arrosé, les douaniers ne perdraient pas leur temps à courir après des escrocs qui s'arnaquaient entre eux. Fin de l'histoire.

« Quant au vrai tableau disparu, la police le cherche encore » concluait l'article que Pearl lisait avec le plus grand intérêt.

Elle l'avait montré à Jonathan qui avait haussé les sourcils et promis de le lire plus tard. Lui n'était pas convaincu par la ressemblance entre Pearl et la jeune femme du portrait. Elle avait dit « Oui, tu as peut-être raison, elle ne me ressemble pas tant que ça, sauf pour le grain de beauté ». Et ils avaient parlé d'autre chose.

Pearl et Jonathan s'étaient rencontrés en hiver, le printemps de leurs amours était donc décalé d'une saison. La légende raconte que les débuts d'une relation sont ceux de la précellence de l'être aimé, que celui qui tombe amoureux ne voit en l'autre que des qualités. C'est inexact. Même le plus aveuglé des transis discernera des points d'accrochage, ces petites choses qui clochent et le contrarient dès le départ. Mais il veut croire que cela finira par s'estomper, qu'ils trouveront bien un terrain d'entente, un compromis. Être amoureux n'exclut pas d'être lucide, car repérer les défauts de l'autre n'implique pas pour autant qu'on les comptabilise.

En ce début du mois d'avril, donc, les défauts de Johnny ne comptaient pas. Pearl savait qu'il était un gosse de riche fainéant qui n'aimait rien d'autre que faire de la voile et jouer au golf, mais c'était un mal négligeable car Johnny était beau avec les cheveux dans le vent marin, et quand il tapait la balle, dans un geste proche de la perfection, son corps s'arquait et il ressemblait à une statue grecque.

Pearl était d'une nature suspicieuse et méfiante, surtout avec les hommes, « Confiance, jamais ! » disait sa mère. Johnny était toujours à court d'argent, mais il ne portait pas deux fois le même pull et avait la belle vie. Elle le voyait se débattre dans ses petits mensonges et ses manigances, ses excuses pour le moins improbables. « Ma chérie, désolé, je suis débordé. »

— Qu'est-ce que tu veux qu'on fasse aujourd'hui ?

— Je ne sais pas, on pourrait aller bruncher chez Emilios, je pense que Benji et Lisa et peut-être Karen y seront.

Elle ne répondit pas.

— Tu savais qu'ils sortaient ensemble ?

— Qui ça ?

— Benji et Lisa.

Non elle ne savait pas et elle s'en foutait. Aller manger des œufs brouillés dans un endroit hors de prix, enchaîner des verres de jus d'orange mélangés à du champagne à 10 h 30 du matin pour sortir de table tout juste bonne à aller s'endormir sur un canapé quatre heures plus tard ne la réjouissait pas particulièrement. Si Pearl avait réussi à se faire accepter par la clique de Jonathan, elle, en revanche, avait beaucoup de mal à apprécier leur compagnie. En vérité, le mal qu'elle s'était donné pour plaire à ces gens était inversement proportionné à la peine qu'elle avait prise à les apprécier. Pearl n'aimerait jamais ni la voile ni le golf. Elle savait que les choses ne feraient qu'empirer. Sa faille narcissique ne l'empêchait pas d'être clairvoyante. « Ma chérie, tu ne sais pas profiter de la vie. »

Avec Jonathan ils faisaient l'amour, buvaient des cocktails dans des lieux à la mode, allaient à des soirées où ils croisaient toujours les mêmes personnes et parlaient de la dernière soirée surtout si certaines de ces personnes n'y étaient pas invitées, se demandaient s'ils iraient à la prochaine et finissaient par s'y rendre parce qu'il le fallait.

Pearl avait des horaires indus, elle sortait du travail très tard et devait toujours rejoindre Johnny quelque part. Quand elle lui disait, je rentre, je suis fatiguée, il soupirait « Ma chérie... »

Avant tout, même avant Johnny, Pearl voulait devenir associée chez Barnett & Barnett. Quand elle ne passait pas ses week-ends au bureau, elle emportait ses dossiers chez elle. Johnny trouvait ça sexy, l'avocate qui emportait ses papiers jusque dans son lit. Ça leur donnait des airs de couple mignon un peu comme dans les comédies romantiques. Mais ces derniers temps, ils allaient dîner, rentraient, faisaient l'amour et puis elle calait ses oreillers et se mettait au travail quand lui repartait vers d'autres mojitos. Il avait abandonné son idée de presser des fruits pour les cadres sup de Manhattan, un de ses amis était dans l'immobilier et ils étaient sur un gros coup.

— Tu ne voudrais pas qu'on aille au musée ?

— Au musée ? Ah non, pitié, on dirait ma mère. Elle nous traînait tout le temps au musée quand on était gosses, c'était d'un rasoir !

Pearl soupira et repensa à Isidore. Le vieil homme lui manquait plus qu'elle ne l'aurait imaginé. Est-ce que Johnny aurait plu à son père ? Elle connaissait la réponse, inutile de trop s'y attarder.

Le téléphone sonna.

— Adri ?

— Oui, je sais ça fait longtemps que je ne t'ai pas appelée mais j'ai eu un boulot de dingue et là c'est le premier samedi où je souffle un peu et on devait... Je devais...

Pearl sentit que la voix de son ami n'était pas celle des bons jours.

— Ça va ?

— Bof, Alice m'a quitté.

— Aïe.

— Bah, c'était prévisible on ne se voyait jamais... mais bon. À tout hasard, je me demandais si tu étais libre cet après-midi on pourrait aller voir l'expo sur Byzance au MET, il paraît que c'est dingue.

— Carrément !

Elle était ravie à l'idée de retrouver son ami et d'échapper au brunch des autres débiles. Elle s'en voulut aussitôt de les avoir traités de débiles. *Nous n'avons pas les mêmes centres d'intérêt, c'est tout.*

Elle avait son excuse toute trouvée.

— Finalement, je vais devoir voir Adri cet après-midi, il ne va pas bien.

Jonathan marmonna quelque chose mais sans chercher manifestement à en savoir plus. Pearl ajouta néanmoins.

— Alice l'a quitté...

Johnny souleva un sourcil.

— Ça m'étonne pas, ce mec est d'un rasoir !

Elle ne lui précisa même pas qu'ils s'étaient donné rendez-vous au musée. Johnny s'intéressait peu à la vie de Pearl de manière générale. *Est-ce que moi je m'intéresse à la sienne ?*

Pearl était en avance, c'était sa marque de fabrique, elle acheta deux billets pour *La Gloire de Byzance* et lut le prospectus qui promettait 350 œuvres d'art venues de 25 pays et une vertigineuse accumulation de mosaïques, fresques, émaux, soieries, bijoux, et autres livres enluminés.

Adrian arriva, il était mal coiffé mais n'avait pas l'air si abattu qu'elle aurait pu l'imaginer. Les deux amis ne s'étaient pas vus depuis longtemps et ils étaient contents de se retrouver. À peine franchi le seuil de l'exposition, Adrian commença à tout trouver cool parce que c'était la première fois qu'étaient exposées les fabuleuses icônes et enluminures du monastère de Sainte-Catherine du Sinaï qui étaient cachées dans les sables du désert d'Égypte depuis mille cinq cents ans.

— Deux moines de Sainte-Catherine du Sinaï sont ici en permanence pour surveiller les œuvres, tu te rends compte ?

Pearl se demanda si elle était la seule à avoir besoin de recueillement dans les musées. Mais elle avait fini par accepter le babillage d'Isidore, et le commentaire ininterrompu de son ami le lui rappelait d'une certaine manière. Il était parti pleine bille sur l'héritage de Byzance dans les conflits qui déchiraient les Balkans, il était passé à l'ex-URSS et attaquait les problèmes de la Turquie et de la Grèce.

— Tu as lu Samuel Huntington ?

— Non.

— *Le Choc des civilisations.* C'est paru l'année dernière. Comment tu as fait pour passer à côté de ce bouquin ?

— Je travaille beaucoup…

— Moi aussi je travaille beaucoup. Huntington a tout compris, je vais t'offrir le livre.

Pearl n'était pas familière de l'art sacral. Il n'était pas si évident de s'extasier devant des crucifix, des reliquaires, des patènes et autres talismans, ni devant les variations subtiles mais obsessionnelles des mêmes motifs liturgiques. Elle se sentait un peu perdue et se demanda si un jour elle se débarrasserait de ses bottes de plouc texane.

Ils arrivèrent devant l'archange aux cheveux d'or de Novgorod.

— On dirait ton Jonathan !

Pearl rit.

— Je t'interdis de te moquer.

Elle s'approcha et lu le cartel : *Artiste inconnu, XIIe siècle. Prêt du musée de Saint-Pétersbourg. « Restent ces yeux immenses et hantés qui ne regardent point mais réfléchissent l'Éternel. La richesse des ors étalés est cette lumière qui est l'âme de l'icône. »*

— Tu vois des ressemblances partout, toi !

À cet instant, Pearl crut lire dans le regard d'Adrian une forme de tendresse qui la déstabilisa.

— Ce portrait de Klimt, c'est *vraiment* toi, Pearl.

Elle haussa les épaules pour masquer son trouble.

— De toute façon, il a été volé !

— Ah oui, tu as vu, c'est dingue ! Tu as lu l'article ?

Il avait repris son ton normal, celui du commentateur enthousiaste.

— Oui ! C'est une histoire incroyable.

Elle regarda l'archange et pensa à Johnny, c'était vrai qu'il avait des cheveux d'or. Adrian se tenait un peu en retrait, il portait un jean informe et son éternel sweat-shirt d'étudiant de Columbia, elle rectifia :

— Très rocambolesque même.

— Je ne savais pas que tu étais au courant, j'avais gardé l'article pour toi.

Il gardait toujours les articles pour elle, il était si prévenant.

10

Pearl avait déménagé. Elle habitait un bel immeuble avec deux portiers et deux liftiers, un pour le jour et un pour la nuit. Elle avait même une femme de ménage qui faisait son lit et organisait son foutoir comme elle pouvait. Pearl et elle ne se croisaient presque jamais. Si sa mère était venue lui rendre visite, elle aurait été très impressionnée. Pearl avait de nouveaux habits, plus chers, et portait des talons, plus hauts. Barnett la laissait de plus en plus souvent prendre la parole dans les réunions, elle n'était pas loin d'être la femme qu'elle aurait voulu être, s'il n'y avait eu Jonathan, qui était trop beau pour elle.

Ils avaient eu leur première dispute, rien de grave mais il était parti de chez elle en claquant la porte et ne l'avait pas appelée pendant deux jours. La boule au ventre, Pearl avait compris combien elle tenait à lui. Quand elle s'était décidée à le rappeler, il avait fait comme si de rien n'était et elle avait ressenti un immense soulagement. Jonathan pouvait parfois être un peu colérique. Pearl aimait à penser qu'il était passionné.

Ils avaient rendez-vous le soir même, à une fête donnée par un de ses amis que Pearl était supposée avoir croisé à plusieurs reprises mais dont elle n'avait aucun souvenir.

Elle avait pris le temps de passer chez Macy's à l'heure du déjeuner. Elle s'était acheté une robe en soie bleu lilas qui flattait sa silhouette et lui donnait un air mélancolique quand elle aurait voulu être conquérante.

— Conquérante ? avait demandé la vendeuse en haussant les sourcils. Dans ce cas, vous devriez prendre ces escarpins.

Elle lui avait tendu une paire de souliers rouge vif à talons aiguilles.

— Rouge ? Vous êtes sûre ? Ça ne va pas jurer avec le bleu ?

— Pas du tout, au contraire, et vous devriez prendre la pochette en croco assortie.

La vendeuse savait être convaincante, elle était payée à la commission. Pearl avait pris la robe, les escarpins et la pochette et elle était retournée chez Barnett & Barnett le cœur battant. Elle se revoyait débarquant à Columbia, dix ans plus tôt, avec ses santiags, est-ce qu'elle avait vraiment progressé depuis ?

À l'entrée du grand salon, elle comprit que c'était le genre de fête où Jonathan serait parfaitement dans son élément et où elle devrait se montrer digne de lui. Le type qui recevait formait à lui seul un comité d'accueil et se voulait grand genre. Elle lui donna son nom et il sourit d'un air entendu même s'il la connaissait à peine et ne l'aurait pas reconnue s'il l'avait croisée dans la rue.

— Je suis l'amie de Johnny, précisa-t-elle.

— Oui ! Bien sûr ! Il est arrivé tout à l'heure, il doit être par là avec Benji. Sers-toi donc une coupe de champagne !

Sur une table ronde trônait l'une de ces pyramides où le champagne descend en cascade de la coupe placée au sommet pour remplir toutes les autres jusqu'à la base. Pearl n'avait d'ailleurs jamais compris comment cela ne finissait pas par dégouliner partout. Un serveur lui tendit un verre qu'il tenait à disposition sur un plateau, ainsi, personne ne risquait de briser l'effet fontaine cristalline magique.

Elle la but d'un trait et la reposa sur le plateau. Elle avait eu une dure journée au bureau mais elle se sentait d'humeur joyeuse et avait envie de profiter de cette soirée. Elle demanda au serveur où étaient les toilettes des invités et prit une autre coupe.

— À gauche après le deuxième salon, mademoiselle.

Les toilettes étaient décorées dans un style boudoir du dix-huitième siècle, tout en marbre et rose et doré. Elle posa sa coupe de champagne sur une coiffeuse illuminée. Sur un canapé bergère, deux femmes discutaient, une grande brune avec les cheveux très courts et une blonde qui avait la maigreur chic des mannequins à la mode. Elles n'arrêtaient pas de dire « Oh mon Dieu ! C'est fou ! » Pearl s'assit et chercha son rouge à lèvres dans sa nouvelle pochette en crocodile mais elle avait dû le laisser au cabinet. Les deux filles s'en allèrent et dans un « Non mais c'est complètement fou ! » la porte se referma.

Restée seule, Pearl sentit son enthousiasme retomber. Est-ce que ce monde-là était le sien ? Voulait-elle que ce le soit ? Elle réajusta son chignon, puis se décida à trouver Johnny parmi les convives ; l'appartement s'étalait sur deux étages et une terrasse de 1 000 mètres carrés *(Mon Dieu ! Fou, en effet)*. Elle croisa deux ou trois connaissances mais ne s'attarda pas.

— Salut !

— Tu as vu Johnny ?

— Oui, il est par là !

De grands sourires et les mondanités minimums, cela, elle savait faire.

— Oh, tu es là !

— Il faut absolument qu'on déjeune ensemble un de ces jours !

— Oui, on s'appelle…

Elle ressentait une légère brûlure sur les joues, l'une des sensations les plus désagréables qui soient. Était-ce parce qu'elle craignait d'être démasquée ? Mais démasquée de quoi ? Soudain, elle tomba nez à nez avec Lisa.

— Hello !

Lisa faisait une drôle de tête, elle avait les yeux exorbités. Pearl se demanda si elle était ivre, ou si elle avait pris de la drogue, pourtant il était encore tôt. Lisa tourna les talons de manière pour le moins agressive, mais Pearl décida de ne pas y prêter attention. Les gens se dirigeaient tous vers la terrasse, elle se retrouva à contre-courant et se réfugia dans un large couloir qui donnait sur plusieurs portes fermées. Certainement les chambres de l'hôte et de sa famille. Celui qui avait joué les comités d'accueil à l'entrée était beaucoup trop jeune pour posséder à lui seul ce genre d'appartement.

Au centre du couloir, adossé entre deux portes, se tenait un homme en costume de lin blanc qu'elle identifia immédiatement comme un vieux beau. Les invités étaient de générations mélangées mais la majorité était comme elle, dans la trentaine. Il fixa Pearl et attendit que leurs yeux se rencontrent, puis il lui sourit. Un fêtard sortit d'une des chambres, il tenait un magnum de champagne par le goulot et se dirigea vers la terrasse.

En passant devant eux, il renversa un vase qui contenait des fleurs artificielles. Il éclata de rire et une jeune femme asiatique en tenue de service se précipita pour redresser le vase qui miraculeusement ne s'était pas brisé. L'homme en costume de lin la regarda faire d'un œil navré.

— Ne me dites pas que vous partez déjà !

Sa voix était suave. Pearl fut un peu déstabilisée par cette question.

— Non, je cherche un ami.

— Un ami ou un petit ami ?

Il avait dit cela avec un œil coquin. Pearl pensa qu'il était un peu vieux pour flirter de la sorte avec elle mais cela ne lui déplaisait pas de se retrouver un peu à l'écart avec un inconnu affable.

— Un petit ami.

— Ah, laissez-moi deviner, pour être avec une jeune femme comme vous, il ne peut être que très beau et très séduisant.

Pearl rougit.

— Oui, il est très beau…

— Mais est-ce que ça suffit ?

L'homme s'était avancé et posa une main sur l'épaule de Pearl. Il se pencha à son oreille, mais parla si bas qu'elle n'entendit pas ce qu'il disait. À ce moment précis, elle vit Johnny sortir de la première chambre avec cette traînée de Rhonda qui réajustait les bretelles de sa robe en tortillant des fesses.

Elle resta interdite. Johnny et Rhonda ne l'avaient pas vue. Ils avaient piqué à droite en direction de la terrasse comme le reste des invités. *Johnny et Rhonda ?* Rhonda qui, sans aucun doute, venait de se faire sauter par Johnny vite fait. Rhonda qui réajustait ses bretelles en gloussant. Johnny, le pas pressé de celui qui vient de commettre un forfait, cette manière si sûre de lui qu'il avait de balancer les épaules en gardant le dos bien droit.

Pearl se tourna vers l'homme en costume blanc.

— Non, ça ne suffit pas.

Glacée de dépit, elle parvint pourtant à se frayer un chemin parmi les femmes et leurs breloques clinquantes, elle avança, tête baissée. *Mais quelle conne!* Elle passa entre les tintements des verres et les éclats de rire, s'accrochant à sa misérable pochette en croco, enfonçant les aiguilles de ses talons pour s'empêcher de courir. Quitter ce lieu, vite, vite.

Johnny et Rhonda, mais quelle conne!

Dehors, le frais printemps d'avril lui fit l'effet d'une gifle. Elle aurait aimé fondre en larmes, mais elle était trop hébétée pour cela. Elle héla un taxi. C'est seulement une fois la portière refermée qu'elle sentit les serres d'un vautour s'attaquer à ses entrailles.

Son portier de nuit l'accueillit. C'était un homme robuste et moustachu de cinquante-huit ans qui avait probablement servi sous les drapeaux car il avait le garde-à-vous facile.

— Bonsoir, mademoiselle Pearl.

— Bonsoir, Leonard.

— On a déposé un paquet pour vous aujourd'hui. Je vous le fais monter?

Pearl tenta de faire bonne figure.

— Non, non, donnez-le-moi.

— C'est que… c'est très encombrant et… lourd.

— Très lourd?

— Si vous avez un instant, je vais le chercher.

Il partit dans la réserve en faisant tintinnabuler ses clefs. Elle regarda sa montre, il était 21 heures passées.

Elle pensa à Johnny, est-ce qu'il était encore à la soirée ? Est-ce qu'il la cherchait ? Est-ce que des gens lui avaient dit « Pearl était là il y a une minute » ? Est-ce qu'il se doutait qu'elle les avait vus ? Le portier ressortit avec une caisse en bois un peu comme celles qui servent à transporter du vin, sauf que celle-ci était plus grande et plus plate. Elle n'avait aucune idée de ce que cela pouvait être.

— C'est pour moi, vous êtes sûr, Leonard ?

Elle ne voyait pas d'étiquette ou de marquage quelconque qui indiquât la provenance ou le destinataire.

— Oui, mademoiselle Pearl, absolument sûr, mon collègue était affirmatif. Je vais monter avec vous.

Dans l'ascenseur, l'homme arrivait à peine à coincer la caisse sous son bras. Ils arrivèrent au dix-huitième étage, *Johnny et Rhonda qui se trémoussait.* Pearl fut prise de nausée. Elle ouvrit la porte et Leonard déposa précautionneusement le colis dans son entrée.

— Merci, Leonard.

— À votre service, mademoiselle Pearl.

Restée seule, elle se pencha sur l'objet mystérieux. Elle n'avait même pas d'outil pour l'ouvrir. Redescendre et demander à Leonard de lui prêter un pied-de-biche, ou un machin dont elle ignorait le nom ? Il y avait des clous tout du long. Elle alla chercher un couteau à pain dans la cuisine. Elle allait se prendre une écharde à coup sûr. Elle s'agenouilla et retira ses maudits escarpins pointus. Est-ce que c'était un gag ? Elle pensa à Johnny. Un cadeau de réconciliation qu'il lui aurait fait envoyer dans l'après-midi peut-être ? *Le fourbe.* À sa grande surprise, quand elle introduisit la lame dans la fente, les deux planches se séparèrent sans difficulté et le couvercle se souleva.

11

Un beau tissu neuf, molletonné, blanc immaculé, protégeait un objet plat et léger. Le cœur de Pearl se mit à battre très fort. Elle défit les plis avec une précaution immense et, au premier coin de peinture verte qui se dévoila, elle sut. Devant elle, se tenait le portrait d'une femme, de trois quarts avec un chignon et un grain de beauté sous l'œil, exactement là où Pearl, elle aussi, avait un grain de beauté.

La toile vibrait de beauté. Elle en avait le souffle coupé et se noyait dans l'œil bleu ciel piqueté de vert. Est-ce qu'elle était réellement le sosie de cette femme ? La ligne du sourcil, très marquée, le nez un peu fort, la lèvre ourlée, carmine et ces joues… le peintre avait réussi à donner l'illusion d'une jeune femme rosissante. En transparence, le sang affluait sous la peau du modèle.

Ça oui, c'est moi, pensa-t-elle. Qu'elle soit essoufflée ou embarrassée, des plaques de chaleur venaient immanquablement la marquer au visage et jusque dans son cou. Il y avait aussi cette implantation des cheveux si particulière, elle le remarquait maintenant, deux arcs se rejoignant en pointe au milieu du front. Un front étroit, plutôt haut, très gracieux. C'était comme se contempler dans un miroir irradiant. Mais la véritable différence entre Pearl et la jeune femme du portrait résidait dans la douceur qui émanait de la toile. Elle se releva et se regarda dans le miroir qui trônait au-dessus de la console de son entrée. Elle, elle avait le regard fermé et triste. Et dur.

On frappa à la porte.

Elle sursauta.

— Qui est-ce ?

— C'est moi.

Jonathan. Elle en eut un haut-le-cœur. *Le portrait!* Il fallait qu'elle le cache immédiatement.

— Johnny ?

— Bah oui.

— Deux secondes, j'arrive !

Sa propre voix l'étonna, charmante, enjouée, quand dix minutes auparavant, elle hésitait entre hurler de haine ou pleurer de désespoir. Elle ne s'attarda pas sur ces considérations et emporta dans sa chambre le tableau encore à moitié emballé dans son tissu. En haut de l'armoire ? Trop haut. Sous le lit.

Elle revint dans son entrée. La caisse restait éventrée au beau milieu du passage. Johnny n'était pas de nature curieuse, mais il risquait tout de même de demander ce qu'elle contenait. Elle prit le fond et le couvercle mais les deux lui échappèrent des mains et le coin de la boîte vint s'abattre sur son petit orteil, elle ne put réprimer un cri de douleur.

— Tout va bien ?

Le perfide ! Comme s'il se souciait de moi.

— Oui, oui, voilà, j'arrive !

Elle ramassa le tout et se précipita dans la cuisine, sans prendre le temps de réfléchir davantage, elle posa la caisse et son couvercle en équilibre sur le haut du frigo.

Elle se fit la réflexion que son appartement était trop bien rangé depuis qu'elle avait une femme de ménage. *On ne voit que ça.* Si jamais Johnny lui posait la moindre question, il faudrait qu'elle trouve quelque chose à dire, et puis ce n'était pas comme s'il allait passer la nuit chez elle, n'est-ce pas ?

Le cœur encore à mille à l'heure et l'esprit totalement embrouillé (Mon Dieu mais, qui avait bien pu lui envoyer ce tableau ? Est-ce que Johnny et Rhonda étaient dans cette chambre pour une tout autre raison, très innocente ? Est-ce qu'elle risquait de faire de la prison ? Recel d'œuvre d'art… Est-ce qu'elle devait en parler à Barnett ? Est-ce que Johnny avait compris son erreur et réalisé qu'il l'aimait plus que tout ? Est-ce qu'il allait la demander en mariage ?), elle ouvrit la porte.

— Salut !

— Salut !

Elle le trouva beau et s'en voulut aussitôt. *Ce type est un connard.*

— Je peux entrer ?

— Oui, bien sûr !

Elle avait essayé d'adopter le ton le plus neutre possible, allait-elle lui laisser la possibilité de s'en tirer ? *Mais quelle conne, mais quelle conne !* Elle l'observa et se demanda s'il savait qu'elle savait. À son air joyeux, elle subodora que c'était peu probable.

— Ça va ?

— Oui.

— Tu faisais quoi ?

— Rien, je rangeais des trucs.

Il haussa les sourcils. Le fait qu'il ne s'intéresse pas aux occupations de Pearl de manière générale pouvait avoir de gros avantages. Il se dirigea vers le salon et alla s'asseoir sur le canapé en homme de la maison. Elle avait remarqué que Johnny était du genre à l'aise partout et que c'était une chose commune à tous ceux qui avaient été élevés dans l'opulence et les bonnes manières. Ces gens présumaient de la sympathie chez les autres, ils n'auraient pas imaginé n'être pas bien accueillis dans un environnement nouveau, si bien qu'ils l'étaient presque toujours.

— Pourquoi tu es partie de la soirée ?

Elle le regarda droit dans les yeux. Hésita. Et, malgré elle, s'entendit lui répondre :

— Je ne me sentais pas bien.

— Ah bon ?

Il avait le regard turquoise le plus tendre du monde. Il lui fit signe de s'asseoir à côté de lui, ce qu'elle fit en sentant que son cœur venait lui battre dans la gorge. Il la prit dans ses bras.

— Tu aurais dû venir me chercher, nous serions partis ensemble !

Il déposa un léger baiser sur son front. Des plaques rouges vinrent brûler ses joues.

— Je ne t'ai pas trouvé, il y avait tellement de monde, et je préférais que tu profites de la soirée.

— Tu es trop mignonne.

Il posa son pouce sous son menton et l'attira pour l'embrasser, Johnny savait merveilleusement faire cela, avec lui c'était toujours comme un baiser de cinéma.

— Johnny ?

— Oui ?

Il fallait qu'elle lui dise. *Sois forte.* Qu'elle lui dise pour Rhonda ou pour le tableau ?

— Tu ne devrais pas m'embrasser… Je crois que je suis malade…

— Tu as de la fièvre ?

— Non, mais vraiment je…

Elle s'écarta, elle ne pouvait pas réfléchir si elle restait dans ses bras.

— Vraiment, je ne me sens pas bien. Mais c'est gentil d'être venu.

C'est gentil d'être venu ? Mais quelle conne ! Elle se rassura en se disant que si elle se retenait de lui balancer ses quatre vérités, c'était pour protéger le tableau, mais au fond, elle se savait lâche.

Qu'espérait-elle ? Que les choses puissent encore s'arranger ? Elle revit Rhonda gloussant dans le couloir. Est-ce que cela était si choquant ? Avait-elle une vision sourde de l'infidélité à cause de sa mère ? On pouvait décorréler l'acte de tout motif, le voir comme une sorte de tautologie. Johnny avait baisé Rhonda juste pour baiser Rhonda et sans lien aucun avec le fait qu'il était le petit ami de Pearl. *Une tautologie, non mais sérieusement ?* Elle continuait pourtant à lui sourire. Lui semblait soudain mal à l'aise.

— Bon, alors j'y vais.

Elle avait vu un documentaire à la télévision où il était raconté que si vous placiez une étoile de mer sur le sable et qu'elle était encerclée d'eau, c'est-à-dire que l'eau était à équidistance de chacun de ses cinq bras, elle restait immobile, ne sachant si elle devait plutôt aller vers la droite ou la gauche, ou le haut ou le bas, et se laissait mourir.

Je suis une étoile de mer, pensa-t-elle. Pourtant, l'indécision ne lui ressemblait guère.

— OK.

Il lui donna un rapide baiser sur la joue. Elle ne le raccompagna pas jusqu'à la porte qui claqua dans un bruit mat.

Le silence qui suivit lui parut engourdi. Lentement, elle se dirigea vers la cuisine et ouvrit le placard où elle gardait une bouteille de whisky pour les invités. Elle se servit un verre et le but d'un trait qui lui brûla l'œsophage. Elle ne voulait penser ni à Rhonda, ni à Johnny, ni à son attitude de chien battu qui pardonne tout à son maître. Elle se servit un deuxième verre et alla dans sa chambre.

Mon Dieu, quoi faire ? Elle se mit à quatre pattes et retira le tableau de sous le lit. Comme elle était belle ! La peau de la jeune femme rayonnait presque, *quelle douceur*, Pearl était toute remuée de l'intérieur. Il fallait agir de manière rationnelle, poser les questions dans le bon ordre. Elle se leva et retourna dans la cuisine pour se servir un troisième verre. Cette fois-ci, elle le posa sur la table basse du salon et alla chercher le tableau. Il était léger. Elle fit de la place sur l'étagère, se débarrassa d'un vase et deux bougeoirs, et installa la toile. Elle n'osait pas trop la manipuler, n'avait pas retiré le tissu qui protégeait son dos et encore trois de ses coins. Puis elle alla se caler dans le canapé, son verre à la main. Il fallait dresser une liste.

Qui avait volé cette toile ?

Qui avait commandité le vol de cette toile ?

Qui la lui avait envoyée ?

Était-ce la même personne ?

Pourquoi la lui avait-on envoyée, à elle ?

Seulement parce qu'elle était son sosie ?

Parce qu'elle et cette femme avaient un lien de parenté ?

Si Pearl et l'inconnue du portrait avaient un lien de parenté, cela devait passer par Isidore, c'était le plus évident. Isidore était-il capable d'avoir fait voler l'œuvre avant de mourir ? Cela paraissait peu vraisemblable, d'autant plus qu'ils étaient sur le point de partir en voyage pour aller la voir.

Quelqu'un qui connaissait Isidore ? Quelqu'un qui connaissait Pearl ? Adri ?

Elle éclata de rire en imaginant Adrian commanditer un vol depuis New York. Adrian et la mafia italienne ? Aucune chance.

Elle retourna chercher la caisse qu'elle avait posée au-dessus du frigo et se resservit un verre au passage. Le plus simple eût été de prévenir la police, bien sûr. Aller au commissariat, rendre le tableau, dire je n'ai rien à voir là-dedans, et basta.

Plus elle regardait le portrait et plus elle était fascinée. Elle s'approcha, elle avait envie de le toucher mais elle sentait combien c'eût été sacrilège. De ses yeux, elle parcourut la courbe des lèvres, c'était comme si la bouche de la jeune femme pouvait naître du regard de Pearl, les lèvres entrouvertes semblaient sur le point de lui chuchoter quelque chose. *Sa bouche est pleine de fleurs*, pensa-t-elle. Elle s'approcha plus encore, de plus en plus près, les deux jouaient au cyclope, leurs yeux grandissaient, se rejoignaient, se superposaient et Pearl en était tout étourdie. La peau de la belle inconnue irradiait comme une lune dans l'eau.

Non, pas la police. Et si quelqu'un savait ! Qui a été le messager ? Il faudrait qu'elle demande à Tad, le gardien de jour, qui avait apporté le paquet, mais sans éveiller les spoupçons… Ah son verre était encore vide ! Elle prit la bouteille au goulot. Est-ce qu'elle aurait pu prévoir pour Johnny et Rhonda ? Est-ce que c'était la première fois que ça arrivait ? À sa connaissance, les deux ne se voyaient majais… Elle but une grande lampée… Jamais. Le goût du foin fumé.

Il fallait la cacher. Se débarrasser de la caisse et cacher la toile quelque part. Elle s'en saisit avec toutes les précautions possibles mais le whisky la rendait gourde. Elle replia sur les coins le tissu blanc molletonné comme elle aurait bordé un bébé, avec tendresse. Elle aussi aurait eu besoin d'être bordée. *Mais où ?* Le mieux était dans sa penderie. La toile n'était pas plus grande qu'une jupe. Sauf que ses jupes étaient pendues à des cintres. *Une housse de manteau ? Oui, bonne idée.* Est-ce qu'elle était ivre ? Il y avait sûrement un moyen de réorganiser son dressing. Elle se sentit pleine d'énergie. Elle fit voler pulls et pantalons… *Mais non ! La couette d'hiver !* Elle alla chercher l'escabeau et grimpa pour atteindre le haut du placard, là où elle rangeait ses deux grosses valises et la fameuse couette. Elle tira un grand coup, manqua se casser la figure, étala le duvet sur son lit comme elle l'aurait fait d'une nappe de pique-nique. Elle était blanche, ce qui était parfait.

Elle posa la toile, déjà enrobée, au cœur de la couette. Elle hésita à la contempler une dernière fois mais une notion d'urgence l'animait. Elle replia les bords de l'édredon avec une application d'écolière, et clac et clac, au carré. La couette renfermait maintenant la belle endormie au centre de ses plumes. Le poids la fit chanceler quand elle remonta sur l'escabeau, alors avec un balancé digne d'une funambule, elle la glissa tout en haut de la plus haute étagère. On ne voyait plus que la tranche bien rembourrée du duvet. Victorieuse, elle referma la porte du placard et rangea l'escabeau.

— Maintenant, la caisse !

Dans son enthousiasme, elle prit le couvercle et tenta de le fracasser sur le carrelage de sa cuisine, mais le bois résista. Sortir de son immeuble avec sans être vue pour la jeter dans la première poubelle ? Elle ne pouvait pas garder ça chez elle. Dans sa cave ? Impossible avec le liftier qui lui aurait demandé ce qu'elle comptait faire de… de… ce grand machin vide. Pire, il lui proposerait certainement de le porter pour elle ! *Catastrophe.* Ses idées s'embrouillaient. *Ah ces immeubles chics, quelle connerie d'avoir toujours besoin d'être entourée !* Il fallait qu'elle achète une scie et qu'elle la découpe en tout petits bouts, elle ferait comme avec les cadavres, morceau par morceau. Elle avait envie de vomir. Oh, elle y penserait demain. Le plus important était que la toile soit en sécurité. *Ça va, ça va.* Titubante, elle alla se coucher… *Et puis nous irons nous promener sur Johannesgasse et je te montrerai la maison de mon père. Quelle maison magnifique c'était ! Un vrai petit palais !*

— *Johannesgasse ?*

— *Oui, tous les aristocrates de Vienne possédaient à l'époque un hôtel particulier qui donnait sur le Stadtpark. Et les Brombeere étaient…*

Elle se redressa. Les Brombeere, les parents d'Isidore, mais bien sûr, c'était par eux qu'il fallait commencer ! Elle se laissa retomber sur son oreiller, saoule et satisfaite, elle savait ce qu'elle devait faire. Oublier Johnny, acheter une scie et prendre un billet pour Vienne.

12

Pearl s'était rendue à la chambre de commerce de New York pour y demander l'annuaire professionnel autrichien. En allemand, détective se disait « detektiv » aussi, elle n'avait pas mis longtemps à trouver ce qu'elle cherchait. Elle avait composé le premier numéro de la liste et une jeune femme à la voix avenante avait décroché. Pearl avait demandé :

— Parlez-vous anglais ?

Ce à quoi on lui avait répondu :

— *Einen Moment bitte...*

Pearl avait compris « moment » et avait attendu jusqu'à ce qu'un homme reprenne le combiné.

— Mister Stauber à l'appareil, que puis-je faire pour vous ?

L'accent était très fort, presque cocasse, mais il s'avéra que l'anglais de Mr Stauber était impeccable, et Pearl se sentit immédiatement en confiance.

Sa démarche était tout ce qu'il y avait de plus classique, en apparence. Elle se présenta comme la fille d'un Brombeere ayant immigré aux États-Unis au milieu des années vingt et mort l'année précédente. Son père lui ayant très peu parlé de son enfance et n'étant malheureusement plus là pour répondre à ses questions, elle souhaitait aujourd'hui retrouver ses ancêtres autrichiens. Restait-il un Brombeere ? Ou, à défaut d'une mémoire vivante, pouvait-on trouver des traces, actes de naissance, de décès, de propriétés, lettres, pourquoi pas, n'importe quel document, des photographies idéalement, elle avait insisté sur ce point. Elle était convaincue que pour comprendre pourquoi le tableau volé lui avait été envoyé, elle devait découvrir l'identité de la mystérieuse aïeule dont elle était le sosie.

Elle ne savait pas grand-chose, mais assez pour que le détective démarre ses recherches. Isidore lui avait dit un jour que son père était mort en héros pendant la Première Guerre mondiale et que sa mère avait été emportée par la maladie. Ils étaient riches, peut-être aristocrates, et habitaient une grande maison sur Johannesgasse, de cela elle était certaine. En revanche, Isidore ne lui avait jamais précisé qui l'avait recueilli et élevé à la mort de sa mère. Était-ce une tante ? Une cousine ? Il faudrait dégoter l'arbre généalogique des Brombeere et prier pour qu'une descendance quelconque lui raconte sa version des faits. Elle avait annoncé qu'elle comptait venir à Vienne deux semaines plus tard. Est-ce que ce serait trop tôt ?

— Non, non, vous nous avez donné beaucoup d'informations, cette recherche ne sera pas difficile. Quelques jours aux archives de la mairie et au ministère de la Guerre, et je pense que nous aurons de quoi vous satisfaire.

Mr Stauber semblait sûr de lui. Elle imagina le détective comme un grand Autrichien très costaud et très sérieux avec une chemise à petits carreaux et un pantalon en velours moutarde. Quand elle raccrocha, elle était euphorique.

Elle n'avait prévenu personne qu'elle partait pour Vienne, sauf Adri à qui elle avait envoyé un mail faussement enjoué. Adri la connaissait trop bien, si elle l'avait eu ne serait-ce que deux minutes au téléphone, il aurait décelé qu'elle n'était pas dans son état normal. Euphorique était un moindre mal, la vérité était que depuis qu'elle avait ouvert cette caisse, elle était au bord de la crise de nerfs. Oscillant entre excitation et angoisse, elle avait consulté son dictionnaire pour mettre un mot sur son état. « Hystérie » ? La définition ne correspondait pas, enfin pas vraiment.

Pourtant, elle avait de bonnes raisons. Elle était une brillante avocate, sa probité devait être irréprochable, or elle cachait entre les replis d'une couette un tableau volé recherché par toutes les polices du monde. Elle aurait pu entrer dans le premier commissariat et mettre fin à cette situation, d'autant qu'elle n'était que le récipiendaire et n'avait commis aucune faute à part celle d'ouvrir un mystérieux paquet qui lui était adressé. Mais elle était le sosie de la femme portraitisée, elle ne pouvait pas rendre la toile à la police sans soulever des interrogations au sujet de cette ressemblance. Et justement, ces questions, elle voulait être la seule à se les poser. Et puis elle avait méticuleusement détruit le caisson qui renfermait ce trésor, avec la scie qu'elle était allée acheter pour l'occasion. Elle ne l'avait pas seulement détruit, elle l'avait aussi fait disparaître, comme une criminelle. Chaque jour la rendait davantage coupable, il ne s'agissait plus simplement d'un tableau qu'elle avait reçu, mais d'un tableau qu'elle recelait. Elle était tellement riche, elle aurait très bien pu avoir commandité le vol. Elle avait peur de finir en prison. Elle avait peur qu'on le lui reprenne.

Sa paranoïa n'était pas infondée, après tout, celui qui lui avait déposé l'œuvre connaissait son adresse et son nom… de là à ce qu'il revienne… À la sortie du bureau, elle fonçait pour la retrouver. Elle y pensait sans cesse. Elle avait constamment envie d'aller la voir. La toile exerçait sur elle une fascination proche de la folie. Elle craignait de l'abîmer. Tous les soirs, elle rentrait chez elle et hochait la tête, non, elle n'irait pas en haut de l'armoire pour la sortir de son moelleux duvet. *Laisse-la tranquille.*

Elle avait commencé à parler au tableau, à lui prêter des sentiments. Juchée sur son escabeau, les bras en l'air, Pearl se jurait que c'était la dernière fois. Pourtant, elle ne pouvait s'empêcher de la regarder, et alors elle se sentait totalement absorbée, engloutie par la toile.

Insidieusement, elle s'était mise à vérifier et à revérifier que la porte de son appartement était bien fermée à clef. Mais en tournant le loquet pour voir s'il était verrouillé, elle le déverrouillait de fait et il lui fallait recommencer plusieurs fois la manœuvre pour être rassurée. Elle avait congédié sa femme de ménage. Impossible qu'une personne pénètre dans son appartement quand elle n'y était pas pour déplacer les choses et ranger son dressing. À part Johnny, qui l'avait surprise ce fameux soir, elle n'avait plus laissé entrer quiconque. Johnny, le fils à papa d'une beauté renversante qui l'avait trompée (la trompait-il encore ? elle n'en avait pas la moindre idée) avec Rhonda, fille de, elle aussi, et pour le moins plutôt laide. Est-ce que Pearl avait le cœur brisé ? Elle fuyait la confrontation et Johnny ne comprenait pas pourquoi elle ne voulait plus sortir le soir, pourquoi elle ne voulait plus qu'il vienne chez elle. Il finirait peut-être par se demander si elle était au courant de quelque chose ? Elle ne voulait pas y penser.

Elle ruminait : Isidore, son enfance autrichienne, Klimt le célèbre peintre, l'inconnue du portrait… Rien ne faisait sens. Ce secret était trop gros pour elle. Seule dans son lit, elle imaginait des centaines de cachettes, toutes plus bizarres et improbables. Ou alors elle repensait à sa femme de ménage, elle avait peut-être fait faire un double des clefs et, un de ces jours, pour se venger d'avoir été remerciée sans préavis, elle viendrait se servir et elle fouillerait et… Mais bien sûr, pendant que Pearl serait à Vienne ! Elle attendait tant de ce voyage. Dire qu'elle était à moitié autrichienne et n'avait jamais mis les pieds en Europe ! Il fallait qu'elle couse la toile dans la doublure de sa valise et qu'elle l'emporte avec elle, elle n'avait pas le choix. Passer les douanes, comment ferait-elle ? Elle se faisait toute une montagne des contrôles aux aéroports. Quinze jours et treize nuits loin d'elle. Pearl ne savait même pas coudre. Dans la rue, elle avait l'impression d'être suivie. Et aussi, c'était absurde mais… elle quittait de plus en plus fréquemment sa table de travail pour aller se laver les mains. Même Barnett avait remarqué sa fébrilité. Elle avait annoncé au cabinet qu'elle prenait deux semaines de vacances.

— Ah ouais ? Tu vas où ?

— À Paris.

Les collaborateurs avaient trouvé que cela ne lui ressemblait guère mais avaient supposé qu'elle ne partait pas seule, puisque Paris était la ville des amoureux.

Les jours avaient défilé dans cette agitation nerveuse. Elle avait son billet d'avion, sa valise était prête, le portrait se tenait immobile et molletonné. Elle avait pensé faire mettre un verrou sur l'armoire mais s'était ravisée. Cela aurait pour effet d'attirer l'attention sur cet endroit au lieu de le banaliser. Ou alors installer un coffre-fort, un vrai, scellé au mur, mais son expérience d'avocate lui avait enseigné que ceux qui possédaient des coffres étaient repérés d'office par les cambrioleurs. Il valait mieux ne rien faire du tout. Son immeuble avait deux gardiens, un de jour, un de nuit, alors… Il fallait qu'elle se calme, qu'elle se calme et qu'elle s'en aille. Elle ignorait si elle en serait capable. Capable de s'éloigner de cette maudite armoire. Le jour du grand départ approchait. Elle allait prendre un avion et se retrouver à des milliers de kilomètres d'elle. L'enquête, la curiosité, le fait de comprendre cette histoire, cela suffirait-il ? Elle défaisait un nœud qu'elle avait dans le ventre pour mieux se le faire au cerveau.

Le matin de son départ, elle se regarda dans la glace, elle était méconnaissable. Ses nuits sans sommeil avaient fini par cerner ses yeux de halos violacés et des plaques rouges marquaient son cou. *Ils vont m'arrêter à la douane, on dirait une droguée.* Elle eut un mal fou à verrouiller, déverrouiller, reverrouiller sa porte, et se jeta dans un taxi comme on se jette dans le vide.

Arrivée à l'aéroport, elle eut envie de vomir et se précipita aux toilettes. Quand elle en ressortit, de nouvelles plaques rouges étaient apparues sur ses joues. Elle donna son passeport pour enregistrer sa valise, redonna son passeport pour passer en zone d'embarquement, et encore pour monter dans l'avion. Elle pensa que ces contrôles répétés n'étaient pas superfétatoires, ils l'empêchaient de faire machine arrière. *Tu pars, tu pars.* L'hôtesse qui lui désigna sa place dans l'avion était charmante. Elle portait une jupe droite et un bibi de travers. Elle lui proposa une boisson.

— Un whisky, s'il vous plaît.

Pearl voyageait en première classe. Elle laissa sa tête basculer en arrière et l'avion décolla, alors elle pensa à son portrait, blotti dans la ouate. Les deux femmes ne faisaient plus qu'une, chacune dans leur nuage.

Tu vas savoir d'où tu viens. Elle essaya de retrouver le sourire d'Isidore. Quelle étrange histoire que d'avoir rencontré son père trop tard pour pouvoir être sa fille. Elle avait pourtant appris à l'aimer. *Dix ans, ça suffit pour se faire des souvenirs.* Dix heures de vol. Six heures de décalage horaire. Dans le ciel, elle dormit d'un sommeil sans rêves.

***

Elle atterrit à Vienne au petit matin. C'était le mois d'avril et il faisait frais, beaucoup plus frais qu'à New York. Les gens ne parlaient pas anglais. Elle arriva à l'Hôtel Imperial, celui dans lequel Isidore avait réservé. Les lustres en cristal qu'elle s'était imaginés quelques mois plus tôt lui clignèrent de l'œil.

Elle avait fixé un rendez-vous avec Ernst Stauber pour le jour même. Au téléphone, il lui avait dit qu'il avançait et que ce serait très bien qu'ils se rencontrent de toute façon. Sur le coup, elle n'avait pas relevé.

Elle prit une douche et se changea. Elle enfila un pantalon gris à pinces très élégant, un chemisier en soie crème et une veste en tweed qui, la vendeuse de

Bloomingdale's le lui avait assuré, était l'essence du chic anglais, à défaut de pouvoir garantir le chic autrichien. C'était Isidore qui portait souvent du tweed. La veste avait coûté cher, cela aussi avait son importance pour qu'elle se sente forte.

Elle avait donné l'adresse de l'agence du *Privatdetektiv* au concierge et le voiturier avait hélé un taxi. Elle avait filé dans les rues de Vienne, sans même avoir le temps de regarder par la vitre pour s'imprégner de cette ville, et le taxi l'avait déposée devant un immeuble quelconque avec une porte vitrée. Le cœur battant, elle avait payé et remercié le chauffeur. Il s'était mis à pleuvoir alors elle s'était précipitée sous le porche et elle avait sonné.

L'agence n'était pas du tout aussi belle qu'elle se l'était imaginé. Le bureau de Herr Stauber tenait plus du cagibi encombré de dossiers et de papiers poussiéreux que du bureau. Stauber partageait cet espace exigu avec sa secrétaire, certainement la voix avenante que Pearl avait eue au téléphone. Elle se demanda s'ils étaient mari et femme. Herr Stauber devait avoir la quarantaine, l'œil mordoré piqueté de vert et le sourire franc. Sa peau était parsemée de taches de rousseur, quand il lui tendit la main, il rougit.

— Ah, miss Alvez ! C'est un plaisir de vous rencontrer. Bienvenue, bienvenue ! Vous avez fait bon voyage ?

— Oui, très bon, merci.

— Je vous en prie, installez-vous.

Elle chercha une chaise du regard, mais la seule disponible était recouverte d'un amas de papiers qui menaçait de s'effondrer à la première tentative de classement. À grandes enjambées, zigzaguant entre une poubelle débordante et un téléphone posé par terre, Stauber se dirigea vers un tabouret qui était caché par trois cartons de déménagement et le brandit triomphalement.

— Je vous en prie…

— Merci.

Non, elle ne s'attendait vraiment pas à être reçue de la sorte. Cet homme parlait peut-être bien anglais mais il criait l'amateurisme.

— Alors, j'ai effectué les recherches que vous m'avez demandées. Et je dois vous dire que rien n'a… fonctionné, oui je dirais fonctionné… comme prévu.

Pearl sentit une immense déception lui étreindre la poitrine.

— Nous avons effectivement trouvé des membres d'une famille Brombeere qui habitaient sur Johannesgasse, au numéro 24, une très belle maison qui a aujourd'hui été divisée en trois appartements de grand standing. Malheureusement il n'y a eu aucun mort pour la patrie ni lors de la Première, ni lors de la Seconde Guerre mondiale. Et surtout aucun enfant portant le prénom d'Isidore, ni d'ailleurs aucun autre prénom, et qui serait né en 1909, en 1908, ni même en 1910.

L'accent de Stauber la déstabilisait.

— Je ne suis pas sûre de bien comprendre ce que vous dites, monsieur…

— C'est très simple, votre père disait s'appeler Isidore Ferguson. C'est d'ailleurs le nom qu'il a donné à son arrivée à Ellis Island le 18 mai 1925, je l'ai vérifié. Il faut savoir qu'il n'était pas rare que les gens se créent une identité à leur descente du bateau, et ce nom de Ferguson, on le retrouve fréquemment dans les registres des services d'immigration. Gageons donc que votre père ne s'appelait ni Isidore ni Ferguson mais que son père était un Brombeere qui habitait sur Johannesgasse… Eh bien, ça non plus, ça ne colle pas ! Sur Johannesgasse, il y avait effectivement un M. Otto et une Mme Hermine Brombeere, qui habitaient avec leur fils unique, Franz Brombeere. Et en 1909, date présumée de naissance de votre père, Otto Brombeere avait soixante et un ans, sa femme Hermine en avait quarante-trois et leur fils Franz vingt et un, j'ai tout vérifié. Franz n'étant pas marié, s'il était le père de votre père, cela aurait fait de celui-ci un bâtard, ce qui n'était pas rare non plus. Mais comme vous m'avez dit que le père de votre père était mort à la guerre, j'ai cherché dans les archives militaires et là, rien du tout, à part des documents signés de la main d'Otto Brombeere, qui était un proche de l'Empereur et servait dans la diplomatie, un homme tout à fait remarquable soit dit en passant. Le jeune Franz, lui, n'a jamais pointé son nez sous les drapeaux car il était asthmatique. Quant aux autres Brombeere, aucun n'habitait à Vienne, il y a une vague branche de cousins qui porte ce nom du côté de Salzbourg, mais là je n'ai pas encore eu le temps d'enquêter.

Pearl restait sans voix, effectivement rien ne collait. Et quoi ? Isidore l'avait baratinée tout ce temps et pas seulement elle, mais aussi Peter et Felicity ? Eux aussi portaient un nom de famille inventé ?

— Et est-ce que le nom de Ferguson ne pourrait pas être celui de sa mère ?

— Il n'y a aucun Isidore Ferguson sur les registres de naissance de 1905 à 1915, j'ai tout vérifié. Mais s'il s'agissait d'un enfant illégitime, les choses étaient souvent floues, et avec les destructions des archives pendant la Seconde Guerre mondiale, je ne peux pas vous garantir que tout ça soit absolument sans failles…

— Et vous pensez que mon père a donné le nom des Brombeere comme il aurait pu donner celui des voisins ? Que c'est une fausse piste ?

Ernst Stauber marqua un temps.

— Eh bien… c'est là que ça devient intéressant, car en 1925, date à laquelle votre père a quitté l'Autriche pour les États-Unis, même si son bateau était parti de Gênes, cela aussi je l'ai vérifié, il s'est passé quelque chose dans la famille Brombeere.

— Ah oui ?

— Leur fils, Franz, a été assassiné.

13

Le détective avait plongé ses yeux dans ceux de la jeune femme.

— Un cambriolage qui a mal tourné, d'après la police. Ils n'ont jamais retrouvé le meurtrier.

Pearl fit immédiatement le lien. Même si Ernst Stauber ne voulait accuser personne, lui aussi semblait persuadé que cette histoire de fausse identité et ce départ pour les États-Unis cachait quelque chose, mais un meurtre ?

— Voulez-vous que nous allions marcher ?

— Pardon ?

— Je réfléchis toujours mieux en marchant, pas vous ?

Cet homme l'étonnait, « vigoureux » fut le mot qui lui vint, on aurait dit qu'il était monté sur des ressorts. Il prit son imperméable, enjamba un carton et annonça en tonitruant :

— *Brigitte, wir gehen raus !*

— *Sehr gut, mein Herr*[1].

La secrétaire semblait parfaitement habituée aux élans frénétiques de son patron.

Ils marchèrent longtemps. Pearl avait l'étrange sensation que cette ville lui était familière. Ernst Stauber

1. — Brigitte, nous sortons ! — Entendu, monsieur.

parlait en faisant de grands gestes avec les bras, sans regarder Pearl et sans discontinuer. Il était imposant, devait mesurer 1,90 mètre, et marchait vite. Étrangement, elle se fit la remarque qu'ils accordaient parfaitement le rythme de leurs pas. Comme l'auraient fait des personnes très intimes. Elle songea que les gens dans la rue les prenaient sûrement pour mari et femme. À l'inverse, lorsqu'elle se promenait avec Johnny, même si les deux se tenaient par la main, Pearl voyait qu'on les trouvait mal assortis. Elle se rassurait, c'était parce que Johnny était trop beau pour elle, mais elle pressentait que leur discordance venait de plus loin.

— Résumons. Isidore Ferguson est probablement un faux nom mais le fait est qu'Isidore Ferguson a débarqué à Ellis Island le 18 mai 1925. Il avait pris le bateau de Gênes, et il était de nationalité autrichienne. Sur sa fiche d'arrivée, il est écrit qu'il n'a pas de papier mais qu'il est en bonne santé et n'a pas de poux. Il donne aussi sa date de naissance, le 10 octobre 1909, ce qui fait qu'il était alors âgé de seize ans.

— Mais impossible d'être sûr-sûr…

— Impossible, mais c'est bien *cet* Isidore Ferguson qui plus tard a accolé au sien le nom de son épouse et s'est alors appelé Isidore Hoffmann Ferguson, et *cet* Isidore a fait fortune dans l'hygiène bucco-dentaire, et *cet* Isidore était votre père.

— Oui.

— Bon.

Ernst Stauber avait des épaules carrées. Le mot de vigoureux qui lui était venu pour décrire le détective n'était peut-être pas le bon.

En réalité, dès que Pearl était entrée, Ernst Stauber avait été nerveux à l'extrême. Il avait manqué d'air, besoin de sortir de l'espace clos de son bureau, besoin aussi de se retrouver seul avec elle. Ils marchaient côte à côte, à une distance raisonnable, mais l'air qui les séparait aurait pu être délimité, ou presque colorié. Et sans le savoir, les deux avaient exactement la même perception, la même certitude palpable et pourtant indéfinissable, celle d'être entré dans le champ magnétique de l'autre.

— Il vous a dit qu'il avait passé son enfance à Vienne et que son père s'appelait Brombeere et qu'il habitait une grande maison sur Johannesgasse près du Stadtpark.

— Oui.

— Et lorsque vous avez demandé pourquoi il ne portait pas le nom de Brombeere, il vous a répondu qu'il avait changé de nom à la mort de sa mère.

— Oui, et j'avais imaginé que c'était sa mère qui s'appelait Ferguson.

— Le fait est qu'il y avait une famille du nom de Brombeere qui habitait une grande maison, 24 Johannesgasse pour être précis, et je pense que nous devons nous accrocher à cette piste. Votre père peut très bien avoir été le fils illégitime du Franz Brombeere qui était âgé de vingt et un ans en 1909, cela expliquerait pourquoi il ne portait pas son nom. Sa mère était certainement une femme de condition inférieure aux Brombeere, peut-être une domestique ou une prostituée, j'espère que je ne vous choque pas…

Pearl eut envie de sourire. *Si seulement tu savais*, pensa-t-elle. Comme il était étrange que l'histoire se répète ainsi, pas étonnant qu'Isidore ait fait un arrêt cardiaque quand l'existence de Pearl lui avait été révélée.

— En revanche, toute cette histoire de père mort à la guerre ne tient plus, puisque Franz Brombeere a passé la guerre au service des archives, il en a d'ailleurs profité pour publier un livre.

— Ah bon ?

— Oui, une traduction d'un recueil de poésie… d'un poète français… Bref, tout ça pour dire qu'il n'avait pas l'air très porté sur les armes. J'ai sa photo.

— Ah bon ?

— Oui, au bureau, j'ai fait une photocopie du rapport de police sur son assassinat. Je vous la montrerai.

Il fallait absolument que Pearl interroge Peter et Felicity. Leur père leur avait forcément parlé de son enfance, il y aurait bien une chose, un détail, un indice.

— Donc, Franz Brombeere est mort assassiné dans la nuit du 1er au 2 avril 1925. Il avait trente-sept ans. Le rapport de police est très complet. Son majordome l'a retrouvé dans son bureau. Il avait été frappé à l'arcade sourcilière et à la tempe avec un presse-papiers, mais l'autopsie révèle qu'il s'est très certainement fait le coup du lapin en tombant sur une console en marbre. Il avait beaucoup saigné et l'heure du décès a été fixée vers 3 heures du matin. Il y avait des traces de lutte dans la pièce mais pas de trace d'effraction dans la maison. Et seule sa montre à gousset et son portefeuille qui contenait quelques billets ont été volés. C'est pourquoi l'enquête a conclu à un cambriolage interrompu, et au voleur qui, dans sa fuite, donne un mauvais coup au maître de maison qui l'a surpris, vous voyez le genre.

— Oui, oui… mais… je ne vois pas le rapport avec mon père.

— J'y viens.

Ernst Stauber prit une grande inspiration et se tourna vers Pearl.

— Venez, on va traverser.

Il lui prit le bras et elle le laissa faire, ce contact sembla apaiser le détective mais il électrisa Pearl.

— À l'époque, l'hôtel Brombeere comptait huit domestiques à temps plein, dont cinq habitaient la maison, plus un palefrenier qui dormait au-dessus des écuries. Les autres domestiques étaient logés dans la pension d'une certaine Frau Rathau. Quand on retrouva le pauvre Franz Brombeere la face ensanglantée, un seul manquait à l'appel, un certain Stefan Bauer. Un garçon à tout faire qui était entré à leur service six mois auparavant. C'était le suspect numéro un. Évidemment puisque sans trace d'effraction dans la maison, on pouvait imaginer qu'il s'agissait de quelqu'un qui avait ses accès, et le fait qu'il ait tué Franz Brombeere pouvait indiquer qu'il avait été reconnu par ce dernier. Vous me suivez ?

— Oui, oui.

— C'est plausible, on imagine très bien le jeune homme qui décide de voler ses maîtres, fait ça en pleine nuit mais, pas de chance, tombe nez à nez avec Franz qui avait une insomnie. La peur le prend, une bagarre entre les deux hommes s'ensuit, il frappe son maître et il le tue presque par accident avant de s'enfuir avec quasi rien… c'est plausible…

Stauber haussait les épaules pour indiquer que ce n'était pas plausible au contraire. Pearl était perdue.

— Oui… mais je ne vois toujours pas le rapport avec mon père.

— Le majordome indique à la police que le jeune Stefan Bauer avait dix-neuf ans, et qu'il était un orphelin qui venait de Leobendorf, c'est à 25 kilomètres de Vienne. La police s'est donc rendue à l'orphelinat où il y avait effectivement un certain Stefan, pas Bauer mais Grün, qui avait dix-sept ans et qui correspondait au signalement de notre jeune homme. Ils partent à sa recherche mais quand ils le trouvent, ce n'est pas le bon. Le majordome avoue qu'il n'avait pas vérifié les références de sa recrue et a perdu la fameuse lettre de l'orphelinat qui donnait son identité complète, bref l'enquête piétine, on ne trouve rien. Mais moi, j'ai trouvé quelque chose...

Pearl fixait Ernst Stauber de ses grands yeux bleus, il avait arrêté de parler, sûr de son effet.

— Qu'est-ce que vous avez trouvé ?

— Je suis allé à Leobendorf. L'orphelinat n'existe plus, il a fermé en 1952. Mais ils ont gardé les registres à la mairie.

— Les registres de quoi ?

— De tous les pupilles de la nation dont les pères étaient morts pendant la Première et la Seconde Guerre mondiales. Et parmi tous les petits Kurt et les petits Adolf, j'ai trouvé le fameux Stefan Grün qui ne nous intéresse pas, mais j'ai surtout trouvé... un Isidore Linde ! Et des Isidore, en Autriche, je peux vous dire qu'il n'y en a pas des tas. Né en 1909, fils d'une certaine Martha Linde, morte de la grippe espagnole en 1918 et de père inconnu possiblement mort à la guerre, confié à l'orphelinat de Leobendorf jusqu'à ses quinze ans en 1924.

— Et cet Isidore Linde serait mon père ?

— Et cet Isidore Linde serait votre père car votre père vous a dit qu'il était le fils de Franz Brombeere !

— Et ?

— Franz Brombeere a traduit un recueil de poèmes...

— Oui, vous me l'avez dit mais...

— Le recueil s'intitule *Les Chants de Maldoror* en français, et le poète s'appelle le comte de Lautréamont, mais c'est un pseudonyme.

— Je ne vois toujours pas le rapport.

— Le vrai nom de Lautréamont, c'était Isidore Ducasse !

Ernst Stauber jubilait. Pearl ne pouvait pas nier que son enthousiasme fût communicatif.

— Mais vous ne pensez pas que c'est... un peu tiré par les cheveux ?

— Mais non ! C'est l'enquête la plus passionnante que j'ai jamais faite ! Tout se tient ! Franz Brombeere fait un enfant à cette pauvre Martha Linde, ils l'appellent Isidore du nom du poète préféré de Franz en souvenir d'une soirée où il lui a lu des poèmes, que sais-je ? Puis il abandonne lâchement la mère et l'enfant à leur misère et vit sa vie de riche Viennois féru de culture. Pas de chance, la pauvre Martha meurt de la grippe espagnole, le petit Isidore a neuf ans, on le place à l'orphelinat mais, dès sa sortie, il n'a qu'une idée en tête : retrouver son père pour se venger !

— Vous avez beaucoup d'imagination !

— Mais non ! Isidore se fait embaucher par les Brombeere, ment sur son nom et son âge pour ne pas être reconnu, et quelques mois plus tard, les dates concordent, à la première bonne occasion, tue son père ! Vous comprenez ? C'est tout sauf un accident, c'est un meurtre prémédité ! Mais il maquille ça en cambriolage qui a mal tourné et s'enfuit pour le Nouveau Monde, débarque à New York où il refait sa vie sous un autre nom...

— En gardant son vrai prénom ?

— Oui… j'y ai pensé… je me suis dit que sa mère lui avait peut-être parlé du poète, ou bien gageons que c'était un sentimental…

Pearl repensa au vieil Isidore, elle l'avait si peu connu.

— Et il devient président-directeur général de Chloros et meurt en emportant son terrible secret, est-ce que vous voudriez dîner avec moi ?

Pearl était complètement abasourdie. Elle essaya de réfléchir, il lui fallait sortir de cette démonstration absurde et des yeux de cet homme qui la fixaient si intensément. Elle sentit le sang affluer à ses joues.

— J'imagine qu'il faut que vous réfléchissiez à tout ça, je… Voulez-vous que nous retournions à mon bureau ? Je vous donnerai la copie du rapport de police, je l'ai fait traduire en anglais pour vous et aussi la photo…

— Dîner ? Mais il n'est pas du tout l'heure de dîner !

— Oui, pardon, je voulais dire, ce soir, est-ce que vous voudriez dîner avec moi ?

14

Ernst Stauber avait laissé Pearl à son hôtel et elle n'était pas ressortie de l'après-midi. Anéantie était le mot.

Elle s'était allongée sur le lit avec le rapport de police et elle avait lu, très lentement, très attentivement : la flaque de sang sur le parquet du bureau, le cadavre raide, les objets cassés, un vase brisé, des livres éparpillés, Franz Brombeere avait lutté avant de mourir. La photocopie de la photo sépia était de mauvaise qualité. Elle avait tenté de retrouver les traits d'Isidore dans ceux de Franz mais la génétique n'était pas toujours aussi simple qu'un grain de beauté placé sous l'œil gauche. Un air de famille ? Elle avait fermé les yeux pour mieux imaginer la scène de violence et s'était endormie. Qui avait dit que la mère d'Isidore était une prostituée ? Stauber ? Stauber avait lu trop de romans. Restait le prénom « Isidore », Pearl ne connaissait rien aux poètes français. Mais que ce prénom soit une évidence ou une coïncidence exceptionnelle, il fallait trancher.

Au réveil, elle était tout embuée, et convaincue du parricide. Même si on nageait en plein mélo, la version du jeune nanti assassiné par le fils qu'il avait abandonné à sa naissance tenait la route.

Le restaurant était une sorte de brasserie qui servait de la bière et des saucisses appelées *wurst*. Pearl s'était changée, elle n'aurait pas dû. Après de longues tergiversations, elle avait opté pour une robe bleu marine à pois blancs – c'était la mode à New York ce printemps-là. Lui portait la même tenue que le matin, il était certainement venu directement du bureau.

Lorsqu'il la vit paraître, il se leva et tira sa chaise avec beaucoup de galanterie. Il lui sembla moins agité, peut-être était-ce parce que l'endroit était bondé justement.

Assis face à face, les coudes sur la table, penchés en avant pour mieux s'entendre dans le brouhaha ambiant, Pearl retrouva cette sensation étrange et familière d'intimité. Elle pensa à Johnny.

— Est-ce que vous aimez le *schnitzel*?

— Qu'est-ce que c'est?

— C'est une escalope de veau pané. C'est leur spécialité ici.

Sa robe à pois était définitivement grotesque mais cela n'avait plus aucune importance, elle se dit que le regard de cet homme était doux.

— Ah, très bien, alors je vais prendre ça!

— Et de la bière! Ou vous préférez du vin?

— Du vin, s'il vous plaît.

Ils commandèrent. L'autrichien sonnait aux oreilles de Pearl comme une langue elfique. Ils parlèrent de l'enquête, échafaudèrent toutes sortes de variantes avec des explications plus ou moins délirantes. Ils passèrent une merveilleuse soirée. Elle pensait au tableau, un moment elle avait imaginé que cette Martha Linde était peut-être le modèle de Klimt et l'aïeule recherchée mais la possibilité du meurtre était tellement choquante qu'elle emportait toute autre considération. Quelles que soient les conclusions de Stauber, elle devrait poursuivre seule pour élucider le mystère du portrait volé qu'on avait fait livrer chez elle.

Le lendemain matin, elle s'était réveillée avec les pensées claires, « détachée » était le mot. Cela l'avait rassurée. Pas parce qu'elle avait craint d'être la fille d'un meurtrier mais parce que cette fois, et pour de bon, elle acceptait de n'être la fille de personne. Stauber avait d'ailleurs été estomaqué par la façon qu'elle avait eue de rester imperturbable à toutes leurs sanglantes hypothèses. Ils enquêtaient ensemble sur le passé d'Isidore Hoffmann Ferguson, cette histoire de vengeance était la plus passionnante qui soit mais elle, Pearl, n'avait rien à voir là-dedans.

Isidore, elle revenait à ce prénom, si la mère avait appelé son fils d'après le poète préféré du père, cela ne pouvait vouloir dire que deux choses. Soit la mère aimait elle aussi le poète en question, soit elle avait fait cela par amour pour le père de l'enfant, et donc Franz Brombeere n'avait pu les trahir et les abandonner que sur le tard. Cette désillusion collait parfaitement avec l'idée du fils vengeur, mais contredisait la piste de la prostituée. La mère d'Isidore aurait-elle pu être une jeune fille de bonne famille, lettrée et chassée de chez elle par des parents puritains ? Si elle avait appartenu au même milieu que lui, Franz l'aurait épousée… Et Pearl butait à nouveau. D'autant plus que sa connaissance des mœurs viennoises en 1925 était pour le moins forgée de stéréotypes hollywoodiens.

Le troisième jour, elle se rendit à la librairie Shakespeare & Company, rue Sterngasse, et acheta l'intégrale de Zweig.

Elle avait relu le rapport de police et ne l'avait plus trouvé si clair, mais elle n'avait pas l'habitude, les choses auraient peut-être été différentes si elle avait choisi une carrière de pénaliste. Un paragraphe complet décrivait la blessure de Franz Brombeere à l'arcade sourcilière et le presse-papiers qui l'avait frappé, un crapaud en bronze. Est-ce qu'on pouvait forcer un garçon à épouser la fille qu'il avait engrossée ? Tout dépendait de sa condition sociale. Pearl y revenait sans cesse.

Elle voyait Ernst Stauber tous les jours, elle avait envie de lui avouer qu'elle n'était pas vraiment la fille d'Isidore, qu'elle non plus n'avait pas été une enfant désirée. Elle avait surtout envie de lui parler du Klimt et de la ressemblance avec l'inconnue qu'elle appelait désormais « Martha ».

Ils allaient se promener, s'arrêtaient dans des cafés, dînaient ensemble. Pearl avait prévu de rester dix jours. Elle s'était rendue à Leobendorf pour voir le bâtiment de l'orphelinat qui avait été transformé en maison de retraite. Elle aurait voulu pouvoir passer ses mains sur les murs en crépi et qu'ils lui livrent leurs secrets comme dans un film de science-fiction, elle aurait eu un flash et elle aurait vu ce qui s'était réellement produit.

Trop impatiente pour attendre son retour à New York, elle avait appelé Peter. Quand elle avait prononcé le mot « orphelinat », elle avait entendu un silence et puis Peter avait demandé « Tu es sûre ? Papa ne m'a jamais dit qu'il avait été dans une institution… » Elle avait renoncé à appeler Felicity, à quoi bon ? Elle était certaine maintenant qu'Isidore n'avait rien dévoilé de son passé, même à ses propres enfants.

Les après-midi, elle faisait des siestes. Elle était allée au musée Leopold et au Belvédère pour admirer les toiles de Gustav Klimt et, comme des millions de touristes avant elle, se perdre en contemplation devant le pied bleuté de la jeune femme du *Baiser*. Elle était partie sur les traces du peintre, mais n'avait rien appris de plus que ce qu'elle avait déjà trouvé dans la monographie dont elle avait annoté chaque page scrupuleusement.

Elle avait marché le long du Ring jusqu'à l'ancienne demeure des Brombeere. Une grande grille en gardait l'entrée. Depuis la rue, elle avait vu l'immense verrière en rotonde mais comment aurait-elle pu imaginer que soixante-treize ans plus tôt, alors que les sabots des chevaux claquaient leurs fers sur les pavés de la cour, Isidore avait nettoyé les carreaux de cette verrière avec toute l'application du monde ? Le vieil Isidore Hoffmann Ferguson, le magnat craint et respecté, le milliardaire américain, en garçon à tout faire un chiffon à la main ?

Avec Stauber, ils avaient passé une journée entière aux archives de la mairie de Vienne pour chercher des informations sur les Brombeere. L'arbre généalogique de cette famille leur sembla pour le moins rachitique, une lignée de fils uniques et un maigre cousinage du côté de Salzbourg que Stauber avait joint par téléphone, mais aucun objet, meuble, bijou ni aucune photographie n'avait survécu aux ravages de la Seconde Guerre mondiale. Il faut dire que les cousins en question avaient choisi de se réjouir de l'Anschluss et que cela ne leur avait pas porté chance, comme on sait. Stauber avait parlé à un jeune Mark Brombeere, ce dernier lui avait clairement expliqué que le passé de sa famille avait été effacé à juste raison et que personne n'avait trop envie d'y revenir.

Quant à Otto Brombeere, le père de Franz, son nom figurait dans un certain nombre de documents officiels. La signature de ce diplomate de haut rang figurait en bonne place à côté de celle de l'Empereur, au bas d'accords et autres traités jusqu'en 1918, date de l'abdication de Charles 1er (qui lui signait simplement Karl) et fin de la carrière d'Otto.

Pearl avait insisté pour que Stauber cherche du côté des journaux. À la bibliothèque, on leur avait suggéré *Die Presse* et le *Kleine Zeitung*. Un article avait peut-être relaté l'assassinat de Franz ? Ne lisant pas l'allemand, elle en était réduite à chercher des yeux le nom de Brombeere, mais rien. Stauber lui dit qu'il n'était pas étonné, cette famille-là n'était pas du genre à accepter que le nom de son fils chéri fasse les gros titres. « Assassiné en pleine nuit par son domestique », quelle horreur !

Elle alla enfin à la Galerie Miethke et à la villa Klimt, qui était le dernier atelier du maître, mais le lieu était en rénovation et cela ne l'avança à rien. Elle retourna au musée, pour voir d'autres portraits que celui qui l'obsédait. C'était une des rares choses qu'elle avait gardée d'Isidore, ces errances parmi des toiles lui procuraient un réel sentiment d'apaisement.

Le sixième soir, Ernst Stauber lui avait donné rendez-vous dans un restaurant italien. Pearl était en avance. Elle refusait d'analyser la nature de leur relation. Le travail, bien sûr, l'enquête. Elle était la cliente, il était le détective privé. Elle était attirée par lui, la réciproque n'était pas évidente. Pourtant, Stauber proposait toujours qu'ils se revoient, alors même que l'enquête piétinait. Mais quand le détective passa la porte du restaurant, elle remarqua immédiatement qu'il était dans le même état que six jours plus tôt, lorsqu'ils s'étaient rencontrés, tendu, euphorique.

— J'ai du nouveau!

Pearl sourit, la joie enfantine de cet homme tenait du chercheur de trésor. Son cœur se serra.

— Dites-moi.

— Vous n'allez pas me croire! C'est une histoire de dingue! Je suis retourné aux archives de la mairie... et vous ne devinerez jamais ce que j'ai trouvé...

Il laissa Pearl en suspens et retira son pardessus qu'il plia bien à plat sur le dossier de sa chaise.

— Si je ne peux pas deviner... vous feriez mieux de me le dire, Ernst...

Il rougit, c'était la première fois qu'elle l'appelait par son prénom.

— Dans le journal officiel daté de la semaine du 6 au 15 avril 1925, il y a effectivement l'annonce de la mort de Franz Brombeere... et la publication des bans de son mariage!

— Le mariage de Franz?

— Oui! Avec une certaine Liesl von Traum, le mariage était prévu pour le 11 avril! La publication des bans devait précéder le mariage de dix jours, et la personne qui s'occupait des annonces n'a pas fait le lien entre les deux événements, d'ailleurs ça n'était pas dans la même rubrique.

— Incroyable!

— Oui, et là je me suis dit que c'était vous qui aviez raison, quand vous me disiez que cette histoire de vengeance préméditée n'était pas logique, là nous avons un mobile !

Ainsi, Isidore Linde, fils de Martha Linde et de Franz Brombeere, nanti prétentieux qui avait lâchement séduit la pauvre Martha à coups de poésie et l'avait abandonnée dès qu'elle s'était retrouvée enceinte, Isidore Linde dont la mère était morte quand il avait neuf ans et qui avait été confié à un orphelinat de Leobendorf, Isidore Linde qui sous un faux nom avait retrouvé son père à sa sortie de l'orphelinat et s'était fait embaucher par lui, Isidore Linde avait appris au bout de quelques mois que son père allait se marier avec une jeune et jolie fille d'aristocrates riches et privilégiés. C'est pourquoi, repensant à la façon dont sa pauvre mère avait souffert, il était allé trouver Franz au beau milieu de la nuit pour lui dire tout le mal qu'il avait fait en les abandonnant. Malheureusement l'autre lui avait ri au nez et ç'avait été l'affront de trop, de rage il l'avait tué et s'était enfui.

Oui, l'histoire se précisait. Ernst Stauber moulinait des bras comme jamais.

Et Gustav Klimt ? Et le tableau dans tout ça ? Pearl savait qu'il manquait une pièce au puzzle. Pourtant, elle était incapable de parler au détective du secret qui la hantait. Ils avaient bu du schnaps pour fêter cette ultime version mais pas assez pour les désinhiber tout à fait. Elle aurait voulu qu'il l'embrasse, qu'il lui dise que ce n'était pas juste cette enquête qui le grisait. Elle ne trouvait plus du tout l'accent de Ernst Stauber comique. Elle se demandait si elle lui plaisait. Cela non plus, elle ne le saurait jamais.

La veille de son départ, Stauber avait proposé de l'emmener visiter le château de Schönbrunn puis, une dernière fois, ils avaient dîné ensemble.

— À quelle heure est votre avion ?

— À 16 heures.

— Je peux vous accompagner à l'aéroport si vous voulez…

— Oh, c'est gentil mais ce n'est pas la peine, je ne voudrais pas…

— Non, non, vous ne me dérangez pas, ça me fait très plaisir.

Elle ne savait pas quoi penser, est-ce que Ernst Stauber était simplement l'homme le plus poli du monde ?

Ils avaient payé l'addition. Une fois n'était pas coutume, Ernst Stauber restait silencieux. Ils sortirent. Un taxi passa et l'homme machinalement leva le bras.

— L'aéroport n'est qu'à trente minutes de votre hôtel, est-ce que cela vous convient si je passe vous prendre à… disons 14 heures ?

— Oui, c'est parfait. Merci beaucoup.

— Alors à demain ?

— Oui, à demain.

Elle s'était engouffrée dans le taxi, lourde de *schnitzel* et de regrets.

15

Pearl était arrivée au pied de son immeuble et avait regardé en l'air, les tours penchées, les rectangles de verre qui striaient les gratte-ciel de New York, leur empilement systématique qui découpait l'horizon en rectangles pointus. Comme l'Europe et ses circonvolutions étaient loin ! Elle avait adoré Vienne. Vienne l'avait changée.

Quand elle avait enfoncé la clef dans la serrure, le calme immaculé de l'appartement lui avait fait l'effet de poser le pied sur une terre vierge. Elle aurait pu se précipiter et vérifier que le tableau était toujours à sa place, intouché, mais elle s'y refusa. Par peur, certainement.

Dix jours plus tôt, cette toile exerçait sur elle une emprise à la limite de la folie, la revoir, ce serait peut-être replonger. Dix jours plus tôt, elle était à fleur de peau, obsédée par ce qu'elle avait caché en haut de son placard le plus haut et virait parano. Dix jours plus tôt, elle était dégoûtée des hommes, en particulier d'un certain Johnny. Et aujourd'hui ? Elle envisageait sérieusement que son géniteur ait commis un meurtre et elle était amoureuse d'un homme merveilleux qui n'avait pas tenté un baiser en cinq après-midi et six dîners. Elle avait vraiment un cœur d'artichaut.

La seule personne à qui elle avait envie de parler était Adri.

— Ah ! Tu es rentrée !

— Oui, encore un peu sonnée par le décalage horaire.

— Alors, c'était comment ?

— Magnifique.

Elle lui raconta les vieilles pierres, les musées, le château de Schönbrunn, et avoua qu'elle avait embauché un détective pour partir sur les traces de ses aïeuls, le formidable Ernst Stauber, qui n'avait pas trouvé grand-chose (elle avait pris la sage décision de ne rien révéler) mais lui avait fait découvrir les brasseries viennoises et…

— Non ! Tu vas te marier ?

Elle rit aux éclats.

— J'aimerais bien, mais ce n'est pas du tout à l'ordre du jour, nous ne nous sommes même pas embrassés !

— Ah, tu me rassures, l'amour à distance c'est pas facile, tu sais… Et le Klimt ?

Pearl posa sa voix et chercha un ton qui serait juste ce qu'il fallait de désinvolte.

— Rien de ce côté-là, personne ne sait qui était la jeune femme du tableau et il y a peu de chances pour qu'elle ait un lien avec la famille de mon père qui était très fortunée. Mais j'ai visité des musées extraordinaires et j'ai vu beaucoup d'autres toiles de Klimt, tu aurais adoré.

Elle détestait mentir à Adri, hésita à lui raconter sa folle enquête en laissant ce qui touchait au tableau sous silence, mais réussit à se refréner. Parler, c'était se mettre en danger.

— Je suis content que tu sois rentrée. Tu as un soir de libre la semaine prochaine ?

— Oui, on pourrait dîner ensemble mardi si tu veux.

— Parfait.

La voix d'Adrian était empreinte de gentillesse. Elle sourit malgré elle. Qu'il était bon d'avoir un ami comme lui, pensa-t-elle. Adri la connaissait assez pour avoir immédiatement senti qu'elle était éprise. Est-ce qu'elle reverrait jamais Ernst Stauber ? Elle poussa un long soupir. *Ressaisis-toi.* Sur le chemin de sa chambre, elle passa devant le maudit placard mais accéléra le pas et alla se coucher sans céder à la tentation qui la tenaillait.

***

Elle enfonça ses talons dans la moquette de Barnett & Barnett comme un petit enfant ses orteils dans le sable chaud. Elle retrouva ses dossiers et ses collaborateurs avec plaisir. Elle avait presque oublié à quel point elle aimait son travail. Elle se rassura, elle était ici à sa place. C'était la même sensation que celle du puzzleur qui appuie délicatement sur la petite pièce pour faire coïncider les bords chantournés non seulement en haut mais aussi, miracle, sur le côté, et le léger clic sous le doigt qui vient confirmer que tout s'emboîte parfaitement. Dans la matinée, son téléphone sonna, c'était Johnny, elle s'arma de courage, et pensa à Ernst Stauber.

— Bonjour, Johnny.

— Bonjour, Pearl, je me demandais quand tu te déciderais à m'appeler.

Le ton était sarcastique, elle trouva cela tout à fait malvenu et poussa un long soupir en guise de réponse.

— Tu es rentrée quand ?

— Hier.

— Ah, et c'était bien, Paris ?

— Oui, très bien, merci.

— Tu veux qu'on se voie ce soir ?

Pearl soupira à nouveau.

— Tu peux faire autre chose que soupirer, s'il te plaît ?

Le garçon jouait les offusqués.

— Je voudrais que tu sois franche avec moi, Pearl, si tu ne veux plus qu'on sorte ensemble, dis-le-moi !

De la voix la plus aimable possible, elle répondit.

— Oui, je voudrais bien.

— Pardon ?

Il sembla pris au dépourvu. S'ensuivit un blanc lourd de malaise.

— Tu voudrais bien quoi ?

— Johnny, je vous ai vus… toi et Rhonda.

— Ah… c'est ça ?

— Ça, entre autres choses, Johnny.

— Je suis désolé.

— Désolé de l'avoir fait ou désolé d'avoir été pris en flagrant délit ? Ne sois pas désolé, ça fait des semaines que j'aurais dû avoir le courage de te quitter mais il faut croire que… ta lâcheté était contagieuse.

— Donc, tu me quittes par téléphone ?

Malgré elle, Pearl se fit doucereuse.

— Oui, je n'ai vraiment pas plus de temps à y consacrer, c'est moi qui suis désolée, tu ne m'en voudras pas, hein ? J'ai beaucoup de travail, tu sais.

Elle ne sut pas s'il l'avait écoutée jusqu'au bout, ou s'il lui avait raccroché au nez. Elle imagina ses yeux turquoise écumer de rage.

« Il faut croire que ta lâcheté était contagieuse », c'était très bien d'avoir dit ça, elle se félicita, et se sentit toute ragaillardie.

Elle passa un merveilleux après-midi à défendre des gens qui grugeaient le fisc. Elle rentra chez elle, enfila un pantalon de jogging et se servit un bon verre de vin. Elle avait envie d'appeler Stauber mais que lui aurait-elle dit ? Je suis bien arrivée à New York ? J'ai fermé le clapet de mon petit ami ? Elle ne lui avait même pas mentionné le nom de Johnny. Stauber et elle n'avaient abordé aucun sujet personnel. Elle avait simplement demandé s'il était marié.

— Non.

— Une fiancée ?

— Non, pourquoi ?

— Oh rien, j'avais cru que votre secrétaire…

— Brigitte ?

Elle avait souri.

— Oh, Brigitte est formidable mais elle n'est pas ma petite amie. Je pense que c'est une grosse erreur de mélanger amour et travail.

Son sourire s'était figé, ce qui valait pour Brigitte valait pour elle, qu'elle n'aille pas se faire des idées.

Il était temps. Elle posa son verre de vin et alla chercher l'escabeau. Fit très attention. Déposa la merveille sur le lit et déplia la couette. Le portrait était face retournée. Pearl ne s'était jamais attardée sur le système de sécurité, deux fils de cuivre sectionnés qu'on avait fixés au dos de la toile. Normalement, couper ces fils déclenchait l'alarme du musée. Elle ignorait comment le voleur s'y était pris mais clairement, le machin n'avait pas sonné. Il n'avait même pas décollé les témoins de son larcin, quoique, à bien y regarder, c'était sûrement par peur d'arracher ou d'abîmer la toile qu'il les avait laissés.

Non, elle n'avait jamais pris le temps d'ausculter le dos du tableau et se mit à déchiffrer les deux tampons du musée de Plaisance. La toile était en lin gris, elle avait été salie par le temps et les divers voyages qu'elle avait subis. Le bois du châssis était sombre. Il était certainement beaucoup plus clair originellement. Après tout, il datait de 1910, juste après la naissance d'Isidore. Cela lui fit tout drôle. Il y avait même quelques taches qui ressemblaient à des éclaboussures, pas vraiment comme de la peinture, car elles n'avaient pas d'épaisseur, mais elles avaient imbibé le bois du châssis et auréolé la toile. C'était peut-être du mauvais bois de sapin.

Avec mille égards, elle retourna le tableau et la jeune femme aux lèvres carmines lui apparut. *Te revoilà*, pensa-t-elle. *Tu m'avais manqué.* Elle observa les nuances de vert qui dansaient, vert émeraude, vert forêt. Un pressentiment étrange l'envahit.

Elle retourna à nouveau le tableau. Les taches. Sur le dos de la toile et sur le châssis. Elles étaient d'une couleur sombre qui avait viré et gardait une nuance cramoisie. Rouge cramoisi. *Du sang!* Elle en fut immédiatement certaine. Le sang de qui ? De Franz ? De son meurtrier ? D'Isidore ? Mais ce portrait n'avait jamais appartenu à Franz. Ou du moins pas qu'elle sache. Ses mains se mirent à trembler. Son cœur battait à cent à l'heure.

Il fallait qu'elle parle à quelqu'un. Stauber ? Adri ? Est-ce que Stauber comprendrait ? Elle regarda sa montre, il était 19 h 30 à New York donc 1 h 30 à Vienne, impossible, il la prendrait pour une folle. Adri ? Elle empoigna son téléphone, fondit en larmes et reposa le combiné. Elle avait toujours cru qu'un ami véritable était celui qu'on pouvait appeler à 2 heures du matin pour nous aider à faire disparaître un corps. C'était absurde. Il y avait effectivement des gens qu'on pouvait appeler à 2 heures du matin pour enterrer un cadavre mais cela n'avait rien à voir avec l'amitié qu'ils nous portaient. Elle comprenait maintenant que certaines personnes étaient capables de faire ce genre de choses, et d'autres simplement pas.

Les murs de sa chambre émirent un léger son, celui d'un rouage enclenché, elle releva la tête, incrédule, est-ce qu'ils avaient bougé ? Est-ce qu'elle allait se faire broyer ? Elle fixa le sol, il lui sembla que lui aussi se rapprochait. C'était un vertige. Elle dut s'agenouiller et posa ses mains sur le tapis mais les fils de laine lui brûlèrent les doigts. En proie à la panique, elle se redressa, s'accrocha au lit et s'empara de la toile. La jeune femme était là, paisible, sûre et tranquille. Les larmes continuaient de couler sur ses joues. Hypnotisée par le tableau, elle n'arrivait plus à bouger. Elle resta ainsi un temps indéfini. Son pouls finit par se calmer et, quand enfin elle sortit de sa torpeur, elle se demanda presque ce qui venait de lui arriver.

Un parricide, un tableau volé et des taches de sang pour lier le tout. Si elle parvenait à faire analyser ces taches, le mystère serait peut-être élucidé. Comme cent millions d'Américains cinq ans plus tôt, Pearl était allée voir *Jurassic Park* au cinéma. Avec une seule goutte de sang, Spielberg avait fait des merveilles, mais elle ignorait si ces traces d'éclaboussures suffiraient à identifier un homme, et surtout, il était hors de question qu'elle confie le tableau à un laboratoire. Il lui fallait donc opérer le prélèvement elle-même et envoyer un morceau du châssis à un généticien virtuose et muet.

Elle essaya de penser droit. *Je n'ai rien fait de mal.* Combien de temps tiendrait-elle ? *J'ai besoin de dormir.*

Elle avait peut-être aussi besoin de voir quelqu'un et qu'on lui prescrive des médicaments. Voilà, elle irait chez le premier psy qui aurait vissé sa plaque en bas d'un immeuble de son quartier. Chez Barnett, les collaborateurs faisaient souvent appel à un détective privé. Un avocat du cabinet avait récemment eu affaire à la police scientifique pour des histoires d'empreintes digitales et il lui avait parlé de ce super enquêteur, oui, elle se souvenait de son nom, demain elle l'appellerait. Cet homme saurait quel labo contacter. Et sur cette folle pensée, elle alla se coucher.

Le lendemain, dans un état second, elle poussa la porte du cabinet d'un psychiatre et raconta qu'elle vivait dans le mensonge et voyait les murs se rapprocher. Il lui prescrivit un anxiolytique puissant sous forme de pilules vertes et un second plus doux en cachets roses qui fondaient sous la langue. Pearl devrait prendre une pilule verte à l'approche de chaque crise, et une rose dès qu'elle sentirait le besoin de se détendre.

Quant au laboratoire d'analyse génétique, ils la rassurèrent en lui disant que si l'ADN résistait à peine dix jours en plein soleil, il pouvait perdurer un siècle s'il était resté à l'ombre. Elle avait donc gobé deux cachets roses et s'était rendue à la quincaillerie à l'angle de 134 West et la 72e Rue. Sur les conseils d'un gentil vendeur, masquant de son mieux sa nervosité, elle avait acheté un biseau. Sans cesse, elle pensait à Stauber, s'il avait été là, elle ne se serait pas sentie si mal.

De retour chez elle, elle avait trouvé la force d'attaquer le châssis. À peine entaillé, une grande lamelle de bois s'était détachée presque toute seule. Elle avait emballé la chose dans du papier bulle et avait joint les résultats d'analyse de l'ADN d'Isidore Hoffmann Ferguson qui avaient été faits à la demande d'un juge au Texas pour une reconnaissance de paternité dix ans auparavant. Puis elle avait fait porter le tout au laboratoire par coursier de chez Barnett & Barnett. Elle avait pris une pilule verte et avait attendu. Le labo lui avait dit qu'elle n'aurait pas les résultats avant une quinzaine de jours.

Elle avait mis une croix dans son agenda en se disant qu'ils étaient susceptibles de l'appeler à partir de cette date-là. Elle avait continué de penser à Stauber et avalé peut-être plus de cachets roses qu'il n'aurait fallu, mais elle ne voulait revivre la crise de l'autre soir à aucun prix.

***

Le jour marqué d'une croix arriva et son téléphone sonna.

— Maître Alvez ?

— Oui, c'est moi.

— Nous avons les résultats de l'analyse que vous nous avez demandée.

Elle aurait voulu s'asseoir si elle n'avait déjà été assise.

— Nous avons comparé les empreintes génétiques des deux individus. L'ADN relevé sur le morceau de bois et l'ADN fourni par vos soins correspondent effectivement aux membres d'une même famille.

— Pardon, il y a plusieurs ADN sur le bois ?

— Non, excusez-moi, je me suis mal exprimé. Vous nous avez fourni l'analyse ADN d'un certain monsieur Hoffmann Ferguson et un morceau de bois sur lequel nous avons récolté de l'ADN sous la forme de sang séché… et il se trouve que ce deuxième ADN est celui du demi-frère du premier.

— Je suis désolée, je ne comprends pas.

— Qu'est-ce que vous ne comprenez pas, maître ?

— Qui est le demi-frère de qui ?

— Eh bien, le sang récolté sur le bois est celui du demi-frère de monsieur Hoffmann Ferguson.

Troisième partie

Dans le miroir son visage prend des teintes argentées
Étrangère à elle-même dans l'obscurité du jour
Dans le miroir son visage se fane
Son beau visage dont la pureté l'effraie.

Georg Trakl, *La Jeune Servante*

1

Il observait les épaules nues de la jeune fille et la courbe de sa nuque était une invitation. Il tendit vers elle les bras de son espoir, elle hocha la tête en souriant. Les boucles de ses cheveux se mirent à danser et chaque mèche formait un lasso qui retenait le cœur du jeune homme à son service. Ils avaient pris goût l'un à l'autre comme le lait et le sucre. Martha avait seize ans, Franz vingt et un. Ils n'étaient que deux enfants abrités par la nuit. Dans la chambre encore défaite de leurs amours – car c'était dans la chambre de Franz que les deux amants s'ébattaient –, Martha réajusta sa chemise et vint se blottir contre le torse pâle. Comme il avait la peau douce ! Les bras secs l'entourèrent, il était fort de sa jeunesse et de sa joie.

« Ce soir, on sort ! » lui annonça-t-il.

Elle n'était pas bien sûre de comprendre.

— Tu viens avec moi !

— Mais où ?

— Au Café Central !

Elle ? Au café, avec les messieurs ! Elle mit sa main devant sa bouche pour se cacher de rire.

— Non !

— Mais si ! Tous mes amis seront là, et tu ne seras pas seule…

— Comment ça ?

Il était soudain tout gonflé de fierté.

— Allez, va t'habiller !

Martha n'avait rien à se mettre et Franz n'avait pas prévu cela. Elle ne possédait que son uniforme de bonne et sa robe du dimanche. Franz dit que ce serait très bien comme ça. La même tenue pour aller à la messe et au café ? Mais oui, tout le monde s'en fichait.

Elle grimpa quatre à quatre les escaliers qui menaient à sa mansarde. Quelques semaines auparavant, elle avait acheté un ruban rouge, elle qui était si peu coquette. Elle se fit un chignon et y piqua le nœud de satin de manière que les pans retombent de chaque côté.

Quand elle se présenta à lui, il la regarda avec adoration. Elle était sa petite Martha.

— Tu es parfaite.

Il l'embrassa dans le cou et se pressa contre ses seins, deux pommes qui tenaient parfaitement dans le creux de ses mains.

— Tu vas me décoiffer !

— Tes seins me rendent fou.

Elle rougit. Quelle idée de dire des choses pareilles.

— Et qu'est-ce qu'on va faire au café ?

— On va boire et on va écouter de la poésie ! Il y aura Georg, et aussi Yvan qui rentre d'un fabuleux voyage dans la Forêt-Noire.

La Forêt-Noire. Elle imagina des arbres échevelés, leurs branches grippées de milliers de corbeaux faméliques.

— Martha ! Martha ! Martha !

Il la prit par la taille et la fit virevolter. Une belle petite poupée. Elle rit, pas trop fort, les autres domestiques étaient couchés quatre étages au-dessus mais les murs ont des oreilles. Et alors ? Ils avaient bien le droit. Elle enfila son manteau.

— Tu es prête ?

— Oui, oui, c'est bon, ça va.

Ils prirent un fiacre qui les déposa devant le café. Ce serait là première fois qu'ils s'afficheraient ensemble. Elle ne s'attendait pas à ça, quelle surprise. Depuis son arrivée à Vienne, Martha n'était jamais sortie la nuit. Ils passèrent les doubles portes. Il y avait un boucan terrible, un mélange de rires et de chants. Quelqu'un jouait du piano au fond de la salle. Ils se frayèrent un passage dans la fumée de tabac. Elle trouva que les femmes étaient belles et, certaines, très décolletées. Elle qui craignait d'être la seule jeune fille, il y en avait peut-être même d'encore plus jeunes qu'elle, de plus dévergondées en tout cas, cela ne faisait pas de doute.

Un homme se dressa dans un coin et appela Franz. Ils étaient quatre garçons et chacun avait amené sa grisette. On fit les présentations. Il y avait une actrice de théâtre avec une bouche en cœur et une rose plantée dans le corsage, une autre qui ne dit pas ce qu'elle était mais s'appelait Gretel et était si sympathique qu'elle mit tout de suite Martha à l'aise. Quant à la dernière, elle semblait bouder.

Franz claironna « Voici la belle Martha ! » Elle sentit ses joues rosir. Ils commandèrent des *Kaiserspritzer*. Martha ne buvait jamais. Les amis de Franz la détaillaient, est-ce qu'il leur avait parlé d'elle ? Les serveurs zigzaguaient entre les tables, c'était un miracle que les plateaux ne se renversent pas tant il y avait de bousculade et d'allégresse. Georg décida qu'il dirait un poème.

« Sur d'horribles récifs / Se brise le corps pourpre. / Et se plaint la sombre voix au-dessus de la mer[1]. »

Il déclamait la main sur le cœur. Martha n'en saisit pas le sens mais elle n'avait jamais rien entendu d'aussi beau. Elle eut envie de pleurer. Franz aussi adorait la poésie mais il était trop timide pour oser en composer, alors il traduisait des poètes français. Martha était sa première auditrice. Elle aimait sa façon d'être emporté par les mots, comme ce soir.

« Sœur d'orageuse mélancolie, / Vois couler la barque éperdue / Sous les étoiles / Au visage muet de la nuit. »

Franz était presque jaloux de la façon dont Martha buvait les paroles de son ami Georg. Avec ses cheveux roux et drus, coupés ras, il ressemblait à un hérisson. Le nez fort, le regard d'acier, Georg n'était pas beau mais ses poèmes étaient d'une telle puissance, d'une telle tristesse qu'ils le transfiguraient.

Pour Martha, cette soirée était la plus merveilleuse de sa vie. Elle rayonnait de bonheur. Ce fut peut-être à cet instant, et à cet instant seulement, que Franz se dit qu'elle pourrait bien être digne d'être aimée et pas seulement désirée. Mais cette pensée s'évanouit avant même qu'il pût clairement se la formuler ; il était impensable que Franz Brombeere aimât une boniche, ces choses-là avaient été ancrées trop profondément en lui. De l'autre côté de la salle, des couples dansaient au son d'un violon, un homme était monté sur une table et l'ivresse était générale. Les éclats de rire se mêlaient aux fracas des verres. Le nœud rouge du chignon de Martha s'agitait et voletait. Martha n'était pas amoureuse de Georg, non,

---

1. Georg Trakl, *op.cit.*

quel fou d'avoir pensé cela, Martha était tout à Franz. Les deux jeunes gens s'envoyèrent un regard fiévreux et, sous la table, leurs mains se joignirent. Ils ne pouvaient pas s'empêcher de se sourire.

Dans le fiacre de retour, ils se serrèrent l'un contre l'autre sans une parole mais leur symbiose était totale. Un peu grise, est-ce que Martha se laissa aller à imaginer une vie différente pour eux deux ?

— Bonne nuit, Martha.

— Bonne nuit, Franz.

Elle ne l'appelait jamais par son prénom. Il déposa un léger baiser sur son front et la regarda monter le grand escalier, silencieuse comme une souris.

L'étage des domestiques était plongé dans le noir, elle avança à tâtons. Quand elle vit un rai de lumière filtrer sous la porte de sa chambre, elle se dit qu'elle était bien imprudente d'avoir laissé brûler sa lampe, pourtant elle ne se souvenait pas l'avoir allumée lorsqu'elle était montée se préparer.

Il était assis sur son lit. M. Brombeere, père. Il l'attendait. Elle eut un mouvement de surprise et porta la main à sa gorge.

— Oh ! Monsieur !

Elle restait sur le seuil, ne sachant si elle se ferait gronder. Il était interdit aux domestiques de sortir la nuit, et alors faudrait-il dire que c'était M. Franz qui lui avait demandé de l'accompagner ? Elle baissa la tête, honteuse.

— Pardon, monsieur.

— Pourrais-je savoir où vous étiez, Martha ?

La voix de l'homme était plutôt affable, cela la rassura.

— J'étais avec monsieur Franz.

— Vous étiez sortis ?

— Oui, monsieur.

— Tout se passe bien avec Franz ?

Elle ne dit rien. Qu'aurait-elle pu répondre ?

— Il est content de vous ?

Il s'était levé et fit trois pas vers elle.

La chambre de Martha était minuscule. Un lit, une commode, un broc de toilette et sa bassine.

Otto Brombeere était un homme corpulent, il pointa son index en l'air et se mit à décrire un cercle. Il avait levé son sourcil gauche pour se grimer en une sorte d'accusateur ironique. Le doigt maintenant pointé en direction de Martha, il lui fit signe de s'avancer. Elle s'exécuta. Il ferma la porte puis posa son gros ongle carré sur le menton de la jeune fille et lui appuya sur la mandibule. La sensation était extrêmement désagréable mais elle resta immobile.

— Et moi ? Est-ce que je vais être content de vous ?

Sa voix était d'outre-tombe. Martha frissonna. Elle sentit l'index de l'homme remonter de son menton pour arriver à sa lèvre inférieure et, sans qu'elle ait le temps de réagir, il l'enfonça dans sa bouche et crocheta ses dents du bas. La langue de la jeune fille se cogna contre l'ongle dégoûtant et, dans un réflexe animal, elle referma sa mâchoire et le mordit. C'était peut-être ce qu'il voulait ?

À l'instant même, il retira son doigt dans un cri de douleur et, avec toute la violence dont il était capable, gifla Martha dont la tête heurta le mur. Elle mit ses mains à son visage pour se protéger de la seconde gifle qui s'abattait déjà.

— Petite garce ! Ne t'avise plus jamais de me mordre, tu m'entends ?

— Pardon, monsieur, pardon !

Les pupilles dilatées par la peur, elle restait blottie contre le mur. Qu'avait-elle fait ? Elle avait mordu le maître ! Ils la chasseraient ! Elle pensa à Franz.

Otto Brombeere portait une robe de chambre bordeaux croisée sur une liquette blanche. Il était en chaussons. Martha vit les mollets nus de l'homme, ses poils et les veines saillantes qui marquaient ses malléoles. Cela lui fit horreur.

— Tu vas être une gentille fille maintenant.

Ce fut la dernière chose qu'il lui dit. Il l'avait attrapée par la nuque ou les cheveux, elle ne savait pas bien, mais le geste était brutal et elle ne se débattit pas. Il la tira et elle poussa un tout petit gémissement mais elle savait d'instinct qu'il ne faudrait faire aucun bruit. Elle resta assise sur le bord du lit, pendant qu'il défaisait le cordon de sa robe de chambre. Elle aurait voulu fermer les yeux mais même cela, elle n'y arriva pas.

Elle était encore habillée, il lui souleva la jupe et le jupon et le contact des mains de l'homme la glaça. Il écarta la fente du pantalon de lin blanc, des flammes froides dansèrent dans ses yeux, le sexe de la jeune fille était dévoilé. Alors il la poussa brutalement et posa de tout son poids sur elle. Sur elle, son gros ventre gras d'homme qui sentait l'aigre. Il remonta sa liquette et écarta les cuisses de Martha devenue statue de sel. Il se mit à chercher son pénis furieusement, l'empoigna et se planta en elle. Puis il commença à bouger et à bouger, et elle se contracta sous la douleur du frottement de sa chair à vif. Le lit ne crissa pas, seule la respiration haletante du monstre trahissait le silence.

Il mit longtemps à jouir. Elle aurait voulu ne penser à rien, ne surtout pas penser à Franz, ne pas associer la terreur de cette scène au garçon doux qui, lui aussi, s'enfonçait en elle. Est-ce que c'était la même chose ? Est-ce que tous les hommes qui lui écarteraient les jambes et se mettraient à l'intérieur d'elle ne seraient plus jamais qu'une seule et même chose ?

Le maître finit par éjaculer sans un bruit et se leva pesamment. Il refit le nœud de sa robe de chambre et s'en alla en emportant la lampe.

Hagarde, Martha écouta le pas posé de l'homme qui redescendait l'escalier, comme s'il appuyait exprès sur chaque marche, et ses pas disaient « nous reviendrons ».

2

Il ne se souvenait pas de son arrivée à l'orphelinat. Quelqu'un avait plié ses maigres affaires dans la valise en tissu gris de sa mère, celle qu'ils trimballaient d'un meublé à l'autre quand ils devaient déménager parce que des messieurs étaient méchants et qu'il fallait partir vite. *Baisse les yeux, Isi.* Quelqu'un l'avait emmené devant les grandes grilles, mais qui ? La voisine ? Un sergent de ville ? Isidore avait complètement oublié. La dernière image qu'il gardait était celle du lit et de la chevelure de sa mère sur l'oreiller puis, sans transition logique, celle du bureau du directeur de l'orphelinat, un bureau clair avec une grande fenêtre qui donnait sur des platanes.

La grippe espagnole faisait rage dans les villes, et sur le front les hommes mouraient par paquets, laissant des légions de petits enfants aux mains sales avec leurs chaussettes qui leur glissaient en bas des mollets. Dans la panique de l'hécatombe, les orphelins de guerre se mêlaient aux autres. Ainsi s'était dessinée une hiérarchie toute particulière, une aristocratie du malheur. Tout en haut, ceux dont les pères étaient morts en héros, puis les fratries qui se serraient les coudes, et enfin ceux qui possédaient des objets. Ce pouvait être une photographie, une lettre, une carte ou une image, un foulard ou un petit jouet. Isidore n'avait rien de cela et se tenait en bas de l'échelle. Les autres avaient eu tôt fait de le repérer. Il n'avait personne pour veiller sur lui et personne sur qui veiller, on n'avait rien à lui prendre et il n'avait rien à perdre.

Sans photographie d'elle, le visage de sa mère s'estomperait vite mais, longtemps, l'odeur de ses cheveux, le parfum particulier qui émanait de la lourde tresse lui reviendrait. Il avait toujours dormi avec elle, non pas qu'elle fût particulièrement tendre, mais le contact du corps affalé et chaud, cette masse contre laquelle il avait le droit de se blottir s'était mué en manque qui trouait ses nuits.

À l'orphelinat, il apprit qu'un matelas était une chose dure et froide. Alors il se recroquevillait sous le drap mince, tirait à lui la couverture rêche et laissait ses souvenirs l'envelopper de leurs bras faméliques. Il avait neuf ans et déjà plus un sommeil d'enfant.

Dans le dortoir, cinquante lits en fer blancs s'alignaient dans une propreté de morgue. Les nouveaux venus étaient débarqués perdus, effarés, les mains noires, les souliers sans cordon, leurs culottes rapiécées, de la boue parfois jusque dans leurs cheveux ébouriffés, mais le directeur veillait aux poux et à la vermine. Tous sans exception étaient tondus à leur arrivée.

Il avait dix ans ; ils étaient une cinquantaine de méchants garçons morveux et butors. D'aucuns parlaient entre eux un patois auquel Isidore ne comprenait rien, d'autres étaient déjà adolescents et avaient de grosses mains rouges avec des engelures et des voix de jeunes coqs enrhumés. Ceux-là respiraient la malveillance et la guerre de chaque instant. Isidore avait rapidement compris qu'il lui faudrait toujours être sur le qui-vive, toujours douter et voir partout des pièges. Ils ne lui avaient pas laissé le temps d'être triste ; il fut immédiatement intranquille.

Il avait onze ans quand il finit par se lier d'amitié avec son voisin de lit, un gros garçon d'une douzaine d'années, fort comme un bœuf et dévoué comme un chien, remarquable surtout par une chevelure jaune foin, et qui croyait tout ce qu'Isidore lui racontait. Cet imbécile avait le don des larmes, les yeux rouges et la joue ruisselante, il chialait comme on se mouche et, à défaut d'être un véritable allié, il fut pour Isidore un compagnon de peine qui pleurait pour deux. Isidore, lui, ne pleurait jamais.

La journée, ils allaient en classe. Les dimanches, ils partaient en promenade en rangs serrés dans les trois rues de la ville pour se rendre à un endroit qu'ils appelaient le parc, qui était en réalité la lisière de la forêt. Les cloches carillonnaient, les rues étaient pleines de monde, de jeunes filles en bonnet rose et de femmes à chapeau portant des paniers. Avec leurs habits râpés, il sentait qu'ils étaient montrés du doigt, et il avait honte. On les plaignait mais on n'en voulait pas, de ces enfants-là. Parfois, une dame d'une association venait pour les prendre en photo et, une fois l'an, une cérémonie d'adoption se tenait dans la cour. On installait alors des bancs sous les platanes et on montait une estrade. Mais si Isidore avait espéré les premières années, il avait bien vu que les grands comme lui n'avaient aucune chance de quitter l'orphelinat.

En classe, il n'était pas mauvais élève, il était même très bon en calcul. Mais ce qu'il préférait, c'était le cours d'histoire. Leur professeur était un conteur-né. Il disait « On plie les cahiers, on ferme les livres ! » C'étaient de mauvais cahiers et des vieux bouquins moisis et fanés qui sentaient le rance avec des couvertures en lambeaux et auxquels, parfois, il manquait des pages, mais peu importait. Encriers, règles, porte-plume étaient jetés pêle-mêle au fond des pupitres. Les bras croisés sur la table, les enfants ouvraient de grands yeux et écoutaient, ravis, comment, bien avant l'Empire, des cavaliers magyars aux armures étincelantes avaient livré bataille sur les steppes glacées de l'Oural. Le récit était revisité à une sauce nationaliste qui laissait peu de place à la véracité historique, mais ces guerriers libres et solitaires enflammaient l'imagination du jeune Isidore, bien plus que les contes du curé, où il était question de ciel, de bonté dans la douleur et de joie dans la peine ; de cela, Isidore ne voulait plus entendre parler.

Il avait treize ans. Il fallait aussi aller à confesse, d'autant plus qu'Isidore comme les autres disait des gros mots d'enfants des rues et jurait le nom de Jésus, Marie et Dieu le Père lui-même. Il suffisait d'avouer des péchés de façade ; son vrai secret, il se le gardait pour lui.

— *Ton père n'est pas mort mais il ne sait pas que tu existes… ton père est vivant… il a une grande maison… très belle… Johannesgasse, qui donne sur le Stadtpark… une maison à Vienne… il s'appelle Franz Brombeere… c'est son nom, il faudra que tu t'en souviennes… répète son nom.*

— *Franz Brombeere.*

— *Promets-moi que tu ne l'oublieras jamais.*

— *Franz Brombeere qui a une grande maison à Vienne sur Johannesgasse.*

Tous les soirs pour s'endormir, pendant six ans, pas tout à fait, un peu moins de deux mille nuits, Isidore se répéta cela comme la seule chose à laquelle il pouvait croire et s'accrocher.

Le 10 octobre 1924, Isidore eut quinze ans, il était temps, c'était la loi, de rendre sa blouse grise de tristesse et de quitter l'orphelinat. La tradition de l'établissement voulait que soit organisée une cérémonie de départ. Le directeur avait un petit faible pour les solennités. Isidore serait le seul à monter sur l'estrade. Les petits, les nouveaux arrivés, l'avaient regardé avec un air ahuri. Que lui resterait-il de son passage dans cette prison ? Les coups qu'il avait reçus, les coups qu'il avait donnés. La guerre était terminée, l'Autriche avait perdu. Depuis la paix, le pays connaissait les privations et la famine. L'orphelinat avait été plutôt bien loti car la République veillait à son approvisionnement. On l'avait nourri, on l'avait fait grandir. On lui avait appris la couture et il n'avait mis que très peu de cœur à l'ouvrage. Ce serait pourtant un des seuls souvenirs qu'il garderait de cette période misérable, les figures malicieuses, les petits yeux brillants et peureux fixés sur les aiguilles, ceux qui étaient attentifs, ceux qui étaient distraits et se piquaient les doigts, et le long chuchotement qui courait de table en table avant que le maître ne crie « Silence ! » *Baisse les yeux, Isi.* À leur sortie, les jeunes hommes étaient placés dans des fabriques ou des ateliers, mais lui n'avait aucunement l'intention d'entrer au service d'un tailleur.

Le directeur lui avait fait un petit compliment sur la bonne-chance-pour-la-vie, « Nous espérons que tu seras honnête et droit et que tu te montreras digne de tout ce que nous t'avons enseigné ici… », et le vent avait agité les feuilles roussies des platanes au-dessus de leurs têtes. C'était un beau jour de soleil d'automne. Le directeur avait ensuite tendu une enveloppe qui contenait trois billets de 100 schillings marqués du sceau de l'Oesterreichische Nationalbank, c'était ce que la République prévoyait pour la bonne-chance-pour-la-vie en question.

— Tu m'as dit que tu avais l'intention d'aller à Vienne. Fais attention car la grande ville est source de dangers et de tentations, ne gaspille pas cet argent et n'oublie pas que nous t'avons appris un métier.

— Merci, monsieur le directeur, je n'oublierai pas.

Les enfants avaient applaudi sans conviction et Isidore avait souri. Il gardait son bon sourire mais ne doutait plus que la vie soit une belle saloperie. Le professeur d'histoire s'était avancé et lui avait donné un paquet entouré d'un ruban rouge.

— Tiens, mon petit, pour le voyage.

C'était un livre neuf avec une couverture cartonnée et reliée en tissu. Le titre était écrit en lettres gothiques, *Les Souffrances du jeune Werther,* et dans un médaillon bleu se dessinait le profil de Goethe.

Il avait glissé le volume dans la valise grise, seule relique de sa mère, et il avait passé les hautes grilles sans se retourner. Le ciel riait, l'onde était verte. Il avait marché jusqu'au fleuve où de grandes barques descendaient au fil de l'eau. Il avait observé des mariniers passer près de lui en chantant puis s'était décidé à héler l'un d'entre eux. Les rives étaient bien touffues, couvertes de joncs et de saules. « Combien pour m'emmener jusqu'à Vienne ? » Isidore était ému. *Ton père n'est pas mort mais il ne sait pas que tu existes... ton père est vivant... il s'appelle Franz Brombeere...* Le marinier l'avait fait monter à bord et ils étaient partis.

En cette fin d'après-midi, la nuit était vite tombée en même temps qu'un brouillard épais quand, soudain, il avait vu des lumières briller sur l'une et l'autre rive du Danube, ils étaient passés sous un pont puis un autre. *Franz Brombeere qui a une grande maison à Johannesgasse sur le Stadtpark.*

Il allait enfin savoir de qui il était né.

3

Il avait laissé sa valise grise à l'auberge et n'avait pris que la lettre de recommandation. Il s'était réveillé avant le chant du coq (mais y avait-il seulement des basses-cours dans cette grande ville ?) et s'en était allé sautillant. Oubliées les horreurs de l'enfance, la morte dans sa chemise de nuit trempée de sueur, le silence grinçant du dortoir, partis les méchants petits garçons et le fil qu'il fallait mouiller pour qu'il passe dans le chas. Son bonheur imprimait chacune de ses foulées.

Vienne, Vienne ! À l'orphelinat, il avait tant de fois repensé à ce jour où sa mère l'avait emmené boire un chocolat chaud ! Même s'il ne reconnaissait plus ni les murs ni les rues, il était trop heureux pour être apeuré ou déçu. Mais il dut se rendre à l'évidence et, une fois arrivé au Stadtpark, admettre qu'il était perdu.

— Pardon, madame, excusez-moi de vous déranger, je cherche Johannesgasse.

— C'est tout droit, mon garçon !

Dans le secret de son dortoir il avait mûri son plan pendant des mois. Il se présenterait dans la grande maison des Brombeere et se ferait embaucher comme garçon d'écurie. Il ne pouvait pas donner son nom de famille de peur que son employeur ne fasse le lien avec sa mère, il ne donnerait pas même son vrai prénom, par superstition. Il s'appellerait Stefan Bauer. Bauer car presque chaque fois qu'ils avaient déménagé, ils avaient eu des Bauer comme voisins, comme concierge, et même aussi une fois un épicier, bref parce que Bauer était un nom très commun en Autriche, et Stefan pour un garçon de l'orphelinat qu'Isidore trouvait sympathique.

La veille, lorsque le marinier l'avait débarqué avec sa pauvre valise, le jour était déjà tombé. Isidore était entré dans la première auberge. Il était un jeune homme propre sur lui et il avait de belles dents, ce qui n'était pas si fréquent en ces temps d'après-guerre. La plupart des garçons de son âge étaient rachitiques et beaucoup avaient grandi de travers à cause des privations. L'aubergiste lui avait donné une chambre sans poser de question.

Il n'avait pas trafiqué ses papiers d'identité, c'était trop risqué, il les garderait cachés, tout simplement. En revanche, il avait contrefait sa lettre de recommandation. Ayant compris qu'un bon mensonge n'était jamais un nouveau chemin mais une vérité qui aurait bifurqué, il avait recopié à l'identique la lettre qu'on lui avait donnée à l'orphelinat pour témoigner de sa formation d'apprenti tailleur. Il était bien décidé à ne plus toucher une aiguille de sa vie, aussi n'avait-il changé que le prénom, le nom, et la vocation. Stefan Bauer, tout comme lui, était un brave garçon qui avait déjà travaillé deux ans, mais dans les écuries de l'orphelinat. Stefan Bauer avait imité la signature du directeur, et sa main n'avait pas tremblé car il savait que ce talisman-là lui promettait une nouvelle vie. Une vie qui lui revenait de droit. Il avait retrouvé son sourire, celui du croyant. Marche triomphale, un rossignol dans la gorge. Ce matin d'octobre 1924, Stefan Bauer connaissait un débordement d'allégresse, sa chance et son risque ne faisaient plus qu'un, ils se confondaient.

Sa mère avait dit une grande maison… Comment faire ? La portion de Johannesgasse qui faisait face au parc n'était pas si étendue. Il enfonça sa casquette en laine marron sur ses oreilles. Il fallait arrêter quelqu'un sur le trottoir, un facteur, un livreur et demander. Oserait-il ? Il continua à avancer. *Il faut procéder par élimination, glaner des informations, comme si j'étais un espion.*

À l'angle de la rue, un tram passa faisant sonner sa cloche. Isidore n'avait jamais pris le tram mais il trouva l'engin formidable. Juché sur la plateforme arrière, un sévère contrôleur portant képi et moustache réajustait un bouton doré de son bel uniforme. Comme la vie était belle. Une image lui vint, ou plutôt une sensation, celle du regard de sa mère se posant sur lui. L'air soudain lui parut plus léger. Il prit cela pour une sorte de miracle.

Toutes les fois où il avait voulu s'accrocher à ses remembrances, où il avait fait l'effort de les ranimer pour s'y blottir et s'y frotter, l'invocation avait invariablement et presque instantanément été suivie de la perte, du vide. Un souvenir ne peut se vivre qu'au présent et ce présent surgissant lui griffait les yeux. Isidore avait fini par se défier de sa mémoire, il n'était même plus certain d'avoir senti le chocolat chaud lui couler dans la gorge. Cet air plus léger, c'était justement celui qui flottait au-dessus de sa tasse, il le comprenait maintenant. Il força ses narines à respirer plus fort, il eut l'impression folle qu'il échappait au temps. Ni dans le passé, ni dans le présent, ni même dans la projection d'un avenir proche, il restait comme suspendu, confiant dans sa joie. *La dernière fois que j'étais ici c'était avec maman et aujourd'hui je vais rencontrer mon père.*

Il arriva devant une succession de très belles maisons. Il croisa une femme qui portait un panier de légumes et d'herbes, des fanes de carottes et des branches de céleri dépassaient de chaque côté. Elle était affublée d'un assez vilain bonnet et d'une sorte de châle noué dans le dos qui lui recouvrait les épaules. Elle avait tout l'air d'une cuisinière et son ventre rebondi inspira confiance à Isidore. Comme il était trop timide pour l'aborder directement, il fonça tête baissée et heurta son panier, attrapa le céleri au passage et le lui tendit avec son meilleur sourire.

— Oh ! pardon, madame !

— Y a pas de mal.

— Tenez !

La femme cala son céleri sous une laitue.

— Je suis désolé, je ne regardais pas, je… je revenais sur mes pas… parce que… je crois que je me suis perdu.

— Tu allais où ?

— Je vais chez les Brombeere.

— Les Brombeere ?

— Oui.

Le regard de la femme se fit méfiant.

— Mais c'est là !

Malheureusement, en disant cela, elle n'avait pointé aucune maison du doigt.

— C'est que… je ne suis jamais venu.

— Là !

Cette fois, elle désignait la deuxième maison, la plus grande. *Il n'y a pas de hasard*, pensa Isidore.

— Là ?

Elle acquiesça.

— Qu'est-ce que tu leur veux aux Brombeere ?

— Je viens pour le travail de palefrenier.

La femme ouvrit de grands yeux étonnés.

— C'est Herbert qui t'a fait venir ?

Isidore souriait tellement, on aurait dit qu'une tige de métal traversait ses joues de part en part.

— Oui, c'est Herbert !

— Ah bon.

L'enthousiasme d'Isidore se voulait persuasif. La femme maugréa quelque chose mais lui fit un vague geste de la main et tourna les talons, balançant les fanes de ses carottes à droite et les branches de son céleri à gauche.

Isidore mesurait sa chance, elle tenait en 7 lettres, H-E-R-B-E-R-T. Il marcha jusqu'à la grille et tira la sonnette. Un homme en livrée vint à sa rencontre.

— Bonjour, je m'appelle Stefan Bauer, je viens voir M. Herbert.

L'homme le toisa, dubitatif.

— Lui-même.

— Bonjour, monsieur, je viens me présenter pour le poste de palefrenier.

— Mais on n'a pas besoin de palefrenier, qui t'envoie ?

— Ah, c'est la cuisinière qui… j'ai du mal comprendre.

— La cuisinière ? Quelle cuisinière ?

— Parce que je lui ai dit que je cherchais du travail et…

— On n'a jamais eu besoin de palefrenier. Qu'est-ce que c'est que cette histoire ? On cherche un arroseur !

Isidore s'imagina un grand arrosoir à la main. Il ne connaissait rien aux plantes ni aux entretiens des jardins mais il était prêt à tout pour entrer au service des Brombeere.

— Oui, pardon, pas un palefrenier, je me suis sûrement trompé, un arroseur, voilà, c'est ça!

Il souriait tant qu'il en avait mal aux zygomatiques. Il fixait la moustache de M. Herbert qui était extrêmement bien peignée.

— Qui t'envoie?

— Je cherche du travail. Je me nomme Stefan Bauer, j'ai une lettre de recommandation.

Il la sortit de sa poche et tendit son enveloppe. M. Herbert la lui prit avec un air affecté, la retourna et vit le tampon de l'orphelinat.

— Tu viens de Leobendorf?

— Oui, je suis né là-bas.

— Ah, c'est drôle, moi aussi.

— Je m'appelle Stephan Bauer. Mon père était un héros. Il est mort à la guerre. Ma mère elle est morte de la grippe. J'ai été à l'orphelinat. Je suis un garçon honnête et droit.

Isidore répétait le pléonasme que le directeur leur avait seriné tout au long de leurs années dans son institution, « honnête et droit », les deux adjectifs se suivaient immanquablement.

— Je cherche du travail. Je saurai très bien arroser si vous me montrez…

L'homme rit.

— Tu sais ce que c'est un arroseur au moins? C'est celui qui nettoie les calèches, enfin c'est surtout un garçon à tout faire…

— Moi je saurai très bien tout faire si vous me donnez une chance. Je suis honnête et droit…

— Ça va, ça va…

Un arroseur en règle générale avait plusieurs employeurs et passait de maison en maison avec son seau et ses chiffons.

Un orphelin de Leobendorf. Par ces temps difficiles, Herbert ne donnait pas cher du môme s'il ne trouvait pas un travail très vite, il finirait à la rue en moins de temps qu'il ne fallait pour épeler honnête-et-droit. Il le détailla. L'œil bleu, la bonne frimousse, ce Stefan respirait la jeunesse. Bah, on trouverait bien de quoi l'occuper, M. Brombeere avait souvent besoin d'un coursier, et si en plus le garçon savait se débrouiller avec les chevaux, c'était une bonne chose. Leur palefrenier vieillissait, il était au service de la famille depuis des lustres et Herbert voyait l'homme de plus en plus harassé par ce travail physique. Et puis un orphelin ne coûterait pas cher, s'il n'était pas trop empoté, ce serait même une bonne recrue, Herbert le formerait.

Ils se tenaient encore de part et d'autre de la grille, Isidore sur le trottoir et M. Herbert sur le gravier de l'allée qui menait au perron de la maison, quand surgit un grand échalas. Isidore remarqua que ses habits étaient abîmés et le bout de ses manches taché d'une sorte de fange. Le gars s'adressa au majordome d'un air mal assuré.

— Monsieur Herbert ?

— Lui-même.

— Je viens pour le poste d'arroseur.

Herbert fit un clin d'œil complice à Isidore.

— Trop tard, mon vieux, le poste est pris.

4

Cette première journée, le jeune Stefan s'en tint donc à la fonction d'arroseur qui consistait à nettoyer la calèche des Brombeere. Ce n'était pas une calèche à proprement parler mais un landaulet (Isidore n'avait jamais entendu ce mot-là auparavant) avec deux capotes, une à l'avant et une à l'arrière, repliées de chaque côté et qui pouvaient se rabattre totalement ou à moitié. Il y avait deux places et deux strapontins en vis-à-vis et la porte était marquée d'un B dans une typographie particulière qui imitait des ronces[1] entrelacées.

Ce n'était pas une calèche massive comme la malle-poste qui desservait Leobendorf, mais elle était largement assez robuste pour effectuer de longs trajets. Avec l'automne, les rues étaient boueuses et la voiture maculée, aussi le garçon frotta, récura, astiqua et lustra en mettant tout son cœur à l'ouvrage. Ce jeune homme avait tellement envie de bien faire que cela en était touchant, se félicitait Herbert.

Il lui présenta Daniel, le vieux palefrenier. L'homme avait des airs de marin perdu en mer, il portait un bonnet de grosse laine qu'il avait enfoncé presque jusqu'aux

1. « Brombeere » signifie « ronce » en allemand.

yeux, la barbe blanche et mal taillée, un pull troué aux coudes et de grandes mains calleuses.

— Voici Stefan, tu pourras lui demander de t'aider à l'occasion, il a déjà travaillé dans une écurie.

Il y avait là trois chevaux. Les deux plus robustes étaient des holsteiners, mais Isidore n'y connaissait rien, il se taisait et regardait silencieusement le troisième.

— Il est magnifique !

Il passa sa main sur la croupe de l'animal. Le palefrenier observait Isidore à la dérobée, il finit par dire d'une voix neutre.

— C'est un hanovrien, il s'appelle Kuss, il est assez nerveux mais c'est un sentimental.

Ce cheval était si racé ! Sa robe était gris pommelé et sa crinière argentée. *C'est le cheval de mon père*, pensa Isidore, émerveillé.

Le travail terminé, M. Herbert l'avait emmené chez Mme Rathau, qui tenait une pension de bonne réputation où le majordome avait pour coutume de loger les employés des Brombeere qui n'avaient pas besoin de servir les maîtres à n'importe quelle heure du jour et de la nuit, ceux-là bien entendu dormaient au quatrième étage de la maison. Il lui avait donné le montant de ses gages et proposé de le prendre un mois à l'essai. Puis les deux hommes s'étaient serré la main. Isidore était allé récupérer sa valise à l'auberge et s'était installé chez Mme Rathau. Son plan se déroulait à merveille.

Le mensonge ne dérangeait pas Stefan Bauer, car il était lui-même le fruit d'une imposture. Sa mère lui avait dit que son père était mort, sans précisions, elle était restée fermée à ses interrogations. Aussi, quand d'autres enfants avaient appris la mort de leur père à la guerre, il avait été soulagé de pouvoir se raccrocher à leur histoire. Qui peut se passer d'une légende familiale ? Cette première tromperie (son père était vivant) n'était pas la sienne et donc pas aussi importante que la deuxième, celle du héros mort pour la patrie que l'enfant s'était forgée en sachant parfaitement qu'il n'en était rien. Pour expliquer le mensonge tronqué de sa mère, il avait ajouté une cale, un étançon, et depuis tout tenait plus droit. C'est pourquoi ce mensonge-là était constitutif, il l'aimerait comme une odeur familière, il ne saurait jamais vraiment le lâcher.

Sa mère l'avait élevé dans le secret, toujours baisser les yeux et changer de logeur, toujours se méfier des voisins, et pourquoi ? Elle ne le lui avait pas donné de raison mais il en garderait une forme de défiance vis-à-vis des hommes. Ne pas déranger, ne pas pleurer, et préférer avaler un caillou plutôt que d'avouer qu'il avait faim, cela lui était venu naturellement. Le grand choc, la bascule, la destruction de la comédie était survenue le soir de la mort de sa mère. Il avait alors compris que rien ne pouvait être expliqué ou interprété, qu'il n'y avait ni sens ni but, simplement un destin qui frappait au hasard et, tour à tour, vous favorisait ou écrasait vos rêves. Comme les eaux tumultueuses d'un fleuve venaient se fracasser contre les piles des ponts avant de repartir sans rien laisser paraître de leur déchirure, il n'y avait rien d'autre à faire que de continuer à vivre ; il avait neuf ans et les enfants savent très bien faire cela.

À l'orphelinat, ses professeurs n'avaient pas été exigeants, du point de vue académique du moins. Ces mômes-là n'étaient pas destinés à faire de grandes études, on leur apprenait un métier et ce serait déjà bien assez. S'ils avaient été plus attentifs, ses maîtres auraient remarqué que le jeune Isidore avait des facilités, un esprit de synthèse remarquable et une mémoire pour les chiffres qui tenait du prodige. Mais pour coudre un ourlet ou passer une éponge sur les essieux d'un landaulet, à quoi bon ?

Le deuxième jour, Herbert lui donna à faire les carreaux extérieurs du rez-de-chaussée. La pluie de la veille avait cessé. Dans le jardin, du haut de leurs branches, les feuilles mordorées hésitaient à se décrocher pour s'en aller danser au gré du vent puis mourir sous le balai du jardinier.

C'étaient de hautes fenêtres avec des petits carreaux. Trois cent quarante petits carreaux en tout, sans compter les fenêtres de la cuisine et de l'office. Le jardinier lui montra où étaient remisées les échelles. Stefan reprit son seau et son éponge de la veille, la femme de chambre lui donna un bidon de vinaigre blanc et une pile de chiffons propres. Herbert lui dit de commencer par les fenêtres qui donnaient sur la rue. Le jeune homme enjamba précautionneusement les plates-bandes d'azalées en fleur et planta son échelle dans la terre molle. Alors, le nez aux vitres, un peu comme l'aurait fait un voyeur autorisé, il put observer l'intérieur de l'hôtel particulier des Brombeere. Les tapis persans, les rideaux de velours, les fauteuils, les banquettes et leurs coussins de soie brodés, les vases débordants de fleurs, l'accumulation d'objets inutiles qui brillaient dans la pénombre, c'était donc cela le luxe ? À lui qui n'avait jamais connu que des murs nus et des meubles réduits à leur seule fonctionnalité, l'opulence de ces gens apparut dans toute son épaisseur. Les murs étaient habillés de boiseries et tendus de tissus sur lesquels on avait accroché des tableaux, le tout encadré de tentures. Et quand il eut terminé les fenêtres du salon, il passa à la verrière de la bibliothèque et ce fut un nouveau choc. Par milliers, des livres s'alignaient du sol au plafond !

Au fil des ans, Isidore avait prêté à son père les attributs d'un personnage de conte, mais à ce moment précis, et sans en avoir conscience, la possibilité d'une filiation directe devint impossible. Isidore ne serait jamais digne d'être le fils de Franz Brombeere qui habitait une grande maison sur Johannesgasse. Cela ne le fit aucunement souffrir, car il tomba dans une sorte d'idolâtrie qui l'emplit d'une joie sincère. À la fin de la journée, son bras droit lui brûlait à force d'avoir fait des petits cercles. Il devait s'endurcir pour mieux servir.

Cette nuit-là, il eut des rêves agités.

Les journées étaient bien remplies. Stefan Bauer apprenait vite, mais savoir nettoyer et faire briller n'était pas tout. Le plus important était que le jeune homme ait la bonne attitude, à la fois empressé et effacé. Et respectueux à l'extrême. Isidore capta immédiatement cette façon particulière qu'ont les domestiques de gens très riches d'être dévoués sans obséquiosité, alertes en restant discrets, avec une déférence qui avait toutes les apparences de la sincérité. Cela lui serait utile toute sa vie.

Le troisième jour, le vieux palefrenier, le bonnet enfoncé sur les yeux, lui tendit une pelle et lui dit de déblayer le crottin et de le préparer pour le ramasseur qui passait le récupérer tous les matins.

— Et puis y faudra aller chercher de la tourbe !

Le ton n'était pas aimable, mais Isidore était habitué aux rudoiements. Le malheur force celui qu'il frappe à inventer un lieu où se réfugier, à se composer une autre vérité, plus belle, plus flamboyante. Ils ne peuvent pas développer leur imagination, ceux qui sont satisfaits de leur vie, ceux à qui la réalité suffit. Isidore de fait, avait de l'imagination pour deux.

— Daniel !

Le vieux palefrenier se retourna.

— Faites seller mon cheval, je vous prie, nous allons nous promener.

C'était lui. Franz Brombeere.

Fin, élancé, la peau pâle et les yeux rêveurs. Son habit était très soigné et ses bottes parfaitement cirées. Isidore but cette vision. Le nez aquilin, les cheveux châtains mi-longs coiffés en arrière, la délicatesse des traits de cet homme était telle qu'on aurait pu le prendre pour une femme.

— Stefan ! Tu as entendu ce que le maître a dit ? Va chercher la selle !

Isidore rougit, faillit se prendre les pieds dans sa pelle et s'enfuit vers l'écurie. Lorsqu'il revint, portant la selle comme le fidèle porte une relique sacrée, il souriait de toutes ses dents. Daniel tenait le hanovrien par la bride et discutait à voix basse avec Franz Brombeere.

— Merci, Stefan !

Il connaît mon nom.

Isidore continuait à sourire à en avoir l'air débile mais il était trop ému pour pouvoir articuler la moindre formule de politesse.

Baisse les yeux, Isi.

Il se revit enfant, quand sa mère le tenait par la main et qu'ils montaient l'escalier jusqu'à leur logement, et comment elle refermait la porte sans faire de bruit, dans l'odeur de la peur. Il aurait tant voulu alors qu'un père les protège, sa mère et lui. Mais déjà Franz tournait le dos et continuait à parler au vieux Daniel qui réglait les étriers.

Troublé à l'extrême, Isidore trouva le courage de reprendre sa pelle et tint la lame appuyée à la perpendiculaire contre le pavé. Le godet émit un léger grincement et il resta ainsi, serrant le manche pour que l'on ne voie pas ses mains trembler sous la petite pluie fine qui s'était remise à tomber.

5

Tous étaient contents du jeune Stefan Bauer. À vrai dire, il voyait peu les maîtres et recevait ses ordres principalement de M. Herbert, de Daniel et parfois aussi du jardinier quand il fallait balayer les feuilles ou aider à tailler les haies.

Isidore adorait l'atmosphère qui régnait dans l'écurie. Il caressait la croupe du hanovrien, le poil du cheval lui faisait l'effet de passer sa main sur une soie piquetée et vivante.

— Lala… tout doux… lala… Kuss… mon brave Kuss…

Il brossait le cheval avec tant d'application que c'en était touchant. De manière générale, ce qui appartenait à Franz Brombeere devenait source d'adoration pour Isidore, mais il faisait de son mieux pour ne rien laisser paraître. Les autres domestiques le trouvaient très dévoué. Même Daniel, qui s'était méfié du jeune homme au départ, avait fini par reconnaître que ce Stefan ramassait le crottin, changeait la tourbe et chargeait les sacs de foin avec un enthousiasme qui vous mettait de bonne humeur.

Chaque matin, il accompagnait la cuisinière au marché et lui portait ses paniers. On l'envoyait de plus en plus faire des commissions. Il avait appris à se repérer dans Vienne, les larges avenues et les grands bâtiments ne l'intimidaient plus. De retour, il frottait, nettoyait et astiquait indifféremment la calèche, les grilles et les plates-bandes. Puis à 18 heures, il rentrait chez sa logeuse qui était une femme charmante. « Bonsoir, madame Rathau » lui disait-il en soulevant sa casquette. La vieille aurait aimé que tous les jeunes gens de sa pension fassent preuve de la même politesse et de la même discrétion ! Comment ne pas apprécier un garçon avec un si bon sourire qui ne ramenait jamais personne, ni camarade ni fille.

Il y avait aussi Mme Brombeere qui portait ses cheveux platine comme d'autres auraient porté un casque. Elle avait de petits yeux noirs pointus et rapprochés et se tenait si droite qu'Isidore l'imaginait dissimuler une armure sous sa robe. Cette femme était la rigidité même, jamais elle n'avait adressé la parole à Stefan, pas même un hochement de tête pour lui signifier qu'elle avait pris en compte sa présence. Si elle avait su qu'Isidore était son petit-fils, elle en serait tombée à la renverse, comme un domino, sans plier les jambes ! Isidore avait d'ailleurs mis un certain temps à faire le lien entre Madame et Franz Brombeere tant les deux étaient en tous points opposés. Et qu'Hermine Brombeere soit sa grand-mère lui paraissait si improbable qu'il ne s'attardait pas sur cette pensée.

— Stefan ! Montez dans les appartements de M. Franz. Il veut vous envoyer porter un billet.

Le majordome avait dit cela d'un ton anodin, mais la chose n'était pas banale, car Isidore n'avait que très peu de fois passé le seuil de la grande maison, à part pour se rendre à l'office ou à la cuisine. La notion « d'appartements » à l'intérieur d'une demeure lui était d'ailleurs étrangère, mais il ne dit mot et grimpa les deux étages. Il arriva devant plusieurs hautes portes en bois sombre et frappa trois coups légers sur l'une d'elles. Franz surgit, une petite enveloppe à la main.

— Bonjour, Stefan, je voudrais que vous alliez porter cela à Mlle Liesl von Traum, elle habite au 13 Schubertring.

— Tout de suite, monsieur !

Isidore sourit de toutes ses dents.

— Est-ce que je dois attendre une réponse ?

— Oui.

— Très bien, monsieur !

Sur ce, le jeune homme dévala l'escalier.

Face à tant de promptitude, Franz ne put s'empêcher de sourire lui aussi.

Porter des petites enveloppes à Mlle Liesl devint une des tâches quotidiennes de Stefan. Franz Brombeere faisait sa cour à la jeune fille dans les règles de l'art. À trente-six ans, il était enfin temps pour lui de se mettre en ménage. En 1925, la haute société autrichienne mariait ses filles tôt et ses fils tard. Un bon mariage exigeait une grande différence d'âge et aucun père digne de ce nom n'aurait confié sa fille à un garçon de vingt ans.

Aussi, Isidore, la casquette enfoncée sur les oreilles, faisait-il la navette entre les deux familles, une enveloppe dans le creux de la main. Il trouvait Mlle Liesl très jolie, mais ne faisait que l'entrevoir, leurs échanges se bornant à « Bonjour, mademoiselle, M. Brombeere attend votre réponse » et « Merci, vous lui ferez porter ceci ».

Quand Franz sortait, Isidore admirait son élégance. Franz Brombeere n'était pas à proprement parler un dandy mais se donnait des airs de héros byronien. Il avait toujours un volume de poésie qui dépassait de la poche de sa veste et une grande écharpe enroulée avec une négligence très étudiée autour du cou. Isidore ne possédait qu'un seul livre, *Les Souffrances du jeune Werther*, que son professeur d'histoire lui avait offert à son départ de l'orphelinat. Le livre était difficile, mais les phrases le berçaient et, à force de le lire et de le relire, il avait fini par faire sienne cette histoire d'amour impossible, non pas avec une femme mais avec son père.

Combien d'heures, de minutes, de secondes, Franz et Isidore avaient-ils passé en présence l'un de l'autre ? Entre deux portes, un ordre bref, « Merci, Stefan ! », obtempère et puis s'en va. Franz savait-il que le garçon était un orphelin ? S'était-il intéressé à sa vie ne serait-ce qu'une fois ? Ils se voyaient tous les jours pourtant. Isidore ne lui en voulait pas, ils n'étaient pas du même monde.

Les jours passaient et le projet de lui dévoiler qui il était paraissait désormais absurde. Isidore ne doutait pas une seconde que sa mère lui ait dit la vérité ; Franz était bien son père, mais lui ne serait jamais son fils. Il se convainquait que ce n'était pas si grave. Le croiser, respirer le même air que lui suffisait à son bonheur.

Seul un observateur extrêmement attentif aurait remarqué que, depuis son arrivée, Stefan s'était laissé pousser les cheveux, qu'il avait commencé à porter un soin particulier à la propreté de ses ongles, qu'il cirait ses chaussures tous les matins alors que sa fonction ne lui commandait absolument pas cela, au contraire, le garçon passait le plus clair de son temps les pieds dans la boue. Un jour, il fut pris en flagrant délit de coquetterie par

M. Herbert. Il avait emporté son livre et il vit les yeux du majordome fixer la tranche qui dépassait de la poche de sa pauvre veste. Rien de pire que des domestiques qui voulaient sortir de leur condition et se donnaient des airs de maître. M. Herbert n'avait rien dit mais Isidore avait rougi jusqu'aux oreilles.

***

Cela faisait six mois qu'il était entré au service des Brombeere et il advint qu'un beau jour l'univers se brisa.

Franz fit appeler le jeune Stefan dans son bureau. Comme les fois précédentes, Isidore monta les marches du grand escalier quatre à quatre. Il n'était plus si impressionné par les losanges bleus et or de la moquette, ni par les lourds rideaux de velours miel qui filtraient la lumière, ni par les austères portraits qui se dressaient dans leurs cadres dorés, il avait l'habitude, désormais, il était de la maison. Il restait un grand nombre de pièces où il n'avait jamais mis les pieds cependant, les appartements des parents Brombeere, mais aussi le quatrième étage où les meilleurs domestiques étaient logés, et le bureau de Franz puisqu'il restait toujours sur le seuil.

Il frappa trois coups légers à la porte.

— Entrez !

Les mains derrière le dos, il attendait que Franz lui remette la petite enveloppe.

— Entre, Stefan !

Franz Brombeere était assis à sa table de travail et lui tournait le dos. Isidore s'avança, la pièce sentait le tabac et le cuir. Au centre, un magnifique tapis dans les rouges cramoisis, une ottomane (bien sûr Isidore ne connaissait pas ce mot) dont les coussins fatigués invitaient aux siestes prolongées, à gauche un guéridon en bois clair envahi de livres, il régnait ici un certain désordre qui détonnait avec le reste de la maison où chaque chose semblait immobile et parfaitement à sa place. Franz plia la lettre et la glissa dans l'enveloppe. Isidore remarqua le stylo-plume doré et le crapaud en bronze qui servait de presse-papiers. Franz se tourna vers lui et lui tendit l'enveloppe.

— Merci, Stefan, tu la porteras à Mlle Liesl...

Il lui sourit avec gentillesse. Isidore mit la lettre dans sa poche et releva la tête.

Sans savoir ce qu'il avait vu, tout son être se figea. Au-dessus de la petite bibliothèque, derrière lui, était accroché un portrait, et le choc pour le jeune garçon fut comparable au coup de poing dans le ventre qui vous plie de douleur. En une fraction de seconde, il sentit un feu se propager dans son sang. La jeune femme aux lèvres carmines se tenait de trois quarts et ses yeux bleus fixaient Isidore avec mélancolie. Il eut envie de hurler.

Sa mère était morte quand il avait neuf ans, il en avait quinze aujourd'hui et il avait traversé ces années sans une photo d'elle. Seule sa mémoire de douleur lui avait fabriqué une image qui, peu à peu, s'était effacée. Au fond, il n'avait su garder qu'une impression floue, une sensation, celle d'être blotti contre une maman sans visage, et la voilà qui surgissait avec ses joues roses et son sourire triste. Un portrait! Il avait complètement effacé la fin de cet après-midi à Vienne, leur passage à la galerie, mais cela lui revenait maintenant. Pourtant, il aurait presque juré que le portrait qu'il avait vu enfant était différent de celui-ci. Que faisait ce tableau dans le bureau de Franz Brombeere ? Un millier d'épines se plantèrent dans son cœur. C'était donc vrai ? Cet homme avait aimé sa mère ! Sinon pourquoi avoir accroché son portrait dans son antre ? Ses pensées se bousculaient et le brûlaient en silence. C'était la sensation la plus atroce, la plus démesurée. Toutes les cicatrices que son esprit d'enfant avait réussi à suturer, tout venait d'être à nouveau arraché, déchiré, à vif. Il fut saisi d'un tremblement qui le ramena à la réalité. Il fallait fuir, immédiatement, car d'un instant à l'autre Franz remarquerait son trouble. Il fallait trouver la force de détacher ses yeux des yeux de sa mère. Sa mère qui semblait ne regarder que lui.

Isi, je suis là… Isi, tu vois que je suis là…

Alors, ignorant comment ses jambes lui obéissaient encore, il tourna les talons et détala.

6

Il alla la voir tous les jours, plusieurs fois par jour. Et comme la passion des débuts cède parfois la place à un sentiment sincère et doux, le pouvoir du portrait se mua ; sa violence cessa et Isidore finit par l'aimer sans trembler. On s'habitue à tout, même à l'amour et c'est heureux, car c'était bien d'amour qu'il s'agissait. Au début de son idylle, le portrait lui apparaissait si beau, si extraordinaire, à peine pouvait-il lui faire face et soutenir son regard.

Si le temps est comparable aux sédiments qui, à force de couches successives, finissent par recouvrir de poussière tout ce qui a été clair et brillant, alors l'esprit du jeune homme s'était employé à déposer sur le portrait toutes sortes de voiles pour qu'il lui fasse moins mal, pour que s'estompent ses effets. Ainsi, sa mère lui apparut moins dangereuse, moins fragile aussi, et son visage se fit de plus en plus rassurant. La savoir là, toute proche, lui procurait désormais un apaisement inexprimable.

Quand il entrait dans le bureau de Franz, il était cueilli par la même sensation étale que lorsqu'on pénétrait dans une cathédrale. Il ne pouvait pas s'empêcher de penser que si elle trônait ainsi dans le bureau de son père, c'était parce qu'ils s'étaient aimés. Isidore était ignorant des choses de la vie, il savait comment on faisait les bébés, à peine comment ils naissaient. Mais s'il était encore vierge, il n'était pas naïf pour autant. À l'orphelinat, beaucoup de garçons racontaient des blagues à ce sujet. Toute son adolescence, Isidore s'était posé la question ; maintenant il avait sous les yeux la preuve qu'il était le fruit d'un amour et cela l'emplissait d'une joie immense.

Pendant ce temps, les choses entre Franz et Liesl avançaient bon train. Cela arrangeait bien Isidore car plus Franz faisait porter de billets à sa promise, plus il avait d'occasions de voir le portrait. Mais rapidement, ces allées et venues dans le bureau ne lui suffirent plus. Aussi, dans le calme de sa chambre, il mit au point un stratagème. Franz possédait une très belle collection de livres d'art et Isidore fit mine de s'y intéresser. Surpris, le maître demanda au domestique s'il aimait la peinture et la sculpture.

— Oh non, je n'y connais rien du tout, monsieur, mais c'est que vous avez là de vraiment grands livres !

Franz rit.

— Oui ! Et j'ai aussi des catalogues, regarde…

Il alla chercher le dernier en date qu'un galeriste italien lui avait envoyé. Isidore le prit précautionneusement.

— Moi, je n'ai qu'un seul livre.

— Ah oui ? Lequel ?

— *Les Souffrances du jeune Werther.*

— Ah ! Goethe !

— Oui, ce que j'aimais à l'orphelinat, c'était qu'on nous lise de la poésie.

C'était la première fois que le père et le fils avaient une conversation. Le cœur d'Isidore battait à se rompre.

— Si tu aimes la poésie, Stefan, je pourrais te prêter des recueils.

Isidore ne répondit pas, mais Franz fut touché par le sourire du gamin.

— Tu vois cette étagère ? Il y a là tous les plus grands poètes. Tu peux les emprunter quand tu veux.

— Vrai ?

— Absolument, tant que tu me promets que tu feras bien attention à ne pas les abîmer et que tu n'en prendras qu'un à la fois, je n'y vois pas d'inconvénient.

Isidore était aux anges, son père l'avait regardé et lui avait adressé la parole autrement que pour lui donner un ordre. Son père avait accepté de partager ses livres avec lui, son père lui faisait confiance ! Il en aurait presque oublié qu'il avait souhaité que Franz lui prêtât des livres pour avoir accès à son bureau plus souvent.

De ce jour, si un domestique voyait Stefan dans le bureau, il disait « Je rapporte le livre de monsieur ». Et ainsi, il put contempler le portrait presque autant qu'il aurait voulu.

Au début, il ne faisait que la regarder. Puis il s'était mis à lui parler en silence, et miraculeusement, la voix de sa mère lui était revenue. Elle disait *fais attention à toi, il fait froid, couvre-toi, sois sage, sois un bon petit bonhomme*. Elle l'avertissait, *ne te trompe pas de chemin, Isi*. Elle aimait bien quand il souriait. *Tu as un si bon sourire, mon fils*. Elle lui avait même avoué combien elle était heureuse qu'il l'ait retrouvée. C'était tellement vrai.

— *Je suis si heureuse que tu m'aies retrouvée.*

Quand elle avait dit cela, il avait compris que ce n'était pas seulement une voix dans sa tête, il n'aurait pas su l'expliquer mais il savait que sa mère avait parlé de toute son âme. Il avait balbutié « Oh maman, moi aussi, moi aussi, maman ! Je suis si heureux que nous soyons à nouveau réunis. »

C'est une chose étrange que la croyance. Si les tableaux ne parlaient pas, comment se faisait-il que celui-ci s'adresse à lui ? Isidore observait attentivement les lèvres entrouvertes, non, elles n'avaient pas bougé, c'était plutôt une respiration, une émanation de la toile qui faisait vibrer l'air, et l'âme de sa mère venait se déposer à l'intérieur de la tête d'Isidore. Il ne craignait pas que d'autres personnes l'entendent. Il savait que ces paroles étaient à lui seul destinées, à lui seul audibles, à lui seul compréhensibles. Mais elles étaient réelles. Il y avait là quelque chose de comparable à un acte de foi. Il acceptait que la raison ne puisse expliquer la chose, mais il savait qu'elle existait, comme le Saint-Esprit.

Il se souvenait du prêtre de l'orphelinat qui avait dit que sa maman était partie au ciel. Il levait les yeux, mais le ciel était démesurément vide. Non, sa mère n'était pas au ciel, elle était là, vibrante, devant lui, dans un cadre.

7

— Et pourquoi, je vous prie ?
— Tu sais très bien pourquoi, Franz.
— Mère, ne me faites pas dire ce que je n'ai pas dit, c'est une œuvre de Gustav Klimt ! Je sais que vous n'êtes pas férue de peinture mais enfin, tout le monde s'accorde à dire que c'est un de nos plus grands peintres !
— Il n'est pas mort ?
— Si, il est mort, mais aujourd'hui ses tableaux ont beaucoup de valeur et sont très recherchés.
— Tant mieux, tu n'auras donc aucun mal à la vendre.
— Mais je n'ai pas envie de la vendre !
— Pourquoi ?
Hermine Brombeere regarda la toile avec mépris, heureusement, il était rare qu'elle entre dans cette pièce.
— Elle a une valeur sentimentale, peut-être ?
Franz sentit que sa mère se voulait blessante. Il haussa les épaules et prit un air désinvolte.
— Absolument pas. Cette toile a une grande valeur artistique, ma chère maman. C'est un tableau magnifique, je dirais même que c'est le plus beau que nous possédions !
— Tu te moques de moi ?

— Pas du tout. Je ne vous demande pas d'être experte en peinture, je ne vous demande pas d'adhérer aux idées de la Sécession, mais simplement de me faire confiance. Je vous le dis, ce portrait ne cessera de prendre de la valeur avec le temps…

— Est-ce que tu as oublié de qui ce tableau est le portrait ?

Elle avait persiflé le *de qui*. Elle n'était pourtant pas femme à parler de ce genre de choses. Franz se sentit soudain mal à l'aise.

— Non, non… cela n'a aucun rapport…

Il n'aurait pas su dire où sa mère se plaçait sur l'échelle de la pudibonderie. Après tout, c'était elle qui avait eu l'idée d'engager cette fille pour éloigner Franz des bordels et des maladies vénériennes.

— Aucun rapport avec quoi, je te prie ?

— Avec le fait que cette jeune femme ait travaillé pour nous, si c'est ce que vous insinuez.

— Travaillé, dis-tu ?

Les yeux rapprochés d'Hermine Brombeere étaient deux têtes d'épingle prêtes à percer leurs propres orbites. Elle fixait son fils avec une joie mauvaise.

— Très bien, si cela ne te dérange pas que ta future épouse ait dans sa maison le portrait d'une femme qui a *travaillé* pour toi…

Elle laissa sa phrase en suspens. Franz la trouva odieuse.

— Maman, je vous en prie…

— Et si rien ne te dérange, j'imagine que tu ne seras pas contrarié d'apprendre que cette petite traînée a également *travaillé* pour ton père.

Le visage de Franz se déforma, mué par l'incompréhension.

— Co… co… comment cela ? Co… comment travaillé ?

La mère était apparemment ravie de sa formule, ses lèvres fines se fendirent d'un sourire vicieux. Elle connaissait trop bien Franz pour ne pas voir qu'il souffrait, mais c'était plus fort qu'elle.

Ne disait-on pas que la vengeance est un plat qui se mange froid ? Hermine aussi avait souffert lorsque sa femme de chambre lui avait appris que son mari rejoignait la chambre de Mlle Martha tous les soirs après que la jeune fille avait quitté la couche de M. Franz. « Oh, je n'avais pas voulu en parler à madame… mais c'est que les autres domestiques trouvent cela très choquant… je suis toute dévouée à madame et j'ai bien hésité mais… les choses se savent toujours, les gens ont si mauvais esprit… » avait-elle bafouillé en se tordant les mains.

« Merci, ma bonne Albertina, vous avez bien fait de me prévenir. Nous allons y mettre un terme » avait murmuré Hermine Brombeere en serrant les dents.

Elle avait chassé la petite *salope*, un mot qu'elle n'avait jamais prononcé à voix haute mais s'était hurlé silencieusement des centaines de fois. La petite salope qui écartait les jambes tour à tour pour le fils et le père. Son mari et son enfant à l'intérieur d'une même petite salope. La petite salope en larmes qu'elle avait chassée, qu'elle avait pointée du doigt en contractant les mâchoires à en avoir mal. Elle avait attendu que Franz et Otto soient sortis et elle avait pris les autres domestiques pour témoins de sa haine glaciale. La petite salope qui l'avait suppliée à genoux. Elle aurait mérité d'être battue à mort, la petite salope. Qu'elle retourne d'où elle venait, qu'elle crève donc sur le trottoir comme une chienne.

Franz tombait des nues. Martha ? La toute jeune, l'innocente Martha, avec son père ? Avec le père et avec lui qui l'aimait tant ? C'était dégoûtant. Il regarda le portrait de la jeune fille, elle était salie pour toujours. L'artiste avait eu raison de la peindre avec les atours d'une prostituée, quel crétin d'avoir demandé au grand Gustav Klimt qu'il lui retire son chapeau et son étole ! Tous ses gentils souvenirs d'amours effacés, perdus, souillés.

Hermine lut dans les yeux de son fils l'abjection de l'homme pour la pécheresse. Elle comprit aussi à cet instant que Franz n'avait jamais su, que seul son mari était coupable, et elle en éprouva un immense soulagement.

— Franz ?

Il ne répondit pas.

— Franz ! Tu vas te débarrasser de ce tableau ?

Il chassa les visions obscènes qui lui soulevaient le cœur.

— Oui, mère.

— Je te rappelle que les bans de ton mariage seront publiés la semaine prochaine, le plus tôt sera le mieux.

— Oui, mère. Dès aujourd'hui.

Satisfaite, Hermine Brombeere se retourna d'un mouvement sec pour quitter la pièce et, ce faisant, se cogna presque dans le garçon d'écurie qui se tenait immobile sur le seuil, l'air hébété.

Elle poussa un petit cri de surprise. Le jeune Stefan s'empressa de se coller au mur pour la laisser passer.

— Pardon, madame…

Isidore gardait la tête baissée, incapable de savoir si ce qu'il venait d'entendre pouvait être vrai. Mme Brombeere avait demandé à son fils de se débarrasser du tableau et Franz avait accepté.

8

Comment souffrir de se séparer d'elle ? On ne lui laissait pas le choix. Il avait très bien entendu, du moins en avait-il entendu assez. Franz se marierait avec Liesl von Traum et, de ce fait, vendrait le tableau. Isidore était un grand rêveur, il fallait toujours qu'il fasse s'accorder la réalité et ses fictions. Il s'était laissé imaginer son père très amoureux de sa mère. Garder le portrait, fantôme de la disparue, était impensable. Si Hermine Brombeere s'était interposée, c'était par respect pour cette Mlle von Traum, c'était parce que conserver le témoin de cette passion aurait porté malheur aux jeunes époux. Cela faisait sens et surtout, cela confortait sa conviction : il était le fruit d'un amour morganatique (Isidore ne connaissait pas ce mot non plus), né du Désir, à défaut d'avoir été désiré.

Le jour même, Franz avait téléphoné en Italie. Isidore en avait déduit qu'il s'agissait de la galerie qui lui envoyait ses catalogues. Franz ne souhaitait pas que la toile reste à Vienne et ce besoin d'éloignement corroborait la théorie de l'amour fou. Le galeriste avait accepté sur-le-champ. Franz et lui s'étaient accordés sur le montant de 25 000 lires italiennes, ce qui faisait 1 100 schillings autrichiens. Gustav Klimt était un peintre très coté, et l'Italien n'allait pas manquer pareille occasion, il n'avait pas négocié le prix. Il avait demandé à Franz Brombeere de s'occuper du transport de la toile. Neuf cents kilomètres séparaient Vienne de Milan, aussi Franz avait trouvé une société de transporteur basée à Vienne.

Ironie du sort, il chargea Isidore d'aller les trouver pour leur demander de venir à Johannesgasse. Ce qu'il fit, puis il resta dans le bureau de son maître pendant que les deux hommes discutaient des détails de l'expédition. Il apprit qu'un employé viendrait chercher le tableau chez les Brombeere le mardi suivant et ferait le voyage jusqu'à Milan en train.

Isidore cédait à la panique, ne sachant quel parti adopter. Un instant, il imagina que s'il racontait son histoire, s'il décrivait combien lui et sa mère avaient vécu misérables, privés de sa protection, il parviendrait peut-être à émouvoir Franz. Il ne demanderait rien d'autre que de pouvoir garder le portrait, et Franz, pris de pitié, accepterait. Mais cela aurait impliqué de révéler son identité. Arrivé au pied du mur, il s'en savait incapable. Au fond de son cœur, Isidore avait depuis longtemps renoncé à avouer qui il était ; ce rêve-là avait été balayé un matin alors qu'il lavait des carreaux. Le chiffon à la main, il avait compris qu'il n'était rien du tout.

Il s'apprêtait à commettre un vol, pourtant il était honnête et droit. Il avait honte, aurait bien aimé avoir honte d'avoir honte, ne savait plus quoi penser. À l'idée d'être séparé d'elle, toutes ses angoisses d'enfant avaient ressurgi. La flamme de sa chandelle vacillait à nouveau dans l'escalier et projetait ses ombres de malheur. Il imaginait sa mère accrochée dans une maison d'inconnus, entourée de tableaux d'ancêtres qui l'auraient regardée de haut. Vendue, il ne la retrouverait jamais plus. La perdre une seconde fois était insupportable.

Son plan était simple. La maison des Brombeere était grande, très grande. Il s'arrangerait pour laisser ouverte la porte de l'office qui donnait sur le jardin de derrière, il entrerait ainsi au beau milieu de la nuit, attendrait le moment propice, irait dans le bureau, décrocherait la toile et courrait jusqu'à la gare où il monterait dans le premier train. Puis il irait en Amérique ! Il avait toujours voulu partir là-bas. À l'orphelinat de Leobendorf, on les prenait en photo une fois l'an, de face et de profil, pour que des bonnes dames d'Amérique les adoptent. Malheureusement, lui était trop vieux déjà, les bonnes dames n'aimaient que les orphelins de moins de cinq ans. Oui, il partirait pour l'Amérique avec sa mère sous le bras. Elle lui donnerait du courage.

Pour atteindre le port de Gênes, il lui faudrait prendre plusieurs trains. Il avait un peu d'argent de côté. Les 300 schillings marqués du sceau de l'Oesterreichische Nationalbank qu'on lui avait remis à sa sortie de l'orphelinat et auxquels il avait à peine touché et ses gages des derniers six mois, Isidore était économe. Malgré cela, il n'avait aucune idée du prix d'un ticket pour traverser l'Atlantique. Il improviserait. D'abord, voler le tableau le plus discrètement possible puis s'enfuir, une chose après l'autre.

Il s'armait à l'idée de ne plus jamais revoir son père. Il avait tant voulu s'attacher à cet homme ! Mais puisqu'il était incapable de défendre son amour de jeunesse contre sa nouvelle femme, puisqu'il avait fait le choix d'abandonner Martha une nouvelle fois ! Le cœur d'Isidore saignait à cette pensée, *abandonnée, abandonnés, abandonnés.* Il le maudissait et se donnait des raisons de le haïr. La légende, la merveilleuse histoire des amants empêchés par le destin et séparés par des forces maléfiques n'avait finalement pas résisté à cette ultime lâcheté. Oui, il en voulait à son père. Qu'est-ce que ça lui coûtait de laisser à Martha un petit coin dans son bureau ? Lui au moins saurait la défendre et la protéger. Il n'avait pas su le faire quand elle avait été malade, mais maintenant qu'il était grand, il ne la décevrait pas. La voix de la morte résonnait de plus en plus fort dans sa tête. *Isi, reste avec moi ! Donne-moi la main, mon petit bonhomme, ne les laisse pas m'emporter loin de toi !* Et il promettait, et il jurait. Il voyait bien qu'elle avait de la peine que Franz veuille ainsi se débarrasser d'elle. Comme il aurait voulu lui épargner cela.

Ce serait ce soir ou jamais.

Très judicieusement, Isidore préféra ne pas jouer les voleurs encagoulés. Bien au contraire. S'il se faisait surprendre dans la maison en pleine nuit, il dirait qu'il était rentré trop tard pour sa logeuse et avait préféré dormir sur une chaise à l'office plutôt que de se faire réprimander. C'était une bonne idée. Une fois le tableau sous le bras, il faudrait aller directement à la gare et prendre le premier train pour Salzbourg, celui de 5 h 03.

En sortant de chez les Brombeere, il était passé au guichet et avait acheté un billet, puis il était rentré chez Mme Rathau et avait fait son sac. Il avait laissé sa valise grise sous son lit, même si c'était le seul objet qui ait appartenu à sa mère, il n'y était pas attaché. Cette valise n'avait transporté que des souffrances. Il avait pris dans la cuisine des Brombeere un sac en grosse toile qui pouvait se porter à l'épaule et qu'il utilisait souvent pour faire les commissions. Il y avait glissé deux chemises, deux paires de chaussettes et deux caleçons, ses économies, son exemplaire des *Souffrances du jeune Werther* et son drap de dessous plié soigneusement. Puis il avait attendu que Mme Rathau ne soit pas à la porte mais affairée dans la cour ou ailleurs, et il était passé avec le sac dissimulé sous sa veste.

Il avait dîné dans une taverne pour que la nuit s'avance. Les domestiques se plaignaient que Franz rentrait tard des soirées où il fumait le houka avec ses amis en revendiquant sans rire un Art Total. Isidore le caricaturait en nanti, cet homme méritait d'être volé. Il voulait croire sa décision irrévocable, mais craignait de flancher au dernier moment. Il pria les saintes Anguilles qui avaient toujours favorisé son destin. Le transporteur viendrait récupérer le tableau le surlendemain.

Ce soir ou jamais, il se répétait cela sans cesse. Mais si ce soir ratait, il aurait encore une dernière chance.

9

— Avez-vous déjà entendu parler du syndrome de Stendhal, Henry ?

— Non, monsieur.

Isidore avait fait venir Henry Hogan chez lui, il avait beaucoup réfléchi à la façon dont il tournerait la chose. Cela faisait longtemps que les deux se connaissaient. Une vie de bons et loyaux services. Pour le compte de son patron, Henry Hogan avait rusé, louvoyé, intimidé, menacé, parfois même fait chanter. Sous ses airs impassibles, Henry était loin d'être un enfant de chœur, mais ce qu'Isidore s'apprêtait à lui demander était autrement plus grave et plus dangereux que de mettre un concurrent en difficulté.

— Le syndrome de Stendhal, c'est le trouble physique et psychologique que peut provoquer une œuvre d'art, Henry.

L'employé souleva un sourcil, signe qu'il se sentait peu concerné par la chose.

Isidore s'appuya au dossier de son fauteuil et reprit d'une voix qu'il voulait ferme.

— Pearl est venue me voir l'autre jour et elle m'a montré un article du *Guardian.* Un tableau de Klimt fait la une de la presse italienne ces jours-ci, parce qu'une étudiante a découvert qu'il s'agissait d'un repeint.

— Un repeint ?

— Une toile qu'on a peinte deux fois, vous voyez ? Ces tableaux qu'on passe au rayon X et puis on découvre que sous le dessin, il y a un autre dessin caché ?

Oui, Henry voyait, il acquiesça.

— Bon, eh bien ce tableau de Klimt qui est actuellement dans un musée à Plaisance en Italie, je voudrais le récupérer.

Les deux hommes échangèrent un regard circonspect. Puis Henry demanda avec une politesse exagérée :

— Le récupérer, monsieur ?

Isidore marqua un temps pour contrôler sa nervosité. Il voulait tant paraître calme et détaché.

— Je pense que le voler sera le plus simple. Pensez-vous que vous pourriez faire cela pour moi ?

Est-ce que Henry Hogan aurait volé le tableau sans en savoir davantage ? Simplement parce que son patron le lui demandait ? Il restait silencieux, attentif. Isidore savait qu'à l'instant où Henry verrait le portrait, il ferait le lien. Toute sa vie, Isidore se souviendrait de ces quelques secondes où Pearl se tenait sur le seuil de son salon avec sa chemise à carreaux un peu trop grande pour elle, et comment elle avait lentement tourné la tête dans sa direction, l'éclair qui avait déchiré son cœur de vieillard, la révélation de ces yeux d'un bleu livide et du grain de beauté accroché en haut de la pommette ; la ressemblance était trop criante, Henry saurait. Isidore décida de jouer le tout pour le tout.

— Ce tableau a marqué la fin et le début de ma vie. Il est le portrait de ma mère et pour le protéger… j'ai tué mon père.

Que ressent un homme qui avoue un secret si longtemps gardé ? Mille fois dans sa vie il s'était retenu de le dire, à Lotte, à ses enfants, à des inconnus. Et voilà qu'il avait prononcé la phrase maudite, *j'ai tué mon père*, et rien n'était advenu, ni tempête ni ciel d'ouragan. Aucun monstre n'avait surgi des entrailles de la terre pour l'engloutir dans un rugissement, rien. Cela le laissa bête, déçu peut-être.

— J'avais seize ans, c'était un accident.

Sa confession aurait pu s'arrêter là, mais en prononçant ces mots, le vieil homme se mit à trembler.

— Je suis né de père inconnu, et ma mère était très certainement une femme comme la mère de Pearl, pas une prostituée... non... mais une femme de labeur et de peine. Les choses étaient différentes à Vienne, en 1909. Nous avons vécu dans la misère vous savez, alors que mon père, lui, était riche, très riche. Vous comprenez l'ironie de ma situation ?

Henry Hogan se taisait.

Isidore avait posé cette question avec calme, mais dans sa voix, on percevait une angoisse réelle. Le vieil homme prit une inspiration profonde et se passa la main sur le front.

— Quand cet avocat m'a envoyé cette lettre...

Il s'interrompit, peut-être pour mieux se rendre compte de la portée exacte de ses paroles, puis, après avoir réfléchi un moment, il dit :

— Quand je suis devenu le père de Pearl, je suis aussi devenu ce qu'était mon père.

Il avait compris cela, que les saintes Anguilles, dans les circonvolutions de leurs anneaux, n'avaient su que faire et défaire la même boucle du destin. Et soit qu'à force de vous battre, la vie finisse par vous abattre, cet événement avait fait remonter en lui des choses profondément enfouies. À la réception des résultats du test ADN, il avait revu son fils Tommy, noyé dans un lac un matin d'été, et maudit le sort qui vous prenait un enfant chéri pour vous en donner un autre que vous n'aviez pas désiré. Une fois de plus, Henry Hogan, son bon Henry avait pourvu à tout, il s'était servi de la crise cardiaque de M. Hoffmann Ferguson pour mener les négociations en douceur, évitant un procès public et le scandale que l'avocat adverse appelait de ses vœux pour faire monter les enchères. Oui, Henry leur avait permis de s'en tirer la tête haute. Isidore pensa que la confiance qu'il avait placée en Hogan était absolue et qu'il avait toujours admiré son flegme, comme à l'instant même.

Henry attendait la suite. Isidore toussota pour s'éclaircir la voix et reprit d'un ton apaisé.

— Je ne pense pas que ma mère connaissait la peinture... Je veux dire, elle a posé pour Gustav Klimt, elle aurait posé pour n'importe qui... c'était seulement pour gagner des sous. Le tableau a été peint en 1910, juste après ma naissance. J'ai toujours imaginé que ma mère était à la rue et qu'elle avait besoin d'argent pour subvenir à nos besoins... Elle était ce qu'on appelait une fille-mère, elle avait seize ans quand elle m'a eu. Je suis né à Vienne, après nous sommes allés à Leobendorf, elle travaillait à l'usine, et puis il y a eu cette terrible épidémie.

Malgré lui, le ton d'Isidore se fit plaintif.

— Ma mère a été emportée par la grippe espagnole. Elle m'avait toujours dit que mon père était mort, mais dans son dernier souffle, elle m'a avoué la vérité, elle m'a dit « Ton père n'est pas mort, mais il ne sait pas que tu es son fils. »

Henry Hogan se tenait immobile, il murmura seulement :

— C'est terrible…

Isidore sursauta mais se ressaisit immédiatement.

— Oui… c'était terrible… j'avais neuf ans. On m'a placé dans un orphelinat. Quand je suis sorti, j'en avais quinze et je n'avais qu'une idée en tête, retrouver mon père.

Isidore se mit à parler de façon précipitée, il fallait qu'il aille au bout de son histoire.

— Mon père habitait Vienne mais je n'ai pas voulu lui dire qui j'étais. Je me suis fait passer pour un autre et je suis entré à son service. Je pensais que je lui révélerais mon identité plus tard ou peut-être jamais, je n'étais pas décidé, il faut beaucoup de courage pour dire à quelqu'un « On m'a dit que j'étais votre fils ».

Il ne tentait même plus de masquer sa fébrilité, comment avait-il pu tenir toutes ces années sans faiblir ?

— Et puis un jour je suis tombé nez à nez avec ce tableau, le portrait de ma mère. Mon père l'avait accroché dans son bureau et ça m'a fait un choc. Henry, un choc ! C'est là que j'ai développé ce fameux syndrome de Stendhal… Bien sûr, à l'époque, je ne savais même pas que ça portait un nom. C'était comme si j'avais retrouvé ma mère. Le portrait me parlait, il me réconfortait, il était devenu essentiel, je l'aimais comme une vraie personne, comme une personne réelle !

Le peu de fois où Isidore s'était laissé aller à repenser à cet épisode de sa vie, il le considérait comme un passage où il avait échappé de peu à l'asile.

— Et puis j'ai découvert que mon père voulait vendre le portrait parce qu'il allait se marier. Certainement qu'il ne voulait pas de ce témoin d'un vieil amour. J'ai tout imaginé… je n'ai jamais su pourquoi le portrait était dans son bureau et s'il avait aimé ma mère et si les deux étaient ou non corrélés. Quand j'ai appris qu'il allait le vendre à un galeriste de Milan, je n'ai pas hésité, il fallait que je le vole… et je l'ai volé. Mais j'étais jeune et maladroit.

Il poussa le battant du grand portail qu'il avait graissé la veille et déposa son sac sous un buisson du jardin. Il ouvrit la porte de l'office. Pas âme qui vive. Il s'installa sur une chaise comme s'il allait passer là sa nuit. Il ne voulait pas voler le tableau avant 4 h 30 pour pouvoir s'enfuir directement et sauter dans le train. Il fallait à peine quinze minutes en courant pour aller de Johannesgasse à la gare. Il s'interrogea, était-il déterminé ? Oui, il l'était. La grande horloge dans la cuisine affichait minuit et des poussières d'étoiles. Le silence qui régnait dans la maison était un silence souple, agité de grincements et de craquements. Dehors, Isidore sentait que la nuit était vivante. Mais les chuchotements des arbres, l'écho des fiacres et de sabots au loin, tous ces bruits finiraient par être peu à peu engloutis.

La nuit s'étira et enfin l'horloge marqua 4 heures. Par la fenêtre, la lune semblait fixer le vide.

Les mains moites, Isidore se leva de sa chaise, attentif, les oreilles dressées comme celles du loup-cervier. Devant lui, dans la grande entrée, l'escalier se découpait dans la pénombre, il posa sa main sur la rampe et le contact du bois ciré l'apaisa. Il gravit les marches et arriva au premier, devant la porte du bureau de Franz. Il tenta de contrôler sa respiration mais cela eut pour effet de l'empêcher de respirer. En apnée, il tourna la clenche qui émit un grincement très léger.

Le bureau était plongé dans une obscurité totale car on avait tiré les rideaux. Isidore progressa à tâtons, il fit glisser ses mains le long du mur, évita la petite bibliothèque en bois vernis et sentit enfin le cadre. Le tableau avait été accroché assez haut. *Isi, tu es là ?* Entendre la voix de sa mère dans le noir lui troua le ventre d'angoisse. *Je suis là maman, je suis là.* Il se mit à trembler, il tenta de soulever le tableau pour le détacher de son clou mais sa prise était gênée par le meuble, il aurait dû monter sur une chaise au lieu de quoi il continua à faire glisser la corde tendue derrière la toile jusqu'à ce qu'il rencontre le point de fixation. Il souleva le portrait bien à la verticale et sentit un déclic avec soulagement. Mais au même moment, comme il était sur la pointe des pieds, le tableau l'entraîna et, pour retrouver son équilibre, il fit un pas en arrière et heurta un pouf. Il trébucha et bascula tout doucement, au risque de se tordre une cheville, il resta accroché à la toile. Alors, dans un bruit sourd, il se retrouva par terre, tenant le portrait à bout de bras pour le protéger.

Il se releva d'un bond. S'était-il fait mal en tombant ? Ma foi, non. *Quel imbécile !* Il était temps de déguerpir, oui, mais, à ce moment-là, il entendit, de l'autre côté du mur, Franz appeler :

— Herbert ?

Le bureau communiquait avec la chambre de Franz par une petite porte. Il aurait fallu qu'Isidore ne réfléchisse pas, qu'il détale comme un lapin avec l'œuvre coincée sous le bras. Mais il resta là, immobile, changé en statue de pierre. *Si je ne bouge pas*, se dit-il, *il va se rendormir et tout ira bien.* Il ignorait que, de l'autre côté du mur, Franz était certain d'avoir entendu du bruit dans son bureau. Franz ne dormait pas. Il avait même distingué la clenche tourner quand Isidore était entré. Il avait allumé. Il était déjà levé.

— Stefan ?

Une lampe à la main, le maître se tenait en liquette de nuit devant son jeune domestique. Le halo de la flamme donnait au personnage un aspect féerique. Isidore fixa son père incrédule.

Ce jeune garçon qu'il trouvait si sympathique, ce bon garçon n'était donc qu'un petit vaurien ? Un voleur ? Les deux hommes se dévisageaient. Si Franz appelait au secours, les serviteurs accourraient dans la minute et c'en serait fini de lui, l'orphelin de Leobendorf, le bâtard, le moins-que-rien. Mais Franz commit une erreur, celle d'être sûr de son bon droit.

— Lâche ce tableau !

Il avait parlé avec le dédain que vous donne une autorité qui n'a pas été méritée, puis il posa la lampe sur la table et avança de quelques pas.

Le temps sembla suspendu à Isidore, mais il lut dans les yeux de son père un mépris mêlé de pitié, et ce regard qu'on lui jetait depuis l'enfance lui torpilla le cœur.

— Stefan, donne-moi ce tableau immédiatement !

***

Soixante-dix ans plus tard, la mémoire de cette nuit lui était sibylline, les images qui la composaient étaient figées, sans réelle continuité, elles ne savaient plus se mettre en mouvement ou se succéder pour former un récit fluide, à peine était-il cohérent.

— Mon père m'a surpris, alors je l'ai frappé… le tableau me l'ordonnait. Dit comme ça… évidemment…

Henry, vous me connaissez… vous savez que je suis un homme rationnel, je sais bien que les tableaux ne parlent pas mais, j'entendais *sa* voix, la voix de ma mère, j'étais devenu dément, et j'avais tellement peur qu'il l'abîme, qu'il me l'arrache ! Je l'ai battu… ou peut-être que nous nous sommes battus… je ne sais plus, mais il y avait du sang partout et puis il est tombé en arrière et sa nuque s'est fracassée sur le bureau. J'ai su qu'il était mort sur le coup. J'ai pris le tableau et je me suis enfui.

***

À peine ses pieds touchaient-ils les gravillons de l'allée du jardin lorsqu'au passage il avait attrapé le sac qu'il avait caché sous les buissons. Par les rues enténébrées, il avait couru, hors d'haleine, porté par le vent, les avenues étaient parfaitement désertes et les rayons de la lune berçaient la ville d'une lumière blafarde.

Juste avant d'arriver à destination, il reprit sa respiration dans une ruelle. Ses mains étaient tachées de sang. Du sac, il sortit le drap de sa logeuse et le déplia, s'essuyant les mains sur un coin, puis il rabattit le bord et enveloppa sa petite maman du mieux qu'il put. *Saintes Anguilles, protégez-moi !* Il enfonça sa casquette sur ses oreilles, coinça le tableau ainsi emballé sous son bras droit et son sac de commissions sur l'épaule gauche, puis marcha d'un pas qui se voulait énergique.

La grande gare de Vienne se dressait dans l'aube naissante, éclairée par des dizaines de becs de gaz. Il s'avança sur le quai sans croiser le regard de personne et monta dans le train qui hoquetait.

Quelques minutes plus tard, qui lui parurent des heures et une seconde, le train siffla et enfin ses roues s'ébranlèrent dans un cliquetis crissant.

***

— Je suis monté dans le train pour Salzbourg puis dans un autre pour Villach, j'ai passé la frontière italienne, je ne sais pas comment, je n'étais plus que l'ombre de moi-même, puis j'ai encore pris un autre train à Udine et un autre à Vérone. Toute ma vie je me souviendrai de ces trains et de ces gares, et de mon angoisse. J'avais des palpitations, mon cœur battait si fort que j'en avais mal, j'ai eu exactement la même sensation quand j'ai fait ma crise cardiaque, vous savez ?

Et comme en ce moment, aurait-il pu ajouter, car son débit de parole avait adopté le rythme de sa course folle. Au fur et à mesure qu'il avançait dans son récit, le vieil homme sentait son pouls accélérer et le sang venir lui battre dans la gorge. Henry Hogan, que d'ordinaire rien ne troublait, avait du mal à cacher son effarement.

— C'est dans le train de Vérone à Milan qu'on m'a volé mon sac. Je n'avais pas dormi depuis quarante-huit heures, j'étais épuisé, je n'avais fait que me ronger de terreur et prendre des trains… Heureusement, j'avais glissé le tableau emballé dans un drap sous la banquette. Mais j'avais posé mon sac avec toutes mes économies sur mes genoux et quelqu'un a profité de mon sommeil pour me le dérober. Je me souviens de mon arrivée à Milan, j'étais désespéré, je n'avais même plus de quoi me payer le billet pour aller jusqu'au port de Gênes et encore moins pour traverser l'Atlantique. Et c'est *elle* qui m'a donné la solution.

Isidore se tut, conscient de l'absurdité de cette dernière phrase, puis reprit :

— Ma mère, enfin la voix de ma mère qui parlait à travers le tableau. C'est elle qui m'a dit « Va à la galerie, vends-moi, prends l'argent, prends le bateau pour l'Amérique et nous nous retrouverons un jour. » Je sais, Henry, que cette voix n'était que le fruit de mes hallucinations, mais j'y ai repensé de nombreuses fois depuis, c'était la seule façon pour moi d'accepter de me séparer d'elle. Il fallait que la décision soit celle du tableau, comme une ruse de l'esprit. Vous comprenez ? Car c'était effectivement la chose à faire pour me sauver, mais il était impensable que ce soit ma responsabilité, alors mon cerveau a fabriqué un ordre auquel j'ai été forcé d'obéir.

Henry Hogan décroisa lentement les mains et hocha imperceptiblement la tête, oui, il comprenait cette folie.

— La Galleria Scopinich, via Casati, je m'y vois encore. J'y suis allé, avec mon tableau sous le bras, je me suis fait passer pour le transporteur. Le galeriste m'a dit que j'avais fait vite et qu'il ne m'attendait pas avant le surlendemain. Il parlait un très mauvais allemand et je ne parlais pas italien, il a dit « Bella ! Bella ! » en voyant le tableau, et il m'a donné l'argent. Mon père et lui avaient déjà tout arrangé au préalable. Il était peut-être surpris que le tableau ne soit pas protégé, dans une caisse ou je ne sais quoi, la barrière de la langue m'a bien servi. Je suis parti sans demander mon reste. Je suis allé à Gênes et de là, j'ai embarqué sur le premier paquebot. C'était un britannique de la White Star et Cunard Line. J'avais seize ans, vous imaginez ! Les jeunes d'aujourd'hui, qu'est-ce qu'ils ont vécu à seize ans ? Moi j'avais déjà plusieurs vies derrière moi.

Henry regardait le vieil homme avec une intensité telle qu'Isidore prit peur. Est-ce qu'il s'était trompé sur son compte, est-ce que Hogan serait capable de le dénoncer à la police?

— Pardonnez-moi, monsieur, mais pourquoi vouloir le voler aujourd'hui?

Isidore éclata et se mit à crier:

— Parce que ce visage... ce visage, c'est celui de ma fille! Lorsque j'ai vu Pearl pour la première fois, j'ai cru qu'elle était le fantôme de ma mère tant elle lui ressemblait. Et le tableau est taché, Henry! Parce que l'histoire se répète et que le sang qui pouvait se confondre avec du carmin en 1925 sera aujourd'hui identifié et analysé et qu'ils remonteront jusqu'à moi! À cause de Pearl! Alors tout le monde saura qu'Isidore Hoffmann Ferguson est un père qui ne reconnaît pas ses enfants, mais aussi un bâtard et un assassin!

Hogan hésita à contredire son patron. Après tout, même si le tableau faisait la une de la presse italienne et internationale, même si des experts se penchaient sur la toile et suspectaient des taches de sang, si tant est qu'elles aient résisté au passage des années, et même si ces taches parlaient, il y avait assez peu de chance pour qu'on remonte à Isidore Hoffmann Ferguson dont l'ADN était répertorié par un juge texan de l'autre côté de l'océan. Mais il n'avait jamais vu M. Hoffmann Ferguson dans un tel état de fragilité et il comprit que l'enjeu dépassait le décompte des probabilités. Il observa le vieil homme et la sclérotique de ses yeux bleus que la peur faisait briller. Que sa fille Pearl lui ait parlé de cette toile lui avait fait perdre pied. Syndrome de Stendhal ou pas, ce tableau revenait le hanter et il lui fallait, de manière définitive et peut-être irrémédiable, se l'approprier.

Alors, retrouvant le flegme qui le caractérisait, Henry Hogan dit à son patron :

— Très bien, monsieur, ce sera fait.

Épilogue

Une vérité scientifique sera toujours défaite par une vérité romanesque. Martha se doutait-elle qu'Isidore était le fils d'Otto Brombeere et non celui de Franz ? Est-ce qu'elle avait menti à son enfant pour mieux s'en convaincre elle-même ? Au fond, qu'est-ce qu'un résultat ADN changeait ? Tout, puis finalement rien. Pearl en était la preuve vivante. Parricide ou fratricide, l'intuition d'Ernst Stauber était juste, c'était d'une affaire de famille qu'il s'agissait.

Pearl s'était alors tournée vers Henry Hogan. Qui d'autre que l'homme qui pourvoyait à tout pour son père ? Lui seul aurait été capable de faire voler ce tableau et de le déposer chez elle, un soir de mai.

Lorsqu'elle lui avait posé la question, Hogan avait presque paru soulagé et avait avoué sans ambages. Il lui raconta qu'il avait mis peu de temps à se décider, la chose lui paraissait évidente, ce tableau était le portrait de Pearl et c'était à elle seule qu'il revenait. Ensemble, ils avaient recollé les morceaux du puzzle. Et dès lors que Pearl avait connu son histoire, le charme avait été rompu, la toile n'avait plus eu d'emprise sur elle.

Restait pourtant la délicate question de sa cachette. Elle ne pouvait pas garder, dissimulée dans une couette en haut de son armoire, une œuvre d'art recherchée par les polices du monde entier. Une fois encore, Henry Hogan avait proposé de s'en occuper et fait envoyer le tableau au port franc de Genève qui promettait « des dépôts sécurisés sous contrôle thermique et hygrométrique dans des chambres fortes hautement sécurisées ». Le problème restait entier mais il changeait de continent.

Ainsi, Pearl laissa vingt années s'écouler. Et puis, le 8 décembre 2016, parut un article sur le site de la BBC intitulé « Le mystère du Klimt volé[1] ». Pearl avait mis *Gustav Klimt* dans ses alertes Google et la notification était arrivée alors qu'elle buvait sa troisième tasse de café.

Il était écrit que la police italienne venait de recevoir de nouvelles informations concernant le vol commis à Plaisance en 1997 : le tableau serait bientôt rendu ! C'était l'affaire de quelques semaines, de quelques mois au plus.

Pearl reposa sa tasse, ses mains tremblaient. L'article donnait par ailleurs une version tout à fait farfelue de l'histoire du repeint.

« Klimt était tombé fou amoureux d'une jeune Viennoise qui était rapidement devenue sa muse. Après la mort soudaine de la jeune femme, il avait décidé de repeindre par-dessus son portrait pour oublier son chagrin. »

C'était stupide ! Si Martha avait effectivement été la muse de Klimt, il y aurait eu un grand nombre de dessins ou d'esquisses la représentant, et plusieurs toiles où elle aurait figuré. Or, Pearl était formelle, il n'y avait nulle part ailleurs dans l'œuvre de l'artiste trace de ce visage.

---

1. L'article est d'ailleurs toujours disponible en ligne.

De plus, si Klimt avait voulu effacer son chagrin, il n'aurait pas retiré un chapeau et une étole pour les remplacer par un châle et un chignon, cela n'avait aucun sens.

Quant à celui qui promettait que le tableau serait bientôt rendu, il s'agissait d'une sorte d'Arsène Lupin, un mafieux local dont l'article taisait le nom. Il avait confessé le vol du Klimt à la police en échange de son immunité. Ses révélations semblaient pour le moins confuses car il disait ignorer l'identité de son commanditaire mais se vantait d'avoir reçu « beaucoup d'argent et de cocaïne ». Pearl eut un haut-le-cœur à la lecture de ces lignes. Il clamait que le tableau reviendrait à Plaisance pour le vingtième anniversaire de sa disparition, c'est-à-dire en février 2017.

Henry Hogan n'avait pas révélé à Pearl le nom de celui qui avait perpétré le forfait mais il lui avait assuré que toutes les précautions nécessaires avaient été prises. Il n'y avait absolument aucun moyen que l'on remonte jusqu'à lui, encore moins jusqu'à Isidore Hoffmann Ferguson. Les gens à qui il avait fait appel avaient sa confiance totale.

Aussi, le premier effroi passé, celui d'être dénoncée ou découverte, sa lecture avait laissé Pearl songeuse. Malgré les allégations loufoques du voleur, la question se posait : n'était-il pas temps de rendre Martha à la lumière ? Et si les prédictions de cet hurluberlu étaient une chance ?

Elle tergiversa pourtant encore quelques mois, puis se décida à faire confectionner par un artisan une poche molletonnée de 70 par 60 centimètres qu'elle pouvait dissimuler dans la doublure d'une valise achetée spécialement pour l'occasion.

Elle n'avait pas de plan arrêté, seulement l'intuition qu'il était préférable de faire le voyage accompagnée de son mari et de ses enfants. Ainsi, elle prit des billets et ils partirent au mois d'août, comme n'importe quelle famille modèle d'Américains, en vacances dans les montagnes suisses.

***

Il faisait chaud à Genève. Adri avait emmené les garçons se baigner dans le lac. Pearl avait prétexté une course à faire avant leur départ l'après-midi même pour Milan.

Elle se présenta avec sa valise à roulettes devant les grilles du port franc. L'endroit était hautement sécurisé. Elle avait rendez-vous. On la guida parmi les couloirs en béton antisismique éclairés aux néons. Après des enfilades de clenches rouges, on lui désigna une porte et on la laissa seule faire son code et insérer la clef dans la serrure.

Elle pénétra dans une petite pièce grise et nue, qui affichait une température constante de 20 °C et un niveau d'hygrométrie parfait de 50 % d'humidité relative. Au centre se tenait la double caisse isothermique où l'on avait enfermé la merveille. Très délicatement, elle retira le couvercle puis souleva le papier antiacide. Les yeux bleu d'eau de Martha la happèrent.

Après toutes ces années, Pearl avait vieilli, elle ne ressemblait plus tant à cette jeune fille immortellement fraîche qui posait sur le spectateur un regard mélancolique. L'indicible grâce du tableau lui coupa le souffle. Elle ferma les paupières pour ne pas se laisser prendre à tant de beauté. Elle posa la valise bien à plat et fit coulisser la fermeture. Elle s'empara de la toile comme quelqu'un qui craint de se brûler puis, aussi vite qu'elle le pouvait, glissa sa douce petite jeune fille de grand-mère dans la poche ouatée.

Elle pouvait encore renoncer. Le voleur avait clamé que le tableau serait rendu en février 2017, nous étions en août 2018... Non, elle avait déjà trop tardé. *Il y a prescription, allez!* Elle avait beau s'invectiver, la ténor du barreau qu'elle était devenue était morte de peur. Ses oreilles bourdonnaient, avait-elle entendu une voix? Elle ne sait pas comment elle trouva la force de rendre sa clef et de s'en retourner à son hôtel. Elle avait le sentiment qu'elle venait d'être écartelée.

Les garçons s'éclaboussaient dans la piscine en poussant des cris de joie. Adri s'était endormi sur sa chaise longue, un livre de géopolitique sur le nez. Elle monta à leur chambre, refit sa valise avec ses habits bien pliés comme une mère exemplaire, mit de côté les affaires qu'ils porteraient pour le voyage, regarda dans la salle de bains et sous le lit pour vérifier qu'ils n'avaient rien oublié, referma les sacs et appela la réception pour qu'ils l'aident à charger leur voiture. C'était une voiture de location grise. Pearl avait la nausée.

— Chéri! Il faut y aller!

Adri prit le volant. Avant et après le tunnel du Mont-Blanc, elle craignit la douane mais pas un gendarme ne leur fit signe de s'arrêter. Elle mit de la musique pour meubler son trouble et les enfants eurent la bonne idée de chanter à tue-tête. Ils arrivèrent après quatre heures de route dans un hôtel cinq-étoiles, une sorte de Relais & Châteaux dans la campagne environnante de

Plaisance, avec piscine et transats mauves qui donnaient sur des champs d'oliviers de Romagne.

Dans le premier supermarché, elle acheta un rouleau de grands sacs-poubelles et du scotch. Elle s'isola pour emballer la toile consciencieusement, *fais-le, fais-le sans y penser*. Ils repartiraient de Plaisance le lendemain, ils avaient prévu de visiter Florence, puis Rome. Ainsi, elle ne se laissait pas le choix, elle devait se débarrasser de la toile avant demain matin.

Elle gara sa voiture sur le parking qui était à l'arrière du musée. La chaleur dans les rues de la petite ville italienne était écrasante. Un soleil immobile troublait le bleu du ciel et ricochait sur les murs ocre et jaunes de villas qui bordaient les rues désertes. Il était 14 heures, l'heure de la sieste où chantent les cigales.

Le musée ressemblait à un petit palais avec des arcades et un patio carré. Il était composé d'un seul tenant, tout en rez-de-chaussée. Une immense entrée avec une hauteur sous plafond démesurée donnait sur une allée centrale qui distribuait de part et d'autre des salles dont certaines étaient octogonales, si bien que les tableaux semblaient tous dialoguer entre eux. C'était un très beau musée, sans aucun clinquant, un peu défraîchi.

Peut-être était-ce le silence qui y régnait, la galerie lui fit penser à une belle endormie. Elle imagina sa grand-mère ici et se dit qu'elle serait parfaitement à sa place.

Sur les murs d'un blanc grisonnant, sagement dans leurs cadres dorés, des jeunes filles roses penchaient la tête pour l'éternité. Le musée était quasiment vide et Pearl entendait chacun de ses pas, tac, tac, tac, claquer sur les parquets en point de Hongrie. Elle passa devant des couchers de soleil arrêté, une femme cousant, un homme assis sur un banc lisant le journal... Distraitement, elle lut les cartels, *Homme au chapeau*, *Jardin royal de Turin après les pluies de mars*, *Homme tirant une luge dans la neige*, *Enfants dans le soleil*, *Prière du matin*, *Portrait de la mère de l'artiste*. Ces gens avaient-ils existé ? Quelles étaient les histoires qui se cachaient derrière chacun d'eux ?

Au bout de l'allée centrale, une porte à doubles battants donnait directement sur l'extérieur du musée et le parking où elle s'était garée. À gauche de grands arbres, à droite un chemin de graviers qui longeait les murs en briques recouverts de lierre et de vigne vierge. Elle ne pouvait pas s'empêcher de se retourner constamment pour vérifier qu'elle n'était pas suivie.

Il semblait y avoir, attenant, un bâtiment à un étage, fermé au public. Peut-être les appartements du directeur du musée ? Quoi faire ? La déposer devant la porte comme on abandonnait les bébés sur les marches des églises ? Et si quelqu'un de malhonnête la trouvait et la gardait pour lui ? Ce serait pire que tout. Elle chercha des caméras de surveillance et n'en vit pas. Les grilles étaient trop hautes, hors de question de les escalader. Non, de nuit, c'était une mauvaise idée, il fallait avoir le courage de faire cela en plein jour, *le courage ou l'inconscience.*

Pearl avait de plus en plus de mal à réfléchir. Elle luttait de toutes ses forces pour ne pas se laisser envahir par la peur qui lui rongeait les entrailles. Alors elle vit, dans le mur, à 30 centimètres du sol, une porte, une petite porte en fer noire, une trappe pour être précise. Immédiatement, elle sut que ce serait parfait. Elle n'aurait même pas à faire le tour.

Elle alla directement à sa voiture et ouvrit son coffre. *Je suis folle, je suis complètement folle.*

Au loin, elle entendit une sirène de police ou d'ambulance peut-être, depuis ce matin, elle avait l'impression que tous les carabiniers d'Italie savaient ce qu'elle s'apprêtait à faire et guettaient le moment de se saisir d'elle. Elle sentit qu'elle cédait à la panique, les chiens étaient lâchés, cette fois elle contrôlait à peine ses gestes et pour combien de temps encore ? Si elle se faisait prendre, tout ce pour quoi elle s'était battue, tout serait anéanti. Et pourtant il fallait se départir de cette toile, il le fallait.

Elle attrapa sur la plage arrière une étole blanche à grosses fleurs qu'elle avait achetée pour l'occasion et prit le sac-poubelle qu'elle cala sous son bras. Elle entreprit de dissimuler le tableau sous l'étole, mais c'était inutile, ses mains ne lui obéissaient plus. Elle sentit le sang affluer à ses joues et eut l'impression que son cœur allait entrer en combustion. Il n'y avait pas âme qui vive, elle pressa le pas.

Au pied du mur, elle s'agenouilla, vérifia que la trappe n'était ni sale, ni humide, ni qu'aucun petit animal n'y avait élu domicile et déposa le tableau emballé dans le sac-poubelle bien à plat. Elle referma la porte d'un coup sec, se redressa, son corps tout entier tremblait. *Voilà.*

Machinalement, comme si ses genoux étaient montés sur des ressorts, elle s'éloigna à grandes enjambées. Malgré la chaleur, elle recouvrit ses épaules. Il fallait fuir le plus vite possible maintenant sur les graviers qui crissaient.

Elle remonta l'allée, passa la grille et se retrouva sur le parking désert. Quand elle enfonça la clef dans la serrure de la portière, elle sursauta et se retint de pousser un cri. Dans le reflet argenté de la vitre se dressait un fantôme.

Martha.

L'ombre ressurgie du passé. Pearl ne mit qu'un instant avant de comprendre. C'était le châle, bien sûr, il ressemblait singulièrement à celui de la jeune fille du portrait. Elle observa le spectre familier qui lui faisait face. *C'est drôle.* Pourtant quand elle avait acheté cette étole, elle n'avait pas fait le rapprochement, elle l'avait choisie de manière totalement inconsciente.

Dès qu'elle se fut reconnue, elle se ressaisit. Il arrive parfois qu'on croise son propre regard dans un miroir sans s'y attendre. L'étonnement de ne pas avoir immédiatement perçu que cette image était la nôtre est presque toujours assorti d'une forme de déception. *C'est donc moi, cette personne ?* Mais dans le cas de Pearl, ce fut un dessillement, elle se découvrait une autre identité, quelque chose qu'elle avait néanmoins toujours connu, une vérité profondément enfouie et qui faisait enfin surface. Cette impression était si vertigineuse qu'elle se répercuta sur son reflet. La gorge serrée et pourtant étrangement calme, elle plongea une dernière fois les yeux dans ceux de son mirage. Alors elle se sourit, spectacle d'elle-même.

À cet instant, Pearl devint la petite-fille de Martha ; plus encore, elle devint son histoire.

***

Le mercredi 11 décembre 2019, alors qu'il s'apprêtait à tailler du lierre, le jardinier du musée de Plaisance trouva, caché dans une trappe d'aération aménagée dans le mur, un sac-poubelle qui renfermait le tableau de Klimt, parfaitement conservé.

On peut aujourd'hui aller admirer Portrait d'une dame *à la Galleria d'Arte Moderna Ricci Oddi tous les jours, sauf le lundi, jour de fermeture.*

Remerciements

Ce livre a nécessité beaucoup de recherches, de lectures, de documentation et de rencontres.

Je tiens à remercier les éditions Calmann-Lévy de m'avoir permis de partir enquêter à Vienne et à Plaisance sur les traces de mon héroïne.

Toute ma gratitude va au personnel exceptionnel de gentillesse et de disponibilité de la Galleria d'Arte Moderna Ricci Oddi, en particulier à sa directrice Lucia Pini et à Leonardo Caro qui m'ont accordé le grand privilège de rester en tête à tête avec le *Portrait d'une dame* après même que le musée eut fermé ses portes au public.

À Margaux Bouaziz, docteure en droit public, maîtresse de conférences à l'Université de Bourgogne pour s'être penchée sur mes problèmes de droit texan.

Au professeur Thomas Bourgeron, généticien de génie, qui a résolu mes problèmes d'ADN.

À Philippe Esperança, expert criminalistique en morphoanalyse de traces de sang, pour ses conseils enthousiastes et le temps précieux qu'il a bien voulu consacrer à la reconstitution de ma scène de crime.

Enfin, à mon éditrice, Delphine Mozin Santucci, qui partage toutes mes virgules depuis si longtemps.

Les citations figurant dans cet ouvrage sont extraites des recueils de Georg Trakl, *Poèmes I et II*, traduction de l'allemand de Jacques Legrand, GF, Flammarion, 2001.

Composition et mise en pages
Soft Office
Achevé d'imprimer en juillet 2024
sur Roto-Page par l'Imprimerie Floch à Mayenne
pour le compte des Éditions Calmann-Lévy
21, rue du Montparnasse 75006 Paris

PAPIER CERTIFIÉ

N° d'éditeur : 3111256/20
N° d'imprimeur : 105257
Dépôt légal : janvier 2024
Imprimé en France